公元787年，唐封疆大吏马总集诸子精华，编著成《意林》一书6卷，流传至今
意林：始于公元787年，距今1200余年

一则故事　改变一生

致青春系列 003

梅吉
MEI JI 著

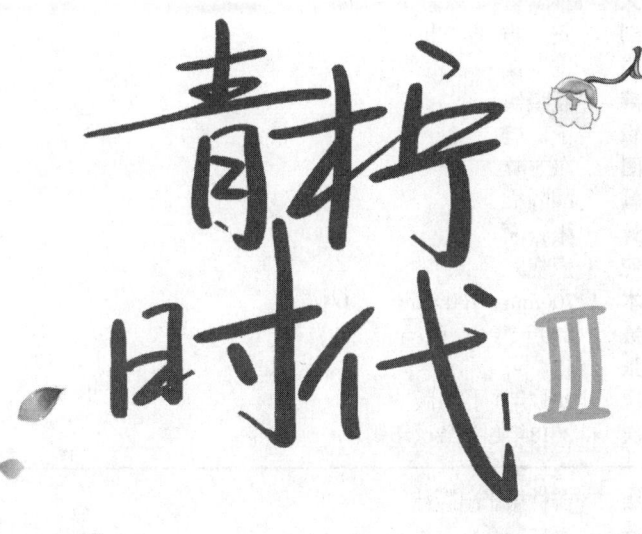

青柠时代 Ⅲ

吉林摄影出版社
·长春·

图书在版编目（CIP）数据

青柠时代.Ⅲ / 梅吉著. -- 长春：吉林摄影出版社，2017.3
（意林.致青春系列）
ISBN 978-7-5498-2996-5

Ⅰ.①青… Ⅱ.①梅… Ⅲ.①长篇小说－中国－当代Ⅳ.①I247.5

中国版本图书馆CIP数据核字(2017)第037768号

青柠时代Ⅲ
Qingning Shidai Ⅲ

著　　者	梅　吉
出 版 人	孙洪军
总 策 划	安　雅　张　星
责任编辑	施　岚
图书统筹	蓝曦悦
特约编辑	丁　旭
绘　　图	东方游
书籍装帧	胡静梅
图书设计	张云丽
作家经纪	卢晓凤
开　　本	700mm×1000mm　1/16
字　　数	230千字
印　　张	12
版　　次	2017年3月第1版
印　　次	2018年1月第2次印刷
出　　版	吉林摄影出版社
发　　行	吉林摄影出版社
地　　址	长春市泰来街1825号
	邮编：130062
电　　话	总编办：0431-86012616
	发行科：0431-86012602
网　　址	www.jlsycbs.net
经　　销	全国各地新华书店
印　　刷	河北鹏润印刷有限公司
书　　号	ISBN 978-7-5498-2996-5　　　定价：23.80元

版权所有　侵权必究
如发现印装质量问题，请与印务部联系退换，电话：010-51908584

初心未泯，以致青春

《意林》杂志创刊于2003年8月，一直以现实温暖和寓意深刻的小故事吸引读者，强调励志和人文关怀，是中国目前很有影响力的杂志之一。

"一则故事，改变一生"是《意林》一贯的宗旨，通过关注读者身边的大事小情、平凡生活，倡导一种积极健康的生活理念，力求打破这个快节奏社会人与人之间的交流壁垒，表达人与人之间的真挚情感。

凭借着这样的理念与办刊初衷，意林集团在2015年推出了专门为中学生打造的图书系列——"致青春"系列。我们希望用细腻真实的人物情感，贴近中学生生活情景的故事背景，曲折动人的事件发展，带给读者一种发自内心的青春共鸣。

"青春"是一种群体记忆，每个人都曾经历，或者正在经历青春。而青春给人留下的回忆或甜美、或心酸、或遗憾、或孤单，都是弥足珍贵的。带着一种不足为外人道的隐秘情绪，令人久久回味。

如今市场上充斥着许多所谓的"青春文学"，为了吸引眼球，故事被过多华丽繁复的细节包装，人物情感脆弱，灵魂苍白，缺少内涵，脱离了真正的校园生活，变得格外极端和残酷。

《意林》希望将正能量的青春展现给读者。在成长的道路上，有守护在你身边的亲人，也有默默陪伴你的小伙伴，更有为了未来不断努力拼搏、奋斗的身影。我们希望这样优秀、纯净的青春故事能够如清新的春雨般滋润人心，引导青少年成长为人格健全、价值观正确的成年人。

◎青柠时代，你我同行

《意林》选择《青柠时代》作为"致青春"系列的第一弹。之所以叫"青柠时代"，是因为作者表现出的青春就像青色的柠檬一样，微酸、微涩，还有一些甘甜。作者梅吉极为擅长细腻的情感处理，于细节处感动人心。当然也会有悲伤，却不会有颓废，因为真正的青春就应该是永不放弃，不断地努力与拼搏。

身边小伙伴们天真、纯粹的友情是我们整个青春时代里最重要的陪伴。虽然也会有争吵，也会有埋怨，然而我们都不曾忘怀一起牵手走过的岁月，那些携手共度的倾城时光，是值得一生珍藏的美好回忆。

◎青葱校园，感动成长

成长总是伴随着疼痛与喜悦，而校园，作为所有人成长的起点，有太多感动的故事在这里上演。每一年的相聚和别离，每一次的欢笑与泪水，都被记录在关于青春的回忆中。

所以，"致青春"系列的主要故事背景也设置在校园中，更加贴近学生生活，书中的主人公们如同陪伴你一起成长的小伙伴，手拉手一起前行。子曰："三人行，必有我师焉。"如今的校园已经不单纯是学习的地方，更像一个"小社会"，同学们都充满个性，每个人看问题的角度也不尽相同。从校园这个视角出发，可以折射出社会的不同面，在不断的学习过程中，我们收获的自然不仅仅是课本上的知识，更有做人的道理，以及更广阔的视野。

◎ **另类高考，致敬青春**

《意林》作为位于中国发行量前列的学生杂志，一直非常关注高考。"意林体"屡次命中高考作文，让众多高考考生对于意林杂志更为追捧。如今，"高考"已经成为《意林》杂志的一个关键词，我们愿意通过那些鸡汤式的励志小故事，给众多考生启示，也传递出温暖的人文关怀。虽然高考十分重要，却也只是一次考试而已，未来的人生，还有更多的考验。

每个人的青春都是千差万别的，而不同的青春又拥有着时代的共性，每个时代都是最好的时代，我们向不同的人生、不同的青春致敬，希望"致青春"这个系列的故事可以让你回忆起最初的感动，勿忘初心，致敬青春。

Contents 目 录

楔 子 *XIE ZI* **001**
人生无常

第一章 *DI-YI ZHANG* **005**
咬紧牙关的灵魂

第二章 *DI-ER ZHANG* **017**
打开的潘多拉盒子

第三章 *DI-SAN ZHANG* **035**
渐行渐远

第四章 *DI-SI ZHANG* **051**
我们分手吧

第五章 *DI-WU ZHANG* **069**
我们都是好孩子

第六章 *DI-LIU ZHANG* **085**
病房中的高考前夜

Contents 目录

第七章 097
DI-QI ZHANG
离歌

第八章 111
DI-BA ZHANG
冰冷象牙塔

第九章 127
DI-JIU ZHANG
回不去的曾经

第十章 149
DI-SHI ZHANG
千山万水来看你

第十一章 163
DI-SHIYI ZHANG
楚君尧，再见

第十二章 177
DI-SHI'ER ZHANG
噩梦醒来

楔 子

人生无常

陆怀箫从派出所出来的时候，是正午。

每一束阳光都像冒着火星的子弹，嗖嗖地洞穿了他的身体，他是又疼又蒙。

他的脑海里不断地回响着警察的问讯："那些白磷是你放的吗？是有预谋的还是临时起意？杀人的动机是因为毕清军没有妥善处理一起劳务纠纷，还是因为他救助了你却又在媒体上大肆宣传……"

他感觉到前所未有的疲倦，除了像梦魇一样喃喃自语"我没有"，就只是两眼放空地坐在那里。他也是从表哥那里听到的消息——他们公司的老板毕清军死于一场火灾。当时他蓦地站起来，能想到的只是毕夏，她该有多难过呀！他拔腿就往毕家赶，现场比想象中更加惨烈，残垣断壁，满地水渍，空气中还有着呛人的烟味。

他还没有找到毕夏，就先被警察带到了派出所，因为他在三天前去过毕夏家，他们怀疑是他放了白磷在玻璃房里。那么这应该也是毕夏的怀疑了——三天前，他们还坐在熹微的阳光里，细细交谈，他凝视着她，满心的温柔。可是命运却像一个来无影去无踪的刺客，在他心里狠狠地扎了一刀，之后片叶不沾身地消失了。

他知道，他和毕夏之间再也回不去了。

陆怀箫在认识毕夏之前，他的心里一直被一种宿命般的悲哀笼罩着。

因为家境贫寒，还要照顾患有脑瘫的哥哥，即使考上大学他也决定放弃，他知道他的人生，所做的不是自己想做的事，而是自己应做之事。因为一场劳务纠纷，他们想要"绑架"毕夏来威胁毕清军，没想到善良的毕夏会替他们求情，还让她父亲帮他重返校园。他觉得认识毕夏，是他生命里的一场奇迹，她那么美好，只是轻轻一笑，就让他的心怦怦直跳。

他早知道自己对毕夏的情愫，可是，怎么可能呢？不仅仅因为他们迥异的出身，更因为他们所站的人生角度不同。她的人生一直都美好富足，而他却满是沉重压抑。

没有人知道，每一次看到她，他的心中都会有怎样的暗喜，每一次和她交谈后，他都会在脑海中回味很久……这是他的秘密，是他不动声色，却又惊涛骇浪的爱恋。

没想过毕夏会答应去他家做客，他一直记得那幅画面，她坐在他家门口的竹椅上，一张张地翻照片，她的唇边抿起微笑来，目光徐徐望过去，就好像在轻抚着他艰辛的人生。他从厨房的窗口望过去，几乎要落下泪来，他的生活何曾有过这样美好的时刻？那些穷困潦倒的日日夜夜，那些为了生存所做的挣扎，早已经逼出了一颗坚毅的心脏。

考上浙大的时候，他把这个消息第一个告诉了毕夏，她为他高兴，看到她这么开心，他就越发觉得快乐了。很多年没有这种感觉了。

当毕叔叔开玩笑说等他毕业以后去他的公司上班时，他的心里早就已经开心地应下了。这样就能常常见到毕夏，就能守着她，看着她继续幸福了——只是这样，就已经很好了。

没想到，连这样小小的幸福他都没能守住，一场大火烧光了所有他与毕夏的情谊。

陆怀箫打听到毕夏和母亲暂住的公寓地址，他知道他现在是被怀疑的对象，可还是想去看看她。虽然他没有做这件事，但连警察都怀疑他，何况是毕夏呢？

门打开的时候，面前的人是黎允儿，看到陆怀箫，她错愕地张大嘴巴，紧张地朝身后看一眼，压低声音问："你怎么来了？"

"让我见见她。"陆怀箫轻声哀求道。

黎允儿迟疑一下："其实我不相信你会做那样的事，好好和她谈谈吧。"

陆怀箫从来没有见过这样的毕夏，昏暗的房间，她就像一只受伤的小鸟坠落在角落里，脸色苍白，目光哀恸——他真的很想告诉她，他有多心疼这样的她。

他一步步走向她，却感觉他们之间仿佛隔着山川大海，前进的每一步都是那样艰难。

毕夏的目光缓缓地看过来，见到他，血丝密布的瞳孔突然变成两簇熊熊燃烧的火苗，脸部表情变得愤懑敌视，整个人像拼尽了所有的力气，尖叫着朝他扑来。

"毕夏！"黎允儿一把抱住她的腰身，急急地说，"冷静一点儿，你要听他解释！"

毕夏的眼泪像断了线的珍珠，一颗颗往下掉，她沙哑着声音，厉声质问道："你怎么可以做这样的事？陆怀箫，你怎么能这么残忍？就算你恨我爸，但他没有犯下滔天罪行，你怎么可以要他性命？我当你是朋友，信任你，把你带进我家，你却害了我爸爸和奶奶的命！我不会原谅你！陆怀箫，我死也不会原谅你！"

毕夏说的每一句话都让他痛彻心扉，他却只是无言地望着毕夏，不知如何安抚。

"快快快，你快走！"黎允儿无可奈何地催促着。怀中的毕夏不断挣扎，她已经快要抱不住她，"别再刺激她了！"

陆怀箫感觉自己已经被毕夏的目光扇了一个又一个耳光，如果她手上有刀，会毫不犹豫地朝他刺下来！她的心里已经认定了他就是凶手！可是，他发现，他并不在乎这个，他在乎的是毕夏的人生，心中有了痛，便再也不会像从前那么快乐。

"照顾好自己。"陆怀箫轻声地说完这句，转身离开的时候才发现眼泪不知何时落了下来。他不想去证明自己的清白，也许恨一个人会让她感觉好受一些。

毕夏的父亲和奶奶已经不在了，那么鲜活的两个人，他还记得他们。毕叔叔和他坐在一起畅谈，他不再是那个精明的商人，而是变成了一位和蔼、睿智的长辈。还有奶奶，他还记得毕夏跟她撒娇的样子，那样爱笑的毕夏，美得让他情不自禁地露出笑意。

短短几天的时间，一切都改变了。

他也很想知道，是谁？为什么要犯下这样的罪孽？不管是谁，他都恨不得杀了他！可是没有人给他答案。

陆怀箫一直走，一直走，这些年，他自以为已经拥有应对一切的沉稳和冷静，但在此刻都消失殆尽，他茫然、无助、痛苦、焦虑，无能为力的感觉让他的心都碎了。

第一章

咬紧牙关的灵魂

毕夏关上门的时候，看到的是母亲忙碌的身影。很多天了，她总是这样，在家里不停地打扫清洗，整个屋子已经一尘不染，可她还是停不下来。

每次放学回家，母亲都要求毕夏立刻洗手换衣服，而她换下来的衣服母亲拿过去就洗了，好像从外面回来的她带着很多的病菌。她劝母亲歇一下，可是她根本不听，即使刚刚坐下来，又像会想到什么似的，马上站起来开始新一轮的打扫。

母亲没有再去公司，除了非常必要的情况，比如派出所调查之类的情形，否则绝不出门，就待在家里洗洗涮涮。有时候毕夏提议出去散散步，她会冷着脸反问："你爸都不在了，有什么心情散步？"毕夏没有想到，平日里那么理智成熟的母亲会如此难以接受父亲的离开，她每天失魂落魄，沉溺在痛苦中不能自拔。

毕夏现在最担心的就是母亲，她是她唯一的亲人了，可是看着她的精神状态如此糟糕，她却无能为力，家里的气氛是如此沉重，压得她头都抬不起来。

毕夏也在担心着父亲的案件。警察说这是一场谋杀，但为什么还不把陆怀箫抓起来呢？那些天，他是唯一到过家里，唯一去过玻璃房的外人，不是他，还会有谁？她去派出所问过，警察用证据不足来回复她。事实就在面前，怎么还会证据不足？难道让凶手逍遥法外吗？一想到陆怀箫，她的心就充满恨意，她之前竟然觉得他是如此敦厚睿智的男生，甚至对他很有好感，可这一切都是假象，他的温文尔雅竟然是心机深沉。

被烧掉的别墅损毁严重，母亲交给舅舅修复，她提出要还原得跟以前一模一样，就连家具都必须去订购同款——不管花多少钱都要办到。毕夏却不那么愿意再回到那里，回忆太多，总是会触景伤情，现在这套公寓虽然只有一百多平方米，但只有她和妈妈住，已经完全够了。

妈妈在家里摆放了很多父亲的照片，吃饭的时候也会给父亲盛一碗，有时候坐在沙发上絮絮叨叨，好像在跟父亲聊天……就连毕夏都恍惚觉得，也许父亲只是出差了，过几天就会拖着行李回家。可是这种情景只发生在梦里，梦里他们一家团聚，诉说离别的思念，每每醒来，枕头上都湿了一片。

母亲在隔壁房间，整晚都亮着灯，她知道母亲和她一样睡不踏实，昏昏沉沉，反反复复，心里的绝望几乎要摧垮所有的意志。难受的时候，毕夏便疯狂地做题，她要自己进入另一个世界，忘却现实里的痛楚。

但每一分每一秒，不管她在做什么，父亲和奶奶的笑容都会出现在脑海里，哭也好，求也好，即使难受得呕吐，陪伴她的也只有回忆。

原来人世间最痛的就是失去——没有办法挽回。

天知道毕夏这段时间是怎么熬过来的，蚀骨穿心，肝肠寸断，万念俱灰……慢慢地,她才拼凑起自己来,生活总要继续,难道不应该振作起来,好好地生活,来告慰逝者吗?总是消沉和哭泣,父亲和奶奶也已经离开,再不会回来了。

她想,疼爱她的父亲和奶奶一定也这样希望,他们总是教育她要坚强、勇敢,可人的一生如果能够不坚强,不勇敢,这该多么幸运。坚强,不过是因为别无选择。

擦干眼泪,她要好好地活下去,珍惜现在还拥有的。

毕夏快到学校的时候,楚君尧骑着单车停在一株柳树下,一边翻看杂志一边等她。清晨的雾气在青翠的柳树间浮动,勾勒出昏黄的轮廓,整个画面像水晶一样剔透清新,而站在这幅画面里的楚君尧,穿着挺括的衬衫和牛仔裤,身形修长,眉眼俊朗,像春天里的香樟树,有着旺盛的生命力。

毕夏的心里有一丝低落,病去如抽丝,即使她再装作镇定坚强,依旧元气大伤。

楚君尧别过头,看到毕夏,眼里浮出笑容,没有打招呼,只是自然而然地骑行到她身边。

"吃早饭了吗?"虽然在询问,但他已经把准备好的牛奶放到她的车筐里,"昨天晚上睡得好吗?"

"已经吃过了,还好。"毕夏简单地回答。她不是那种习惯示弱的女孩,即使是在楚君尧面前,她也不愿意哭哭啼啼地诉苦。只有她自己知道,失去亲人的这种伤痛,永远无法结疤,永远血淋淋。

楚君尧没话找话地说:"最后那道分段函数题你做出来了吗?"

"还没有。"毕夏有些沮丧。

楚君尧这才像找到一个话题一样,兴致勃勃地讲下去:"设函数$y=f(x)$的定义域为I,如果对于定义域I内的某个区间D内的任意两个自变量x_1,x_2,当$x_1<x_2$时,都有$f(x_1)<f(x_2)$,那么就说$f(x)$在区间D上是增函数。区间D称为y……"

毕夏恍然地点点头:"我没有注意这个区间的定义域是局部性质。"

"一大清早就讨论功课,你们俩也是够了!"黎允儿的声音从他们身后脆脆地响起来,"好啦,请继续!"说完,猛地一蹬,自行车便超过了他们。

"等等我。"毕夏朝黎允儿追上去,又回头跟楚君尧说,"我先走了。"

黎允儿看到毕夏追上来,戏谑道:"人家大清早就等着你,你却把他甩开,是不是有点儿残忍?"

"我觉得我妈的精神状态越来越不好了。"毕夏选择忽略黎允儿的问题。她不知道为什么想逃避楚君尧,这段时间他那么温柔地照顾着她的情绪,可她总觉得他的过分体贴有着同情的成分。她没有忘记在她家出事前她和楚君尧因为保送的事引发的争吵，即使后来他们没有再继续这个话题，但他们只是避而不谈，矛盾和分歧还在那里。

她不是楚君尧，她没有冒险精神。

"我爸找了个私家侦探……"黎允儿说完才回头问，"你刚才说什么？"

"我妈现在每天要拖十几遍地，木地板已经能够照出人影了！"毕夏幽幽地说，"怎么突然就变得这么洁癖？"

"这应该是心理问题，得找专业人士咨询。"黎允儿和毕夏并排骑着单车，她从她的车筐里捞出刚才楚君尧准备的牛奶，两手松开车把，把牛奶吸管插好，一边喝一边说，"我问问我爸，让他找一个心理医生。"

黎允儿回头看了一眼毕夏，毕叔叔的事已经过去一个月了，悲伤过后，毕夏看上去已经慢慢平复了心情，可她却觉得这样的毕夏让她更加难受。

"我妈……应该不会去吧？"想起母亲越来越固执的脾气，毕夏拿捏不定。

"要不你去见见医生，把症状一说，医生也能知道是怎么回事。"

……

楚君尧停车的时候，一抬眼恰好看到抱着书本经过的沈冬晴。她刚刚洗过头，乌黑的头发把衬衫后面打湿，贴在肩胛骨上，微微低头的时候，几缕发丝随意地飘落下来，在晨曦中，显得格外恬静柔美。

像是察觉到他的注视，她的目光望过来，楚君尧心里一慌，下意识地低下头，车钥匙却从手里滑了下去，有几秒钟他根本没法抬头，心中一片兵荒马乱。

怎么突然觉得沈冬晴变得不一样了？怎么会注意到她不一样了？真是疯了……

"在做贼吗？"一张大脸出现在眼前，惊得楚君尧刚刚捡起的钥匙再一次掉到地上。

"何晨宇！"楚君尧不满地喊起来，"大清早就要演鬼吗？"

"你在躲谁呢？"何晨宇向楚君尧的四周望去，"我看到毕夏了，难道你在躲她？"

"有病！"楚君尧没好气地说。

"说的也是！"何晨宇笑了，"你看到毕夏就像狗看到骨头，追上去还来不及，怎么会躲呢？"

"喂，你说谁是狗呢？"

"我就打一比方！"何晨宇拔腿就朝前跑，"不过你刚才明明就是在躲谁，这个学校竟然还有你怕的人，快说出来让我见识见识嘛！"

"走开！"

"那个……"沈冬晴的声音响起时，楚君尧感觉到心脏猛地漏跳了一拍。

何晨宇也停下来，狐疑地问："你在叫我？"

"不是——"沈冬晴把手里一沓笔记递到楚君尧面前，"这个还给你，谢谢，我重新誊抄了一遍。"

楚君尧不用看就知道何晨宇一定惊讶得张大了嘴巴，他觉得羞愧难当，语气也变得不悦："你帮我把它们扔掉吧！"

"啊？"沈冬晴不明究竟，"为什么？"

"因为我用不上了。"

"他用不上，那给我吧！"何晨宇不由分说地从沈冬晴的手里抢过了笔记本，阴阳怪气地说，"这家伙还从来没给我看过，哟，这字还挺工整的，原来第一名也是需要做笔记的呀！"

沈冬晴有些难堪，她看楚君尧的神情就知道他不高兴了，可她不知道为什么。她还记得，抱着这些笔记本时她有着怎样矛盾的情绪，她已经决定把楚君尧珍藏起来，开始新的旅行，可是要真正做到，好难呀！每每见到他，她的心还是会感觉到疼痛。

"谢谢！"沈冬晴低低说一声，红着脸转身离开。

等她离开后，何晨宇挡到楚君尧的面前，他朝左，他亦朝左，他向右，他也跟着向右，一脸"你给我说清楚"的模样。

"闪开！"楚君尧毫不客气地推他一把。

后者踉跄一步，却笑了："有猫腻！你居然会把笔记本给她，什么时候这么好心了？"

"你怎么变成三姑六婆了？"

"那你告诉我为什么，要不——喀喀，毕夏知道吗？"

"你别多嘴！"楚君尧皱着眉，停下来，"我只是不想欠她人情。"

"什么？"

"她给我妈找了一种草药，好像有点儿效果。"

何晨宇长长地"哦"一声，有些感慨："你欠她人情的事好像不仅仅这一件吧？她不是替你挡过砖头吗？不是当着全校师生的面冲上球场按住你抽筋的腿，还为了救你的相机而滚下山坡……说起来，她也真可怜，喜欢上一个永远也不会喜欢她的人。"

楚君尧沉默了，他的脑海里浮现出沈冬晴陪他坐在手术室外的情景，手术室中，母亲正在和病魔做殊死斗争，而手术室外，她什么也不说，只是静默地陪伴，却温暖了他惊慌失措的情绪。

"毕夏也够坚强的,这么快就能恢复。"何晨宇还在旁边絮絮叨叨,"要是我,没准就要自暴自弃了!"

"因为她是毕夏。"楚君尧幽幽地说。

毕家出事后,他第一时间赶到毕夏的身边,那是他第一次看到如此破碎的毕夏,悲伤、痛苦、绝望……可是即使这样,毕夏也没有放任自己沉溺其中,当最难过的那个点过去之后,更多的时候,她就只是抱着膝盖缩在角落默默发呆,只是这种无声的悲恸更让他心痛不已。

他什么也不能做,只能默默地陪伴着她,她没有让自己像个孩子一样因为疼而不停地哭,也不允许自己变成祥林嫂到处倾诉。一切情绪她都放在心里,即使是亲近如他,也没有办法替她分担。

这样强大的毕夏,让他的心里有些许失落。

不被需要的感觉,让他感觉毕夏离他很遥远。

几天后,毕夏在黎允儿的安排下去见了心理医生。当她说起不久之前的火灾,说起离开的父亲和奶奶,还有母亲现在的状况,声音还是忍不住微微颤抖。

心理医生的诊断是强迫症,需要服用一些精神类药物,并且要配合心理治疗。但是当毕夏告诉母亲,希望她能去见见心理医生,跟他谈一谈的时候,被严词拒绝了。毕夏迫于无奈,只好先从医生那里拿了一些氟西汀回来。

要让母亲自己吃药肯定不可能,毕夏只好把药碾成粉末,小心翼翼地放进她的牛奶里。

"你在做什么?"

母亲的声音突然炸开来,吓得毕夏手一哆嗦,药粉撒出来,她下意识地把手往背后一藏,结结巴巴地回答:"没……没什么。"

母亲怎么会信,径直上前,一把拽过毕夏的手,红着眼质问:"这是什么?你在里面加什么了?"

毕夏急得眼泪都要下来了:"疼,妈,我疼!"

"快说!"母亲并不松手,力道更重了,就像铁钳一样把她的手用力拉到面前,从她手里拿出白色的药瓶,"这是什么?你竟然要害你妈!是不是你?是不是你害死你爸的?"

毕夏被母亲的话惊呆了,张了张嘴,还没有出声,眼泪已经落了下来。

"说,是不是你?"母亲的表情愤怒、扭曲、狰狞。

"妈，您冷静一点儿，听我说！"毕夏哀求地看着母亲，"爸爸已经离开了我们，他一定会希望我们能好好地生活……"

母亲一把推开她，泪流满面地问："你的心怎么这么硬？你是他的女儿，难道不难过吗？"

毕夏望着母亲，哽咽地说："妈，坚强一点儿，您还有我！"

"我怎么养了你这样一个没心没肺的女儿？"母亲完全不听毕夏的安慰，变得执拗偏激，"你爸爸才走，你可以若无其事，但我做不到！我没有生病，我也不需要吃药，倒是你需要吃药，你的心病了，才这么狠毒……"

"妈！"毕夏扬高声音打断她，"不好好地活着，难道去死吗？"

"我真想随了你爸爸去！"

"死还不简单吗？最难的是活着……妈，振作一点儿，公司还有很多事需要您处理，那是您和爸爸共同的事业！"

母亲冷哼一声："是怕我把钱都散光了吧？"

毕夏觉得母亲越来越难以沟通，变得蛮不讲理，心中烦恼，顺着她的话接了下去："是是是……"

"啪"的一声，她的话音刚落下，脸上已经被母亲重重扇了一个巴掌，还没有感觉到疼，便看到母亲的脸色越来越青，呼吸急促，身子突然就软了。毕夏上前一步，一把抱住她往地上滑去的身子，自己也被坠得向地上倒去，最终，两个人全摔在了地上。

毕夏感到自己在这一刻长大了，虽然她一直要求自己做一个成熟的人，也自认为做得不错，无论发生任何事，她都以最适当的方式做出回应。但在残酷的现实面前，她才明白，这样的成熟太肤浅了。真正的成熟是一种从最深的失望和打击中淬炼出来的平静，是再苦再累也不在人前表露的决心，是有接受一切苦难与责备的勇气。

她不是不痛，不是不恨，可是她有一个咬紧牙关的灵魂。

周媛在整理儿子的行李，虽然已经打包好数次，但她就是不放心，总又打开，反复确认。

今天是裴雨阳去上海戏剧学院报到的日子，虽然他们对儿子将来的职业不予认同，但对于他能考上大学还是觉得庆幸不已，这个叛逆倔强的儿子没少让他们操心，现在总算可以松口气了。这些天，裴雨阳表现得不错，请他们去看电影，吃晚餐，还陪她美容逛街，一家人难得其乐融融。

"妈，走啦！"裴雨阳在客厅里催促，"爸，您快点儿！"

她和裴向成在各自房间里都应了一声。

"哎呀，这么多东西……妈，您是打算给我搬家呢！"裴雨阳不满地说，"动车也才三个小时，我每个月都会回来的！"

周媛心里顿了一下。她了解儿子，他这么积极地想要回家无非是想要见那个女孩。对于沈冬晴，周媛并不是不喜欢她，相反相处一段时间之后，她觉得那是一个勤劳善良的好孩子，只是两家人的关系如此尴尬，她的父母和家境都让她觉得格格不入。她也只能在心里安慰自己，谁没有年轻气盛的时候呢？艺校里肯定有很多美丽动人的女孩子，说不定过些日子就会淡了。

把行李都放上车后，裴雨阳对父亲说："爸，先去一趟四维路。"

坐在副驾驶的周媛和丈夫交换一个眼神，她忍了忍，尽量轻言细语地说："那边不顺道，还是直接去机场吧，万一路上堵车就麻烦了。"

"我要去跟沈冬晴道别！"裴雨阳执拗地说。

裴向成示意周媛不要反对了，这个时候和儿子起冲突不明智，这浑小子要是闹着不上飞机不报到，他们也拿他无可奈何。

"就绕过去吧。"裴向成安抚妻子说，"去机场时间还早。"

周媛没有回答，心里却已经不痛快。但既然丈夫都已经应允，她也不好反驳。

车一直开到耀华中学的门口，但大门紧闭，正是上课时间。

裴雨阳对着保安说："我是今年才毕业的学生，马上要去新学校报到，是来跟老师道别的。"说着，他还往身后指了一下，"那是我父母，不信你问问他们。"

听到这话的周媛真是哭笑不得，从车里出来，赔笑着对保安说："这孩子非要来跟老师道别，他对这里很有感情，您看……"

保安点点头，赞许道："进去吧，难得还有这份心！真是个好孩子！"

裴雨阳冲母亲做了个鬼脸，转身跑进了学校。周媛无奈，只是瞪了他一眼。心想，这孩子，这个时间跑到沈冬晴的学校，真是不管不顾了。

裴雨阳找到沈冬晴的教室时，他们正在上班主任罗老师的课。他就那么光明正大地站在班级门口，朝里面的沈冬晴挥了挥手。

沈冬晴一时没有反应过来，几秒钟后才明白过来，那里站的人是裴雨阳，他穿着长款的T恤，破洞的牛仔裤，反戴着棒球帽，休闲运动又酷上天的样子。她甚至听到旁边有人低呼："哇，好帅！"

沈冬晴也得承认，裴雨阳是帅气的，他和楚君尧是两种不同气质的帅。楚君尧是阳光俊朗的优质少年，而裴雨阳是个性十足的酷小子。

同样看到裴雨阳的还有楚君尧，他的心里涌上一种复杂的情绪，像柠檬，有些酸，有些涩……还有生气和嫉妒——他没有察觉到，此刻他和教室里的其他人一样，都注视着门口的裴雨阳。

罗老师皱皱眉，冲裴雨阳说："同学，有事吗？"

"我找沈冬晴，请您让她出来一下。"

沈冬晴站起来，涨红了脸："罗老师，他是我哥。"

教室里顿时一片哗然，他们是兄妹！哪里像？穷酸又土气的"魔教教主"沈冬晴怎么会有这么帅气的哥哥？难道——

各种八卦被浮想联翩，平静的教室变得浮躁喧嚣。

罗老师拿板擦敲敲讲台说道："沈冬晴，你先出去吧。"

沈冬晴走出教室，也不搭理裴雨阳，只是气呼呼地朝前走，而跟在她身后的裴雨阳自然知道她在气什么，心里在坏笑，反正他想见她，就这样来了，她能怎样？还打他不成？

沈冬晴一直走到僻静的楼梯转角处才停下来："今天不是要去学校吗？"

裴雨阳凑到她面前笑容满面道："没想到今天还能见到我，其实心里可开心了吧？"

沈冬晴无声地笑了，像看个孩子："还能不能再幼稚点儿？"

"只有在你面前我才会变得幼稚。"因为喜欢你呀！

沈冬晴想起什么似的问："那叔叔阿姨呢？"

"在校门口候着呢！"

沈冬晴气得抬手就朝他打过去："你怎么这么任性？"

裴雨阳一边躲闪一边嚷嚷："真是胆子越来越大了，信不信我还手？"

沈冬晴才不怕他，一边打一边骂："都已经十八岁了还这么胡闹！你让叔叔阿姨怎么想我呀？真是个坏小子，一点儿也不体谅父母！"

裴雨阳一把抓住她的手，佯装要还击，在沈冬晴脖子胆怯地一缩时，他坏笑着在她手里塞了一样东西。

沈冬晴定睛一看，是条小链子，上面坠着的菱形镜面上有一张他的照片。

"才不要！真难看！"沈冬晴噘着嘴递回去。

"那你还想收到稿费吗？我可是已经把收稿费的地址改成了我学校的地址！"裴雨阳得意扬扬地笑。他就知道，想要让沈冬晴服软，最好的方法就是掌握她的经济命脉。这个傻瓜明明也可以给杂志社打电话，但以她的性格又怎么好意思呢？所以每次给她稿费单，也可以让他有借口多见她一次。

果然，沈冬晴无奈地把手拿了回来。

"可不许随随便便扔到一边！"裴雨阳继续威胁，"这是有感应的手链！必须随身戴着，要是丢失了，后果自负！"

他拿出另外一条来，同样的款式，不同的是上面放着的是一张她的照片。两条链子一靠近，照片竟然开始发光。

"好神奇！"沈冬晴瞪大眼睛，把链子靠近一点儿，又拿开一点儿，看着它们闪闪烁烁，很好奇的样子。

"去上课吧！"裴雨阳大手一挥，"我走了。"

"好。"

"再见！"

"嗯。"

"喂！"他的声音听上去极度不爽，"我都要走了，你说一下想我会死吗？"

"你本来就不该来的！"

"你就不能对我有点儿慈悲之心？"裴雨阳苦着脸，"我真的要走了。"

"好啦，再见！"

裴雨阳转身走几步后，回过头，看到沈冬晴已经上楼，气得跺跺脚，再一次喊住她："喂！"

沈冬晴莫名其妙地望着他。

"难道不应该等我走远了再走吗？"像电视里演的那样，依依不舍的样子。

"别闹了！"沈冬晴挥挥手，"我上课去了！"

说着她已经疾步跑开了，裴雨阳留恋地望着她的背影，心里充满了惆怅。

他竟然沦落到这样的地步——祈盼她多为他停留一下，哪怕一分钟也好。

那个人，那个被她喜欢着的人，为什么就不能珍视她呢？如果换作是他，会是怎样的欣喜若狂？唉，这乡巴佬的眼光怎么这么高，非要喜欢全年级第一名——打住！裴雨阳在心里翻了自己一个白眼，别妄自菲薄，你可是比他帅十倍的人！

裴雨阳又叹口气，唉，别自欺欺人了，那家伙真的很帅。

在裴雨阳这么复杂的心理活动里，沈冬晴担心的却是等在校门口的周阿姨和裴叔叔，这下，他们恐怕会更讨厌她了吧。

"送走！"裴雨阳一下车，周媛就气急败坏地说，"一定要把她送走！雨阳还说一个月回家一次，为什么？不就是为了见她！长痛不如短痛，现在分开总比将来拖久了的好。"

裴向成沉默一下："真不知道这孩子着了什么魔，一个乡下姑娘，竟然让他神魂颠倒！"

"说的也是！"周媛愤愤不平，"当初执意要把孩子送到我家住，说不定打的就是这个主意。看我们家好说话，看雨阳单纯……我早该听徐姐的话。"

"可是现在送到哪里？"

"转校。"周媛说，"哪里都好，就让雨阳找不到，慢慢地，也就淡了。"

"雨阳的脾气你最了解，闹起来……"

"反正迟早都要闹一场。"周媛气咻咻地瞪丈夫一眼，"都是你惹出来的事！"即使知道那场车祸只是意外，但她还是忍不住埋怨丈夫。如果没有发生那件事，他们一家三口的生活会平静很多。儿子非要到这里来见那个女孩，也就是用这样的方式告诉他们，她对他很重要。他无所顾忌，心意已决，就算是父母，也不能站出来反对。

"其实换一个角度，雨阳能考上大学，跟那孩子也有关系。"裴向成说，"先走一步看一步吧。"

父母的决定裴雨阳并不知情，他下车前还叮嘱父母，平时要多照顾沈冬晴，周末要让她回家里来，吃点儿好的补充营养。

周媛含糊地应了一声，心里想的却是：要送沈冬晴去哪里呢？还要让她不能跟家里说，就她家人那个难缠的样子，要是知道了，可了不得。她在心里安慰自己，也就一年，等到她考上大学，他们也就仁至义尽了。

第二章
打开的潘多拉盒子

黎允儿到家的时候，见到停在车库里的父亲的车子，换下鞋就"咚咚咚"地跑上楼，母亲在身后喊："慢点儿跑，别摔了！"

"知道了！"黎允儿一边应着，一边与母亲打招呼，"妈，您今天这条裙子好仙呀！"

"什么？"母亲不明白，目光追着女儿，"仙是什么意思？"

"就是美美的！"黎允儿回头冲母亲露齿一笑。

母亲看着她这么高兴的样子，心里却有些难过，这么健康明媚的女儿，怎么就失聪了呢？虽然戴着人工耳蜗与常人无异，但作为父母来说，这样的缺陷依然是他们心里的痛。

黎允儿径直推开父亲书房的门，看到父亲正站在落地窗前，心事重重的样子。

"爸！"黎允儿朗声说，"今天有消息了吗？"自从知道父亲找了私家侦探来寻找黎梓然的消息，她一见到父亲就会追问。她没有想到，自己竟然会对那个小屁孩这么牵肠挂肚，一想到他是和她血脉相连的弟弟，她的心就温暖极了。

父亲从书桌上拿起一沓资料，黯然地说："他妈把他带到我面前，就只是展示一下的吗？"

黎允儿迫不及待地拿起资料，上面却是复印的病情诊断，患者一栏填的是黎梓然，病情诊断那里写的是：威尔森氏症。

黎允儿不解地抬起头问父亲："这是什么病？"

她从来没有听过这个病名，翻下去资料上有对这个病症的解释，是一种自体隐性遗传疾病，因第十三对染色体上的两个基因出现异常，造成血浆中携带铜离子的蓝胞浆素缺乏，使得铜离子代谢产生异常，让过多的铜离子在肝、脑、角膜、心脏等处沉淀，而造成全身免疫系统衰竭，发病率是三万分之一。

黎允儿的心情越来越沉重，上面清楚地写着这是一种罕见的"绝症"——这两个字让黎允儿的脑袋像是被人打了一拳，蒙了。

"你儿子生病了？看上去挺严重。"

父亲看到脸色变得惨白的女儿，安抚地拍拍她的肩膀："放心，爸爸一定会找最好的医生！"

黎允儿像是在安慰自己，自言自语道："现在医学是挺发达的，小屁孩一定没事的。"

"他们回他妈妈的老家了，等有时间爸爸和你一起去看看他们。"

"你儿子真的很臭屁！"黎允儿想起黎梓然的样子，不由得笑了，"一副老成的样子，有时候恨不得揍他一顿——爸，他会好起来吧？"

"会。"父亲看着她，点点头。

黎浩天不忍说出真相，他已经去看过黎梓然了，他的病情已到晚期，随时都会有生命危险。原本他想要把他送到最好的医院，或者联系国外的医院，但被黎梓然拒绝了。他说不想再经历求医过程，原本就只是想来看看他们，并没有要留下什么痕迹。这孩子讲话真的跟允儿说的一样，老成得让人心疼。不过是十四岁的孩子，却已经因为这个病治疗了许多年。

他对这个孩子充满了愧疚，都是因为他的不负责任，才会让这个孩子一直缺少父爱。

可是，现在想要弥补，却时日不多。他没有打算瞒着女儿，是因为知道她真的关心梓然。他甚至想，如果梓然能够一直在他身边长大，那该多好呀，这姐弟俩都不会感觉到孤单了。可是梓然的时间不多了，这对允儿来说，会是多大的打击呀。

"明天！"黎允儿斩钉截铁地说，"明天我们就去找他！这么久没见还怪想念的。"

父亲怔了一下，然后应允下来。

三天后，当黎允儿见到黎梓然的时候，他正站在巷子口和一群大爷观战一场象棋比赛。

"不对不对，兵七进一！"黎梓然的声音听上去与常人无异，铿锵有力，"错了，这一步要炮八平九，哎，炮二平五……"一边说他还一边动手走棋。

大爷不乐意了："小朋友，能不出声吗？观棋不语真君子嘛！"

黎梓然笑了："哎，都是臭棋篓子，几步就赢了，多没劲！"

"你这孩子——"

黎允儿心里的担忧一下子散去很多，揪住黎梓然的衣领把他从人群里拖出来，他瞪着眼睛扭头一看，见是黎允儿，惊喜地大喊一声："快快快，请我吃大餐！"

黎允儿不满地说："见到姐姐就这么一句？"

"谁叫你比我有钱？"

"爸的家产分你一半！"

"我都快死了，要那么多钱干吗？"

黎允儿把他扯到面前左看右看："跟我开玩笑呢，这不好好的？"

"我也希望这是老天爷跟我开玩笑呢！"黎梓然耸耸肩膀，"不过他说他特别认真。"

"爸说了，花再多钱都治！"

"土大款就是没文化！"黎梓然挑挑眉毛，"不知道什么叫疑难杂症……不说了，快请我吃顿好的！"

坐在小城最好的餐厅里，黎梓然指点江山般点了许多菜，黎允儿忍不住问："你妈是不是没钱了？法律上规定爸爸有义务出赡养费……"

黎梓然挺挺胸脯，看了黎浩天一眼："我跟我妈不缺钱，她只是不许我乱吃东西。比如猪肉，比如蛤蜊，比如萝卜白菜马铃薯……就是这也不许那也不许，因为这些食物含铜量高！"

"那……"黎允儿迟疑一下，想要阻止的话变成了"少吃点儿吧"。

一想到黎梓然竟然连吃个饭都有诸多限制，她的心里就充满了怜惜。

像是猜透了她的想法，黎梓然淡淡地说："你可别同情我，生命不在于长度，在于质量，我跟妈妈生活在一起很开心，而且我们都很平静地面对生死这件事……好啦，跟你这种智商的人讨论这些太沉重了，我得开动了！"

黎梓然开始大快朵颐，一旁的黎允儿看着若无其事的他，眼里蓄上泪来。这么漂亮聪慧的男孩，连生个病也特立独行。

黎梓然抓起一只烤熟的牡蛎，满脸享受地一嘬牡蛎肉，几口就下肚……又拿起一只，直到整盘下肚，再心满意足地舔一舔沾满油汁的手指，打个响亮的饱嗝，才放慢进餐速度。

"医生说我活不过三个月，可我都多活半年了。"黎梓然兴致勃勃地说，"真的有赚到的感觉。"

"剩下的时间打算做什么？"黎允儿故作随意地问。

"可多了，我要去路边捡一只小奶猫，学会倒立，去北京吃一次正宗烤鸭，到酒吧喝一次酒，看一场斗牛比赛……"

"那就列个愿望清单吧。"

"做什么？"

"你不是说生命要有质量吗？实现你的愿望才能把日子过得更有意义……"

"愿望不一定都能实现。"

"去做了才知道能不能实现！"黎允儿盯着他，"我会陪着你。"

黎梓然错愕地抬起头："你是说你不上学了？"

"我有的是时间，而你的不多了！"黎允儿看向父亲，"爸，您得出钱！"

父亲早已经眼眶湿润，重重点头："想做什么就去做，爸爸支持你们！"

黎梓然吸吸鼻翼："是想让我感动吗？好吧，我承认，你赢了！"

黎允儿哭了。她很想在这个臭屁的孩子面前表现得同样淡然坚强，可好难，一想到不久之后他就会在这个世界上消失，她就心如刀绞。

是从什么时候开始，他们的成长要开始经历失去呢？

虽然她没有和任何人商量要休学陪伴黎梓然，可看着他一个人混迹在那些老人中间时，她突然就决定了，她不能再让弟弟这么孤单地一个人待着。

傍晚时分，她和弟弟漫步在他成长的城市，听着他讲小时候的趣事，她不停地问这问那，想要知道更多他以前的事，当他提到最喜欢吃的一家煎饼馃子时，她跟着弟弟一起去找到了这家店，然后坐在马路边上，美美地吃起来。

然而悲伤就像一张湿答答的纸，覆盖了她的心，让黎允儿感到冰冷又窒息。

在宿舍接到周阿姨的电话时，沈冬晴刚刚和裴雨阳通过话，以为又是他的恶作剧，声音里含着笑意问："又怎么了？"裴雨阳一到上海就感冒了，听到裴雨阳撒娇一样的抱怨，她有些无可奈何。

这个蛮横霸道的家伙，竟然有这么黏人的一面。

"沈冬晴，是我，周阿姨。"

沈冬晴的好心情一收，笑容僵在了唇边。

"我在你学校门口，现在能出来一下吗？"

沈冬晴挂断电话的时候，才发现自己紧张得屏住了呼吸，她有些说不清的心虚。她曾经跟周阿姨信誓旦旦地说她不会和裴雨阳有什么瓜葛，只当他是"你们家的儿子"，可是她一直在和裴雨阳联系……她在心里对自己说，在大学那么新鲜的环境里，裴雨阳很快就会忘记她，他们用一种温和的方式疏离，会比去伤他的心好。可是——周阿姨怕是不会这么想。

沈冬晴再一次坐到周阿姨的面前，听着她苦口婆心地说："雨阳还太年轻了，过早地恋爱会束缚他的人生，你们这样下去不会有任何结果……你家里人会同意吗？"

沈冬晴沉默不语。周阿姨给她点了一杯冰淇淋，各种颜色的雪糕球被巧克力棒和榛果点缀得五彩斑斓，可是它们很快就融化了，看上去难堪而混乱。

她一口也没有动。

"这所学校也挺不错。"周媛把资料递过去，"我们会替你办理转学手续……"

"不！"沈冬晴抬起头来。

周媛看到她眼里突然涌现的坚定怔了怔。

"我没有打算转学。"沈冬晴平静地说,"但我答应您,不会再和裴雨阳来往。"

"不行!他总是来找你!"

"我不见他……"

"像那样突然闯到你学校的事他不是没有做过。"周媛缓缓语气,"希望你能体谅一下我们做父母的心,你母亲为什么执意要把你送到这里来?高三很重要,雨阳如果影响了你的正常学习,我们也对不起你的母亲。"

周媛提到了母亲,这让沈冬晴的心像被剜了一刀。

裴家的人一直以为那场车祸是个意外,但其实那是一场可以避免的人为。母亲此刻还躺在床上,她永远也没有办法再站起来,而她还那么年轻。她将人生的所有希望都寄托到了唯一的女儿身上,只有更加努力地学习才能回报母亲的牺牲。

沈冬晴一直把自己的时间安排得满满的,要做的习题,要背的公式,要温习的科目……背不出的英语单词就写在便笺纸上随时看一眼;做不出的习题就花大量的时间慢慢推;看不明白的地方也会厚着脸皮找老师……她的内心充满了动力,已经不再是刚来这里时,那个总是被挫败感打击得溃不成军的她。一年的时光,她改变了很多,也失去了很多。

她依然常常想起顾珊来,那个她唯一的朋友,她很想对她说:"嗨,看见了吗?其实我可以变得更好,再好一些,让大家都能够看到我。"

"我会和裴雨阳说清楚的。"

沈冬晴垂了垂眼,她不愿意去伤害他——可她有什么办法?

"那阿姨相信你吧!"周媛见她态度坚决,也知道不能勉强,只好退一步,"雨阳是个倔强的孩子,所以最好跟他说清楚,不要拖泥带水。作为母亲,我不愿他受到伤害,但有时候,伤害在所难免,我们也只能希望他快一点儿好起来。"

"周阿姨!"沈冬晴突然说,"其实我很感激他,他一直……对我很好。"

"雨阳太善良了。"

"我当他是朋友……"

"好了!"周媛有些不耐烦地打断她,"不管怎样,如果你不能很好地解决,那我们只能把你送走。就算你父母……我想他们也会同意的。"

周媛走后,沈冬晴心事重重地回到学校,她不想离开耀华中学,因为这里的一切她已经慢慢地适应,又或者,是因为他吗?因为楚君尧,她不想离开?也许这一生里,她只能有这样的时光,远远地望着他,看到他的笑容,听到他的声音……一年以后,各散天涯,他们就会像两条直线,曾在一个地方交汇,然后越走越远。

在沈冬晴心思恍惚的时候，她没有注意到，其实正在球场上踢球的楚君尧也注意到了她。

她的头发梳成小辫搭在胸前，一条纯棉的A字裙，腰身窄窄的，清新自然。她没有察觉到前面的台阶，脚下一空，踉跄一步，楚君尧紧张得心里大喝一声：小心！

"小心！"另一声呼喊从球场一边发出，楚君尧因为分神，没有注意到包抄到他前面的球员，在旁人的惊呼里，迎头直直地撞了上去，重重地摔倒在地上。

可是这一次，沈冬晴并没有察觉到。

放学的时候，毕夏和楚君尧相约一起去大教室写作业，自从父亲去世以后，毕夏已经很久没有和楚君尧一起写作业了。

母亲的强迫症越来越严重了，有时候睡到半夜，她会突然闯入毕夏的房间，把灯打开，说要打扫房间。她总是在害怕，害怕哪个角落还藏着白磷，那些小小的粉末威力竟然如此强大，它们摧毁了一个圆满的家庭。

每每看到母亲戴着老花镜趴在地上擦地板，毕夏都会心疼不已，曾经美丽的双眼如今浮肿昏花，皮肤也变得松弛，曾经那样令她骄傲的母亲已经不复存在，毕夏感到自己犹如站立在寒冷的荒原中，冻入骨髓的感觉，是疼。

坐在大教室里，毕夏渐渐回过神儿，楚君尧从文具盒里拿出一支笔递过去，轻声问道："现在住得那么远，还习惯吗？"

"习惯了。"住在哪里对她来说有什么分别呢？远或近，热闹或清寂，她根本就不在乎。她只是难过，再也不能一家四口热热闹闹地围坐在一起，吃饭、聊天、看电视，即使她强迫自己去适应现在的生活，接受命运给予的一切，但她还是会在某个时刻，变得脆弱不堪。

"这支荧光笔的笔头很特别。"楚君尧拿出另外一支笔在本子上演示，"笔头有粗细两种样式，可以画粗线也可以画细线，还可以画间隔5毫米的二重线，在速记的时候很有用。"

"谢谢。"毕夏把笔收起来，摊开作业本，"下下个星期的数学单元测试，你准备好了吗？"

"下下个星期呀，复习时间还早！"楚君尧随意地回答。

毕夏有些无语。到了高三，她得承认自己当初选择文科还是很明智的，在逻辑分析和推理运用上，她是很欠缺的。初中的时候她的成绩和楚君尧不相上下，有时候还会领先于他，到了高中，她的成绩一直无法取得太大的进步，只能在班级第十名左右徘徊，在逻辑问题的理解上，她做了很多努力，可是都不见成效，这让她很着急。而楚君尧却是那种怎么玩都能拿第一的天才型选手,他善于根据步骤来推导各种定理,在理科学习上大大优于毕夏。

一场放在下下周的考试,对于毕夏来说,已经从现在就开始严阵以待。

"你在生气?"看到毕夏脸色不太好,楚君尧小心翼翼地问。

"没有。"

"那有什么不懂的,我给你讲。"

"这道平面向量的题,帮我看看……"

楚君尧将演算本翻开一页空白,在最中央的地方写下一个定理,然后从定理出发,一个步骤一个步骤地朝四面八方延展下去,每一步的平铺直叙,都变得生动起来,让毕夏找到了解题的思路。

可是当楚君尧找出类似的例题的时候,毕夏又卡在了步骤上。

"以后看到这种问题,都可以归纳出一个公式来……"楚君尧耐心地说,"我们从头再来。"

"算了,不用了。"

毕夏的自尊心有些受伤,特别是在楚君尧面前,以前他们是对手,可以讨论争辩,但现在变成了每一次都是她向他请教,他们这样的角色转变,让傲气的她接受不了。

"我自己再想想吧。"

"没关系,你看……"

"都说了不用了。"毕夏的语气隐隐烦躁。

"你在生什么气?"

"为什么总是问这个?我没有!"

"到底怎么了?"

毕夏不悦地说:"你现在是不是特别有优越感?这样给我讲题……"

楚君尧错愕地张大嘴巴,像是看一个怪物,好半天才幽幽地说:"男朋友比自己强,这很难接受吗?"

"我不能接受的是差距。"毕夏的声音低下去,"算了,你先走吧,我想做完这些再回家。"

楚君尧迟疑了一下,然后默默地收拾好东西,深深地看了她一眼,转身离开了。

虽然是她让楚君尧离开的,但看着他的身影真的消失在门口时,她的眼泪却滚滚而下,根本就止不住,就那么静默地、连续地滚落下来。

原来时光就是这样一道斑驳的门,推开的时候,已经是沧海桑田。

她还记得，也是在这间教室里，他们第一次牵手，一起看《冬季恋歌》，也是在这里，他用纸叠的猫和老鼠哄她开心……可是现在，他就那样离开了，连哄一哄她都没有。

她不想在他面前表现得刻薄，可也因为在乎他，才会变得如此沮丧和介意。

毕夏走出这间教室的时候，已经恢复了安之若素的脸，只是紧抿的嘴唇，不经意透露着她的不开心。她抬眼的时候，看到楚君尧和何晨宇在车棚取车，他们说说笑笑，打打闹闹，完全没有被刚才和她的争执影响到心情。

这样的场面让毕夏的心生出了些许怨恨。

毕夏回到家的时候，看到孟叔叔坐在沙发上，他手里拿着一沓资料，而母亲却在他脚边不停地拖地，他不得不狼狈地一次次把脚抬起来。

他是父母公司的老员工，也是父亲的秘书，在父亲去世后，他曾经多次到家里和母亲商谈工作，但都被母亲打发走了。

毕夏和孟叔叔打了个招呼，然后去倒了一杯水递给他。

他感激地给了毕夏一个笑容，推了推鼻梁上的眼镜，再一次苦口婆心地劝说道："沈总，您得回公司主持工作才行呀！现在公司的订单已经减少了百分之五十，这样下去维持不了多久。"

母亲像是没有听见一样，皱着眉对毕夏说："还不赶紧去换衣服，从外面回来多脏呀！别踩那边，我才拖了，哎哎哎，你还是进房间吧，一会儿我又要拖……"

"妈！"毕夏走过去，拿过她的拖把，"您就听孟叔叔说一说吧！"

"洗手了吗？赶紧去……"

"妈！"

"我得去刷马桶，今天忘记了……"母亲说着已经走进房间，留下无可奈何的孟叔叔。

毕夏只得充满歉意地说："孟叔叔，要不您把资料留下，晚点儿我让她看。"

"这些都是公司最近的业务报表，财务状况。"孟叔叔叹口气，"公司交给赵总打理，现在已经完全乱套了，有人说他在外面成立了一家新公司，把手上的客户都带过去了……现在这个时候，沈总不回去主持大局不行呀！"

毕夏从来不过问父母公司的事，但是现在听起来确实已经很严重，可是母亲这样的精神状态，又怎么有心思回去工作呢？这是父母一手建立的公司，她不能眼睁睁地看着它垮下去，可是她又能做些什么呢？

晚上她把这件事告诉了黎允儿，想要让她帮忙问一下黎叔叔，看能有什么好的建议。

沈冬晴的桌上，摆着一个咬了几口的面包，已经有些干裂，还有些酸酸的味道，这是她一整天的食物，也不仅仅是因为节约，而是她觉得去食堂吃饭太浪费时间。

誊抄的楚君尧的笔记，让她受益匪浅，那些红色笔标注的定理、推论和简单算法，还有用黑色笔标注的推导过程、适用类型让她也开始有了自己的一套学习方法，她觉得楚君尧真是她见过的最聪明的男生，就是那种江湖上的绝顶高手，让人佩服不已。

当她拿起面包准备咬一口的时候，一只手从天而降，突然抢走了它，沈冬晴下意识地抬头，撞见的是裴雨阳大大的笑容。

像见了鬼一样，沈冬晴"啊"一声，站起来朝后退，打翻了杯子，踢倒了椅子，目光慌乱地四下看，像是想找机会夺门而出。

裴雨阳的笑容顿时变成了一脸郁闷："要不要这么激动？也就一个星期没见！"

"快走，这是女生宿舍！"沈冬晴反应过来，第一个动作就是连拖带拽地想把他弄出去。

宿舍里还有别人，笑着打趣道："你对你哥怎么这么坏？"

裴雨阳笑了："她说我是她哥的呀？其实——她怎么说就怎么着吧！"他的语气里流露出几分不自在，在虚虚实实间已经起了很好的误导作用。

"快走！"沈冬晴急得掐了他一把，给了他一个警告的眼神。

"反正你得给我个交代！"他扯了扯她的发梢，那种特殊的亲昵已经一目了然，宿舍里其他女孩都在心里长长地"哦"了一声，眼里流露出各种惊讶、羡慕和嫉妒。

沈冬晴早已经面红耳赤，好不容易把裴雨阳推出门，下楼的时候遇到宿舍管理老师，裴雨阳竟然大摇大摆地和她打了个招呼。

"你怎么上楼的？"沈冬晴不由得问。

"就那样咯。"

裴雨阳在见到沈冬晴的这一刻，所有的心烦意乱都消失了，整个人都变得柔软起来。沈冬晴在电话里跟他说"要好好复习，不想被打扰"后，他就再也联系不上她了，打她宿舍的电话，她永远都不在，把在上海的他急得像热锅上的蚂蚁。他一到周末就立刻赶了回来，三个小时的动车，感觉像三百年那么长。

看到她在书桌前温书的那一刻，他长长地松了口气，没有出什么事，他就放心了。

他知道她心里的紧迫感，明白她为什么这么努力，他真的很想把他的时间分出些来给她，让她能够有足够的时间好好地睡上一觉。

"去吃饭吧，我饿了！"看到她在啃面包，他心疼不已。

"裴雨阳！"走到安静的路边，沈冬晴停了下来，故意板起面孔冷冷地问，"怎么跑回来了？"

"还用问吗？"

"都说了我要好好复习。"

"理由被驳回。"

"别这么幼稚了！"

"又不是第一天认识我！"

"那你赶紧回家去！"

"一起吃饭吧！"

"我已经拒绝了。"

"何必呢，我都专程来了！"

裴雨阳才不管沈冬晴的脸色有多难看，故意凑到她身边——果然，他们已经引起周围同学的侧目，沈冬晴不得不选择走出学校。

"裴雨阳，"她想起周阿姨的话，心里为难极了，"拜托，别缠着我了。"

"到底怎么了？"裴雨阳一把抓住她的手臂，像是猜到什么地问，"是不是我爸妈说什么了？"

沈冬晴垂了垂眼："我真的很想好好度过高三，你知道这对我，对我家里人有多重要吗？如果不能考上大学，我会觉得比死还难受！裴雨阳，能够给我一个清静的生活吗？求你了！"

裴雨阳怔了一下，然后笑了："不是说好的不分手吗？是压力太大情绪紊乱吧，没关系，吃点儿好的……"

"裴雨阳！"沈冬晴仰起头来，把心里的眼泪生生地压下去，面沉如水，"别再自欺欺人了，你明知道我喜欢的人是谁！"

裴雨阳被这句话击中，脑中空空的，敲一下仿佛都能听到回声。

离开这里去上海的时候，他满心欢喜，那条手链他一直戴在手上，可是当他靠近她的时候，手链没有发光——她没有把手链戴着。原以为，只要他努力，她一定会对他有些许感情，哪怕一点儿也好，可是现在看来只不过是他自作多情了。

"先去吃饭吧！"他喃喃地说。

"我已经拒绝了。"沈冬晴转过身，"你们家把我妈害成那样，你觉得我会真的和你做朋友？"

"那你教教我！"他自嘲地笑了，"教教我，怎么才能做到像你一样绝情！"

"不要再来找我了。"

看着沈冬晴的背影,裴雨阳知道她这一次怕是认真了,因为只有当喜欢一个人的时候,你才会举起双手,毫无保留地给对方伤害自己的机会。但又有什么关系呢,没有勇气去面对伤害,面对失去,没有能力去承受最坏的结果,又怎么会毫不畏惧地付出全部的感情?

裴雨阳回到家的时候,周媛并没有感到意外,她和丈夫心照不宣地对望一眼,然后吩咐徐阿姨出门去买点儿东西。

"在家里吃还是想去外面吃?"周媛看儿子一脸的郁闷,知道他已经在沈冬晴那里碰了壁,没有想到儿子比她预期的还沉不住气,才一个星期就赶了回来。看来要让他和沈冬晴断干净还是需要费一番周折的。

"妈妈,你们是不是找过她了?"

"谁?"

"明知故问。"

周媛压住心里的火气,坐回到沙发上拿起一只苹果慢慢地削起来:"一回来也不问爸爸妈妈好不好,不说说你在学校的情况,怎么倒关心起外人的事来?"

"我看着你们都挺好,可是我不好……"裴雨阳说到这里,自己都觉得委屈。

"你说你眼界怎么就这么低?一个乡下姑娘,至于吗?"

"至于!"裴雨阳说得斩钉截铁,"在你们眼里她只是一个乡下姑娘,但在我眼里,她比谁都善良、纯朴、积极和努力!难道你们对她就没有一点儿负罪感吗?让她的母亲永远也站不起来,却还在这里嫌弃别人的出身!"

"雨阳!"周媛忍无可忍地打断儿子,"那是一次意外,为此我们也付出了代价!能让她到本市最好的学校念书,改变了她的命运,她应该感激那场车祸!"

"拿自己母亲的健康来交换,你觉得她还应该感激?"

"那你想怎么样?"一直在书房里听着外面争执的裴向成气恼地走出来,"是想要你爸爸赔给他们一条命才可以吗?"

周媛缓缓语气,打着圆场:"雨阳,不要再为外人来跟爸爸妈妈吵,我们都是为你好!"

"为我好就是控制我?"

"控制?"裴向成气得直哆嗦,手指着儿子,"我们如果控制你,你想学什么冰球,想念什么戏剧学院,都能成吗?就是一个乡下姑娘,把你搞得神魂颠倒,我看你妈说得对,就应该早点儿把她送走!免得你丢人现眼!"

"我怎么丢人了？"裴雨阳扬高声音，"我就是喜欢她，谁也管不着！"

在裴向成扬手要打之前，周媛赶紧一把拉开裴雨阳，站在他们中间："不是说好要跟儿子好好谈吗？怎么又动怒了？"

"看看你养的好儿子，现在还护着他！"裴向成气急败坏，口不择言，"真是慈母多败儿！"

周媛瞪着丈夫："雨阳怎么了？这也是那个小狐狸精勾引……"

"妈！"裴雨阳听不下去，"什么狐狸精？再说一次，是我喜欢她！跟她没关系！"

"你的意思是，只你一头热？"周媛戳戳儿子的头，"看你这点儿出息！"

"赶紧给送走！"裴向成大喝一声，"你爸就是赔给他们家一条命，也不会同意你胡闹！"

"他们家要你的命干吗？"裴雨阳冷冷地说，"事情都已经这样了！"

"那我也不能赔他们一个儿子！"裴向成气咻咻地说。

"你们这是不讲道理！"

"如果你非要跟她来往，那我们就当没你这个儿子！"

周媛抱怨地看了丈夫一眼，忍住没有反驳。

"霸道！蛮横！你们这是专政！我也告诉你们，哪里有镇压哪里就有反抗！"

"反抗？你在反抗之前，先掂量一下你几斤几两，你还在伸手从家里拿钱！"

"好！"裴雨阳认真地说，"从现在开始，我不要家里一分钱，我一定会证明给你们看，我能够自立！而且我会一直反抗你们的压迫！"

既然跟父母许下了豪言壮语，裴雨阳就下定决心要自食其力，他要跟父母，也要跟沈冬晴证明，他是一个言出必行的人，他能够担当，也可以决定自己的人生。在离开家前，母亲还是心软地偷偷塞钱给他，也被他拒绝了。

这一场家庭战争谁都没有说服谁，矛盾也无法解决。只是私下里，周媛责备丈夫，他们态度坚决地反对就行，没有必要非逼着儿子在外面吃苦。

另一边，沈冬晴正在学校的水池边洗床单，昨天裴雨阳走后她一直心神不宁，她猜得到他回家后一定会跟父母争吵——自从知道母亲当年的车祸是人为，她面对裴家的心态就变得很古怪。也许不和裴雨阳来往，她应该可以摆脱这种复杂的情绪吧……

正在拧床单的时候，一双手从盆子里捞出了床单的另一头，下意识地抬头，沈冬晴看到是裴雨阳的笑容，错愕之间心里竟然有几分惊喜。

她没有意识到自己为什么会惊喜，但很快就收起了这种情绪，继续板起面孔。

"我只能一只手拧了。"裴雨阳笑着说,"看看我,就知道我们家发生了什么惨绝人寰的事。"

沈冬晴定睛看了裴雨阳一眼,他额头上贴着创可贴,手臂上还缠着纱布,一脸可怜兮兮的样子。她心里一怔,裴叔叔虽然每次都嚷着要打裴雨阳,但连她都看得出,不过是做做样子,不会对他下狠手。

裴雨阳继续演:"脑震荡加小臂骨折,我爸真是下手太狠了!"昨天才被赶走,今天他又厚着脸皮出现,反正在她面前丢脸的事他也没少做,只是担心又会被她赶走,才用了苦肉计。故意贴了创可贴又绑了纱布。

"你爸真打你了?"沈冬晴难以置信地问。

"不仅这样,还把我赶出家了!"

沈冬晴垂了垂眼,原来裴叔叔和周阿姨都这么讨厌她。

"跟你关系不大。"像是猜到她会自责,他宽慰地说,"我说我是一厢情愿地喜欢你,而你视我为粪土,他们是气我没骨气。"

沈冬晴哭笑不得,把床单从他手里扯了扯:"别用力了!"

"不许转移话题。"裴雨阳并不松手。

"什么?"

"难道,真的,一点儿、一点儿也没有吗?"求求你,快否认!裴雨阳的心都要跳出来了。

沈冬晴也在问自己,难道一点儿也没有吗?可是这个问题她没有办法回答,再深究下去,自己的心情会越来越乱。她将他手里的床单又扯了扯,可裴雨阳依然固执地不肯松开,她干脆狠狠地踩了他一脚,在他吃疼地松开手时,抱起盆子转身就跑:"我走了!"

裴雨阳在她身后"哎哟"一声,沈冬晴一时心软,停了下来。

"很疼?"

"废话!"

"以后不要来找我了……还有,赶紧回家道歉认错!"

"我又没有做错事!"裴雨阳嘟囔一声,他看着站在阳光里的沈冬晴,竟然觉得她高了不少,眉眼之间早已没有初遇时的卑怯,及腰长发松松地绾在后面,几缕发丝随意飘落,显得温婉极了。他最喜欢注视她的眼睛,漆黑明亮,总会让人觉得那是贴近自然的最本质的事物,就像秋天的麦浪,自然纯美。

她真的变得不一样了——更加动人心弦。

裴雨阳心里微微悸动，脸上带着笑意地威胁："我刚收到你的稿费，难道不想要了吗？"

沈冬晴气恼地看着他，而他脸上的笑意依旧坏坏的，让她总忍不住想动手。

看到程念也端着盆子要过来洗衣服，沈冬晴赶紧迎上去，没想到裴雨阳抬手一抓，她绑住头发的丝带松开，头发如瀑布一样散落下来，他的指尖触着她的发丝，感觉到一种甜蜜的亲昵。

"别动！"他握住她的头发，用丝带重新给她束了起来。

"松开！"她低声命令，可一动，他就毫不客气地扯住她的头发，逼得她乖乖就范。

"你哥哥……"程念羡慕地笑了，"真细心。"

"我姓裴，叫裴雨阳。"裴雨阳坏笑，"我们……"

"我们先走了！"沈冬晴怕他乱讲话，气恼地拽着他，"请你吃饭。"

"真的？"裴雨阳喜形于色。

他没有想过他也有这样死缠烂打的一面，可是对着刀枪不入的沈冬晴，他只有这样，不断地缠着她，才能有机会和她走近一点儿。

去餐厅吃饭时，裴雨阳几步跑上楼梯，又坐在扶手上朝下滑，经过正在上楼梯的沈冬晴，在她头上敲了敲。

看着这么开心的裴雨阳，沈冬晴的心情却格外复杂。

第二天，沈冬晴走进教室的时候，习惯性地又看了一下楚君尧的座位，那里依旧是空空的，他请了病假，已经好几天没有来上课了，但具体是什么病，沈冬晴一无所知，心里担忧着，放学后，她鼓起勇气想来探视，站在他家门口，却徘徊和迟疑起来。

在门口犹豫了大半个小时的沈冬晴终于鼓起勇气摁响门铃，楚君尧戴着墨镜来开门，原来，他是眼睛发炎了，又红又肿，抹了眼药只能在家里静养。

打开门看到是沈冬晴，楚君尧有些意外。

"这几天的笔记，作业。"沈冬晴磕磕巴巴地说，心里的一块石头终于放下来。他看上去并没有大碍。

虽然何晨宇已经把功课告诉他了，但楚君尧还是接了过来，道了声："谢谢！"

"那，我走了！"沈冬晴涨红了脸，慌里慌张地朝后退时，竟然一个趔趄摔下楼梯去。

楚君尧情急之下去拉她，手却捞了个空。

沈冬晴窘迫不已地站起身，疼得眼泪都快落下来了，尴尬地说了声"对不起"

就跑开了。

楚君尧好半天没有回过神儿来,他被刚才自己心里的那种震动给吓住了。

站在窗口朝楼下望去,沈冬晴静静地走在水杨梅的花丛中,长长的枝丫伸展过来,重叠绽放的粉色花朵,穿着白衣的她有着淡淡的寂寞。

有风,好像和着一首轻曼悠长的小调,微拂着他心底的温柔。

是从什么时候开始拿她和毕夏比较的呢?他从来没有认真地想过,毕夏独立、自信、大气、积极……而沈冬晴,认识她时,她是一个被称作"村姑"的乡下丫头,卑怯、孤僻、笨拙,可是他对她的印象却渐渐改观了,她的执着和坚持让他动容——从来没有一个人,即使是毕夏,也不曾这样喜欢他。

这份喜欢,他从未在意,甚至一度轻视,可现在却感觉到他的心被撼动了。

当他察觉到这一点的时候,感觉惊慌失措,甚至对自己感到深深的失望。

他怎么可以?

回到房间,他拿起手机拨给毕夏,他想要安抚自己的心,确定自己的心。毕夏的电话响了很多遍才被接起来,楚君尧的心又急又执着。

"有事?"毕夏的声音徐徐地传来,像往日一样。

"在忙吗?"

"刚才在和我妈讲话。"毕夏没有告诉楚君尧,母亲忘记关浴室里的水龙头,整个屋子都被水泡了,她手忙脚乱地收拾了好一阵。

"我眼睛……有点儿疼。"

"那去看医生。"

楚君尧有些恼怒,语气变得急躁:"难道不应该关心一下我吗?"

"还好吗?"毕夏感到无奈,有时候她真的不能理解楚君尧,他喜欢像个孩子一样撒娇。在她看来,能够自己处理的事情就自己处理,这难道不是一个成熟的人应该做的事吗?

"嗯。"对于毕夏不轻不重的"关怀",楚君尧的心就好像被泼了一盆冰水,凉透了。

他们之间什么时候变得这么疏离了呢?那些美好的时光就好像长了一双脚,慢慢地走开了,也许是因为毕夏足够强大和坚强,所以他总觉得自己只能徘徊在她心门之外。

"马上就要参加比赛了,早点儿好起来。"毕夏指的是全国高中生英语能力竞赛。如果能在大型竞赛中获得名次,就会有保送的机会,毕夏的英语是强项,所以她很看重这次比赛。

挂断电话，楚君尧的心却更乱了，他走到冰箱门口，打开来半天却又什么都没有拿。

母亲坐在客厅里插花，她拿起一枝马蹄莲，用指甲顺着青碧的梗子，慢慢往下捋，捋到尽头，又从头捋起来。

"刚刚那个女孩是谁？"

"什么？"

"就是在门口那个女孩，也不请人家进来坐一下。"

"跟她又不熟。"

"一直站在那里目送她走远……是在意的吧？"母亲笑了，"那毕夏呢？"

"轰"的一声响，楚君尧的心里爆炸开来，那是一种粉碎性的疼痛，一直传递到心脏的深处。母亲的话就好像打开的潘多拉盒子，他一直逃避却又躲躲闪闪地察觉到的事实，就这样被摊开在了阳光下。

第三章

渐行渐远

黎允儿去钟老师那里办理休学手续,从办公室出来的时候,毕夏正等在那里。

"没有我在,你的生活会变得多无趣!"黎允儿笑起来就像一阵风,爽朗极了。

"去做你想做的吧。"毕夏由衷地说,"不留遗憾就好。"

"那你呢?"

"我?"

"就连我都看得出来,你和楚君尧怪怪的。"

毕夏的心黯然了一下,虽然两个人没有吵架,却变得生疏起来,即使她再不敏感,也察觉出他们中间的芥蒂。

"楚君尧可是学校里风头最劲的男生,你呀,还是看紧一点儿。"有些话黎允儿没有告诉毕夏,她知道她心高气傲,说了也只是在她心里留一根刺。何晨宇告诉她,楚君尧把笔记本借给了沈冬晴,那个"魔教教主",连黎允儿都觉得她一直在"丑人多做怪",可是她也不得不承认,沈冬晴的那股执着和她有一拼。

喜欢一个人就是不在乎对方怎么想,不介意别人怎么看,就是喜欢,直白坦然。

"如果非要看着才能留住,有意思吗?"毕夏苦笑,"何况现在我还有更重要的事。"

黎允儿知道她说的"更重要的事"指的是高考,她知道毕夏现在的焦虑,以前她总是和楚君尧一起竞赛、一起领奖、一起受到瞩目,但现在她的成绩比楚君尧落后许多,在全年级已经排到三十多名,对于要强的她来说,是无法忍受的。

黎允儿回教室去收拾东西,朝前面的孟欧的椅子上踢了几脚,可前者根本不理会她,把凳子朝前挪一挪,继续做他的题。到了高三,学习气氛变得更凝重了,课间在走廊上闲逛的人都没有,大家都在争分夺秒地做题,体育课之类的早被正科占去,就算钟老师想要让他们去操场上活动一下,同学们都是意兴阑珊。

"我走了!"黎允儿干脆拿书敲敲孟欧的头。

他总算转过身来,推推鼻梁上厚重的眼镜,严肃地问:"你请假了?"

"不回来了!"黎允儿故意说,"别太想我!"

"手续都办好了?"孟欧也听闻了黎允儿要出国念书的事。

"是呀!"黎允儿顺着他的话说,"高考的事就交给你们了,我先解放。"

"爽呀!"孟欧啧啧地羡慕,"我还要在学海无涯里挣扎。"

"来来来,向我许个愿,指不定能实现。"

"你?"

"对呀,把我想成那个人见人爱的万能型哆啦A梦,不就行了?"

孟欧"扑哧"一声笑了:"你倒是跟哆啦A梦一样圆。"

"说什么?"黎允儿咬牙切齿地抢过他的铅笔,一用劲儿就折断了。

"我只要超过毕夏就好!"孟欧瑟缩一下,小心翼翼地许愿。

"那你就继续做梦吧!"

毕夏苦涩地笑了笑,最近几次的数学测验他都领先于她,虽然总分她还领先,但优势已经微弱。想想以前孟欧每次比较他们的分数她就觉得无聊,现在才发现,他是真正地把她当作对手,也默默地追赶着她。

毕夏感到压力更大了。

黎允儿没有注意到,在一旁的姚元浩听到了他们的对话,他的心就好像电话断线,轻微地"咔"一声,带来片刻的茫然失神,直到黎允儿走出教室许久,他才醒转过来。

此时已经上课,姚元浩猛然站起来,在大家的面面相觑中疾步走出教室。

"喂,姚元浩同学。"政治老师不由得问,"你……"

可是他已经听不到了,他的脑子里只有一个念头:她要走了。

一直追到校门口才看到黎允儿,她正准备上车,他心里一慌,大喊一声:"等一等。"

距离太远,黎允儿并没有听到姚元浩的喊声,她只是下意识地往学校的方向看了一眼,然后讶异地发现姚元浩正在铁门那里。

"师傅,让我出去一下!"姚元浩着急地说。

"现在是上课时间,没有老师的允许不可以出校门。"

姚元浩只能朝黎允儿挥挥手,她却以为他在跟她再见。

"你要加油哦!"黎允儿笑着对他说。

"我有话说!"姚元浩把手圈在嘴边,大声地喊,"其实我一直想要告诉你,我——喜——欢——你——呀!"

一辆汽车尖锐的刹车声盖过了姚元浩的声音,黎允儿没有听清他说什么。

"我走了!"黎允儿再一次挥挥手。

"我从来没有招惹过你,可你为什么招惹了我,又要半途而废?"他的声音变成了喃喃自语,"不是喜欢我吗?怎么可以说走就走?"

姚元浩气馁地看着她坐上车,绝尘而去,难过就好像上涨的潮水,汹涌而至。

他朝铁门狠狠地踢过去几脚,回应他的除了疼没有任何其他的回答。

没有想到分离如此匆忙,她甚至没有跟他"交代"几句,她不是很喜欢他吗?以前总是不断地向他表白,记忆里有七次那么多,可是现在却这样随随便便地把他"抛弃"

了。那个会直接把早餐放到他桌上、那个抢着和他一起在黑板上做题、那个当众给他系鞋带、那个在音乐课上为他唱《我是你的天空》的女孩,她一点儿一点儿地占据了他的心,可又轻易地松开了他的手。

怨谁呢?只能怪自己是个傻瓜。

黎允儿到达机场的时候接到了何晨宇的电话,他没头没脑地说:"记得你上次生日我送你什么吗?"

"小气鬼,还好意思说,不就是一个抱枕?"

"那你洗过了吗?"

"为什么洗?又不脏。"

在黎允儿身旁的黎梓然正兴奋地坐在行李箱上,来回地滑动。

"那脏了你一定要记得洗!"何晨宇不放心地叮嘱。

"你到底怎么回事?"黎允儿莫名其妙地问,"不就是出去旅个行,至于这么生离死别吗?"

说到"生离死别",她看了黎梓然一眼,心被猛地刺了一下。这家伙不是好好的吗?哪有生病的样子,就凭他这股旺盛的生命力,一定会好起来的。

"你只是去旅行?"何晨宇惊喜雀跃地说,"不是出国?"

"我和我弟弟一起。"

何晨宇明显松口气:"你说你怎么这么没良心,要走也不通知一声,我们总得大庆三天!"

黎允儿"哼"了一声,威胁道:"回来再收拾你!"

"悉听尊便。"何晨宇已经心花怒放了。

黎允儿想了想又说:"楚君尧和毕夏最近不对劲,你帮我盯着点儿,若你知情不报,小心……"

"要我说,毕夏她……"

"你敢说她一句坏话试试?"

何晨宇欲言又止。

"挂了。"黎允儿不由分说地挂断电话,留下何晨宇在那边怅然若失。

她和黎梓然的第一站是北京,他们要去吃正宗的北京烤鸭,然后去敦煌看壁画,再去印度学瑜伽里的倒立,还要到西班牙看一场斗牛比赛……他的愿望清单密密麻麻地列出来,小到要去买一个功夫熊猫的公仔,大到要去北极溜冰。黎允儿按照线路整理下来,却一点儿不感到麻烦。如果能够这样一直走,一直走,那该多好。

毕夏去厨房倒水，发现正在剥豌豆的母亲手微微地颤抖，豆子不断地从她手里滚到地上，连她自己都有些不好意思。

"年纪大了。"母亲自嘲地笑。

毕夏走过去，捡起地上的豆子，默默地帮母亲剥起来。其实母亲才四十岁出头，但她的头发里已经掺进了白发，憔悴得皮肤也开始松弛了，看上去比实际年龄大了许多。自从上次争执晕倒后，母亲虽然很快就醒了过来，但她不再提起父亲，她像选择性失忆一样，开始故意去绕开关于父亲的一切，变得对失去的一切视而不见，对生活完全是逆来顺受的样子。

毕夏没有办法开导母亲走出痛苦，她那种毫无生机、没有希望的样子，总是会让毕夏的情绪变得沉重和低落。

"这几天天气不错。"母亲若有所思地说。

窗外明明浓云密布，狂风肆虐，整个城市都在各种声响里心惊肉跳——毕夏知道，对于母亲来说，没有太阳的日子才是好天气。

"妈，台风要来了，听说有十三级。"

看向窗外，不知是谁家忘收的白衬衫搭在晾衣绳上，在对面顶楼上被狂风吹得摇来荡去。"是要冷起来了。"母亲手里的豆子再一次滚到地上，她弯腰去拾，却一头栽在地上。

毕夏惊惧地扑向母亲，然而母亲已经完全失去了意识，她强迫自己镇定下来，立刻拨120急救电话。在等待的过程中她找到药箱开始给母亲量血压，测脉搏。母亲的血压在迅速上升，面色变得潮红，呼吸时快时慢——自从上次母亲晕倒后，她就开始学习如何对昏厥的病人急救，不能挪动，要保持呼吸通畅……

120的医生来得很快，她把之前检查的数据报给他们。

"高压已经从140升到了180，脉搏从93降到86再到60……"

医生再一次做检查，然后对助手说："尽量小心挪动，很有可能是脑出血。"

明明是很亮的灯光，毕夏却觉得眼前黑了一下。

"做得好！"医生赞许地说，"因为你的记录为我们对病情的诊断节约了时间。"他看着面前的女孩，不过是少女的模样，却有着非凡的冷静。

把母亲送到医院做过CT（电子计算机断层扫描）后，出来的病理结果白纸黑字地写着：脑微血管碎裂，血栓堵塞大脑，患者已经出现昏迷。

"让你的父亲立即来医院。"主治医生对毕夏说，"现在需要立即手术，这是开颅手术，费用大约在……"

"成功率有多少？"毕夏打断医生的话。

医生一怔："这种手术有很多不确定因素。"

"成功率有多少？"毕夏再一次问。

"百分之五十。"

毕夏感到身体摇晃了一下，快要站不住，只能紧紧抠住掌心。她知道医生的意思，母亲的手术非常危险，手术后，母亲还有可能出现深度昏迷、半身不遂等脑出血的后遗症。

毕夏轻声地问："现在出血量有多少？不能做引流吗？"

"你学医？"医生迟疑地问。

毕夏摇摇头。

"出血量已经超过40毫升，只能引流出三分之二的血，如果出血不止住，出现中线移位，脑干部位会受到压迫从而形成脑疝，到时候手术会更加危险。"

"我来签字。"毕夏望着医生，"请您尽快动手术……谢谢！"

医生看着她，虽然她没有掉一滴眼泪，但她惨白的脸，微颤的声音都已经泄露了她的紧张。

"好，我会尽力！"医生笃定地回答。

毕夏一个人坐在手术室外，慢慢地蜷缩起身子。

一夜的时间就真的降温了，她感到彻骨的冷，就好像一把小刀在剔着骨上的肉，疼得她要昏过去。她真希望这就是一场噩梦，醒来以后，父亲、母亲，还有奶奶都安好地待在她的世界里。她依然是过去那个毕夏，完整地快乐和幸福着。

时光荏苒，一切都无法逆转，只有命运像个旋涡，要把一切都卷进去。

不，它还不甘心，它还要压碎、摁碎、碾碎——狰狞地笑，让你看看什么叫残酷。

母亲的手术一直到后半夜才结束，出来后直接送入ICU（重症监护室）。医生说虽然出血点已经得到控制，但母亲现在依然在昏迷中，要做术后的观察。

毕夏已经筋疲力尽了，每一分每一秒对她来说都是酷刑，即使再强大，她也快要承受不住。

站在二楼的走廊上时，她竟然在拥挤的人群中看到了沈冬晴。她穿着蓝色的校服，抱着一本书站在挂号机前第一的位置。

原来她是来医院挂号的，像这样的三甲医院，名医一号难求。

看着沈冬晴专注看书的样子，毕夏心里微微一动，她倒是挺刻苦。

她没有和沈冬晴打招呼，她们之间素无往来，之前她曾经示好，可被沈冬晴冷冷拒绝。即使在校园里，她们遇上也不会打招呼，只是有时看到，她会不由得观察那个沉默的女孩，她和其他那么多喜欢楚君尧的女孩一样，但又不一样。

说不清的感觉。

她不知道的是，沈冬晴来医院挂号是为了楚君尧。楚君尧已经回学校上课，但他总是戴着墨镜，因为眼睛的炎症一直不见好，连太亮的光都会刺疼眼睛。她每天看到他，虽然没有一句关切的问候，但心里很是着急。

听说这家医院的眼科主任不错，她就来这里为他挂号。

她在做这些的时候并没有想过值不值得，或者是不是有回报，她只是跟随着自己的心而已。

听说要提前排队，她干脆下晚自习后就来医院了，站在挂号机前第一的位置心里才安稳下来。整个晚上，她就站在那里，连水也没有喝一口，站得小腿发麻，眼睛干涩。

七点钟开始挂号，沈冬晴终于拿到了专家号，她欣喜不已地给楚君尧打电话。

"快来华南医院。"

此时的楚君尧正准备出门上学，接到电话，心里一顿："沈冬晴？"

"一会儿能来华南医院吗？"

"你病了？"他下意识地问。

"不是。"沈冬晴欢喜地说，"我挂到了专家号，是眼科最好的专家……你能来吗？"

"你为我挂了医院的号？"楚君尧终于听明白了。

"听说这个王教授是最好的眼科专家。"

"……好。"握着手机，他怔了好一会儿，感觉有潮水的声音，从幽微的深处传来，带着巨大的回响，惊心动魄。

一转身他看见母亲站在身后，戏谑地笑："原来她叫沈冬晴，真是个有心的姑娘。"

"妈！"楚君尧的脸不由得红了，没好气地说，"干吗一大清早就吓人？"

"学习上的事妈妈就不操心了，你知道目标在哪里。"生过一场病后，倪蓝也想通了，儿子已经长大，他的事就交给他自己处理。

"当然！"楚君尧自信满满地回答，"我可从来都是全年级第一名。"

"那这个沈冬晴……"作为母亲，她到底还是好奇的。

"就是一般的同学！"楚君尧朝门口走去，"别瞎想——"

母亲跟在他身后，递过去一盒牛奶："毕夏家里的案子破了吗？"

楚君尧怔了一下，有些汗颜。母亲都还记得这件事，他却知之甚少，毕夏没有和他说起过这件事，而他也没有问过，他们之间好像就只有讨论学习，生活上再也回不到过去那种亲昵的感觉。

是他的问题，还是她的问题呢？

"我不知道。"他如实地回答母亲，"也许还没有吧。"

楚君尧在十字路口犹豫了一会儿，是去学校上学，还是去医院接受沈冬晴的好意？最后他还是决定去上学——太过靠近会让他的心有负罪感。

那天他坐在教室里，看着沈冬晴空空荡荡的座位，心烦意乱。他从来没有感受过像现在这样复杂纠结的情绪，在他的感情世界里，他一直简单地喜欢着毕夏，也希望与她分享生活中的喜怒哀乐，可如今，当他渐渐看清楚自己内心的情感时，他却这样害怕和胆怯。

毕夏有什么不好？

他不是一直那么在意他们的感情吗？认识这么多年，他们有那么多美好的时光，有那么多共同的回忆，可是他和沈冬晴连一次认真的交谈都没有……

理智和情感就像两双手，在左右用力拉扯着他，让他不知所措。

而那一天，坐在医院走廊上的沈冬晴，握着手里那张排了整个晚上的就诊号，心情却极为平静，也许失望过太多太多次，她已经不再抱有期许了。

她只是默默地看着窗外，牛毛般的细雨纷飞，台风过境的天，处处都显得湿寒。

当她走回学校的时候，楚君尧正经过操场，四目相对的时候，她只是给了他一个浅浅的笑容，寂寞清冷的天空，她的笑容里满是忧伤。

毕夏的母亲从ICU转到普通病房后一直昏迷，在医生看来手术是成功了，瘀血被清除，但是否能够醒来却要看天意了。毕夏没有告诉楚君尧，这些天他们都各忙各的，在校园里碰面也是匆匆而过，后来毕夏在想，其实不是真的没有时间联系，疏远也许正是他们感情结束的征兆，只是那个时候，她并没有察觉。那么多美好的时光，让她以为，不管发生什么，楚君尧都会在她的身边。

也许这个世界上最残忍的一句话，不是对不起，也不是我恨你，而是，我们再也回不去了。回不去的亲密无间，回不去的幸福甜蜜，两个人从亲密渐渐变为疏离，只有经历过的人，才会明白，那种痛也许并不强烈，但等你发现便已经无可挽回。

当陆怀箫走进病房的时候，看到毕夏正趴在窗前的矮桌上写作业，灰白的光线，像漾动的波纹，从窗口照进来的时候，更显得她苍白清瘦。她手里握着笔，好半天都没有动，目光出神地定在那里，有微弱的一声叹息，撞进陆怀箫的耳里，给他带来了锋利的疼。

而沈阿姨面容枯槁地躺在病床上，浑身都插满管子，仪器在"嘀——嘀——"地发出声响，枕边的支架上，塑料袋中的液体顺着细管送入她手臂的血管。

他是从表哥那里知道沈阿姨因为脑出血住院了，还有他们的公司，也因为管理上的问题出现了严重的危机。他知道自从毕叔叔走后，沈阿姨就再也没有去过公司，现在更是没有办法处理了。

毕夏该怎么办？

毕夏抬起头看到陆怀箫时，面色一顿，眼里立刻燃起怒火："这里不欢迎你，请你离开！"父亲的案子她去询问过几次，可警察总是以"还在调查"敷衍着。她不明白，还有什么好调查的，事实这么清楚……是因为陆怀箫太有城府了吗？他缜密的心思让他可以逃脱嫌疑？

虽然明知道怨恨是一个魔鬼，但要她原谅她做不到。

"毕夏，能给我三分钟吗？"

"我根本不想见到你！"毕夏冷冷地别过头。

"现在公司情况很危险，如果不着手处理，坚持不了多久。"

毕夏愤然抬头，狠狠盯着他，像是要从他脸上看到答案。可他依然是她认识时的模样，沉稳内敛，安之若素——她甚至对他有一种特殊的好感，就像看到另外一个自己：对自己要求很高、有目标、害怕摔下来所以不能松懈。

她曾以为找到了知音，是一个可以谈心，也可以安安静静待在一起就觉得舒服的人。

是她太天真，所以才会引狼入室。

"你到底想干什么？"

"我只是想帮你！"

"是吗？"毕夏反问道，"那你就去自首！"

他困顿地看着她，沉默不语。她知道吗？她一直是他心里仰望着的女神。

那么漂亮却不以此为筹码；那么聪明却从来不咄咄逼人；那么骄傲却只是出于严苛的自我要求。这么好的她，让他多想揽入怀中好好珍惜，然而他不能，那种克制和隐忍让他每次与她见面都心如刀绞。如果能够把心剖开来给她看，他愿意让她看看他的真心，这个世界上，他在意的除了家人就只有她了。

台风过后的天蓝得让人心悸，阳光就像钻石一样耀眼，可是他们的心都灰灰的，暗暗的，忧伤就像一条溪水，涓涓地流淌。

"走开！"毕夏的眼里蓄上泪来，情绪激动地上前推他，"我不想见到你！"

突然，母亲的监控仪器发出"嘀——"的报警声，她的呼吸也变得急促起来，毕夏摁响呼叫器，然后俯身抓住母亲的手，轻声地唤道："别害怕，我在。"

这句话陆怀箫多想对她说呀："别害怕，毕夏，我在。"

我会用尽全部力气，甚至生命来守护你。

在医生过来检查的那段时间，母亲的手指开始微动，在看过检测数据和瞳孔以后，医生告诉毕夏，她母亲的意识在慢慢地恢复，她很快就会醒过来。

毕夏欣喜不已，天知道她有多害怕，所有的镇定不过是虚张声势，她怕极了。这个时候她多想楚君尧能够陪在她身边，她在他面前掩盖的那道伤，不过是深深印刻在骨子里的骄傲。她最不想的就是在他面前示弱——也许年少的爱，爱对了人，却用错了方法。

她以为独立坚强是优秀的品格，却不知道楚君尧需要的是被依赖、被信任的感觉。

当毕夏察觉到陆怀箫还在病房里时，她蹙起眉，冷冷地说："我妈还有我，公司不会垮。"

陆怀箫自顾自地走到沈梓瑜身边，俯身说："沈阿姨，我是陆怀箫。我需要您给我一个授权，有了这个授权我可以着手对'衣雅公司'的管理做出调整，赵总现在成立了一个分公司，把业务都外包出去，我们也要追究他的法律责任。请您相信我，我一定会处理好这件事……"

"你说完了吗？"毕夏打断他，"原来你的目的是想得到我们家的公司！"

"沈阿姨，我知道这家公司是您和毕叔叔一手创立的，我们都不希望它垮掉，现在情况很危急！"

"陆怀箫！你说够了吗？"

"依靠我个人的力量也办不到，我的导师是国内金融界的权威，有他在背后指点，您放心……"

"我妈才不会听你的废话！"

"我保证，不会做任何伤害毕夏的事。"

他深深地看了毕夏一眼，这彻骨的惆怅，全是因为她。

"走开！"毕夏忍无可忍地去推他。

"毕——夏——"听到母亲虚弱的声音，毕夏怔了一下，当她回过头看到母亲微微睁开的眼睛，眼泪夺眶而出。

"让他拿来。"沈梓瑜气若游丝。

陆怀箫把文件递过去。

"妈妈!"毕夏想要阻拦,而母亲用目光阻拦了她。

"沈阿姨,请相信我!"陆怀箫递过去一支笔,在需要签名的地方指了指。

沈梓瑜没有任何犹豫地就在上面签下了自己的名字。

毕夏心里充满了绝望——陆怀箫,你就这样轻易地达到了目的,而我却没有任何还击的能力。

陆怀箫走在满是香樟树的街头,看着叶片在阳光里燃烧,突然悲从中来,不可抑制地落下了泪——她带给他的情感,就像被点燃的火光,照亮了他全部的人生,但那永远只是一场海市蜃楼的仰望,是一场留不住的烟火绽放,他孤独地行走,沉默不语。

楚君尧突然发现他变得时时刻刻都在注意沈冬晴,他讨厌这样的自己,刻意地回避,却发现他越想忽略一个人,只会越多地想起她来,这种感觉让他很抓狂。

比如现在,当他看到沈冬晴拿着书本冥思苦想的样子,心里竟然一软,恨不得立刻走上去,抢过她的本子来解答。

"能帮我看看这道题吗?"沈冬晴终于忍不住问前排的吴晶晶。

"哎呀,我在写作业,没空!"吴晶晶头都没回,不耐烦地回答。

楚君尧不禁朝前走了一步,却被身后的何晨宇喊住:"走啦,踢球去!"

在高一高二的时候校足球队的活动很频繁,到了高三,自然就少了下来,一个星期能有一次训练就已经不错,楚君尧的眼睛恢复之后,还和以前一样,打球、拍照、玩游戏,对他来说,高三已经没有新的知识,只是不断地重复和巩固之前的内容,所以在学习上没有任何压力。

他有信心,每次都会是年级第一。

楚君尧在路上看到敬嘉瑜,笑着迎上去道:"踢球去?"

"不了。"敬嘉瑜淡淡地回答。

他甚至连脚步都没有停下来,径直走过楚君尧的身边,后者的笑容冻在脸上,心里有些不爽。敬嘉瑜突然就跟他们变得生疏起来,不参加校队活动,也不跟他们一起玩游戏。

何晨宇重重地拍了楚君尧一下道:"在想什么呢?喊你半天了。"

吃痛的楚君尧不甘示弱地还了他一巴掌,两个人一边走一边打闹。

"你说敬嘉瑜最近是不是吃错药了?"

何晨宇点点头:"我也有这种感觉,也许更年期提前。"他大笑起来。

楚君尧经过毕夏的教室,朝里面看了一眼,毕夏的座位已经空了。他们已经很久没有在一起写作业了,因为心情变得奇怪和复杂,他没有办法面对毕夏,下意识躲避着她,而毕夏每天放学后都要赶到医院去照顾母亲。看着疲于奔波的毕夏,他更是心生愧疚,在她身边,却什么忙也帮不上。

何晨宇促狭地笑了:"很失望吧?"

楚君尧心烦意乱,不想提及毕夏,转移话题:"今天的人不知道到得齐不?"

何晨宇却不识相地说:"你以后可要好好对毕夏,她太不容易了!"

"今天晚上有曼联的比赛,你看吗?"

何晨宇拍拍他的肩膀,认真地说:"其实大家看着你和毕夏在一起,真心羡慕,你可不能三心二意……"

"我哪有?"楚君尧说完这句,感到一阵心虚。

"就是提醒一下。"何晨宇笑了,"要是对不起毕夏,别说黎允儿不放过你,我也会鄙视你!"

"喂!你有没有立场,你到底是站黎允儿那边,还是我这边?"

"你好自为之!"

"真是别扭,被你这样的家伙说这样的话!"楚君尧白了他一眼。

何晨宇却特别认真地补充一句:"我希望我们这群人能一直在一起。"

"煽情不是你的风格。"楚君尧做了个恶心状。虽然他表现得无所谓,但何晨宇的话还是听进了心里。

虽然他没有做任何伤害毕夏的事,但他的心已经在背叛了。

作为好友,何晨宇早就察觉到楚君尧和毕夏之间的疏离,这让他和黎允儿都很担心,他有些揣测,特别是当楚君尧把笔记借给沈冬晴的时候,他从楚君尧不自然的表情里感觉到了他的躲闪。这太不像平日里的楚君尧了——他不是一直都觉得沈冬晴笨拙呆板吗?这个"魔教教主"难道有这么大的魔力,让楚君尧上心?

刚刚他在座位上准备喊楚君尧去球场的时候,发现他的目光竟然是望向沈冬晴的!眼神里的感情,把他吓了一跳。

怎么可能?

沈冬晴哪点能和毕夏比,任谁都看得出毕夏的优秀出众,而这个小村姑永远都是悄无声息的存在。楚君尧是被她的执着感动了吗?何晨宇百思不得其解。

楚君尧从球场回来,进到教室第一眼看到的还是沈冬晴。他真是烦透这种感觉了,就好像魔怔了，很无能为力。

沈冬晴还在咬着笔头做题，眉头皱起来，很苦恼的样子。楚君尧在心里踢了自己一脚，然后走到沈冬晴面前抢过她的本子。

沈冬晴微微张开嘴巴，惊讶得说不出话来。

"哪道？"

"什么？"

"问你哪道题做不出来！"楚君尧的态度变得特别恶劣，他气自己的"不争气"！

沈冬晴回过神儿来，指了指本子："这道受力题，图a中接触面对球没有弹力……"

楚君尧拿过她的本子和笔，在上面唰唰地做演算："根据物体运动的状态来分析弹力，你可以先假设有弹力，分析是否符合物体所处的运动状态，或者由物体所处的运动状态反推弹力是否存在……"

"我知道了，可以根据牛顿第二定律！"沈冬晴雀跃地说，"物体的受力必须和物体的运动状态相符合，同时根据物体的运动状态来判断！"

楚君尧在心里赞许了一下沈冬晴，没想到她的悟性不错，这么难的一道题他只是稍微点拨一下她就能够理解。她身上的这种韧性和毕夏的坚强完全不一样，前者是柔软，后者是刚毅。

他失神了一下，怎么又开始对比了？

为什么总是要拿她和毕夏对比呢？是想要证明什么还是想要说服什么？

楚君尧把笔一扔，转身就走。

他对待沈冬晴一直都这样任性妄为，轻视她，忽略她，就好像成了一个无理取闹的孩子，因为知道总会被宽容。

毕夏经过楚君尧教室的时候，看到的是楚君尧正坐在沈冬晴的座位前，他侧着身子，一边演算一边抬头问询。

毕夏的心猛然一抽，脚步不由得停了下来。

她曾经以为，他只会对她才这么耐心和温柔——她甩了甩自己心里泛起的酸意，嘲笑自己的胡思乱想。楚君尧只不过是帮别人解答一道题而已，她用得着捕风捉影吗？

可是对方是沈冬晴，这个当着全校师生的面用行动表白的女生，他难道不应该避讳一下吗？

毕夏仔细地观察着沈冬晴，她有着小小的面孔，沉静的表情，她望着楚君尧的时候，专注得仿佛整个世界都不存在。

"找楚君尧？"敬嘉瑜走到毕夏面前，朝教室里看了一眼，淡淡地说，"我帮你喊他。"

"不用了。"毕夏淡淡一笑，"一会儿我还要去医院。"

"你们……没事吧？"

毕夏的笑意更深了："别担心。"不知道是安慰敬嘉瑜还是她自己。

虽然在敬嘉瑜面前没有承认，但毕夏知道她和楚君尧之间已经没有了往日的亲密。但她已经顾不上考虑这些，她有太多事需要忙，母亲的病情，保送的要求，她报名参加了全国性的各种比赛，希望能够拿到保送的名额。

毕夏要离开的时候，楚君尧已经看到她了，他迟疑着要不要走出教室，却正好对上毕夏的目光，他有些尴尬地放下手里的笔，走出了教室。虽然他没有刻意地要给沈冬晴补习，但他明明不用上晚自习，却还是每天在放学后留下来给沈冬晴讲解几道难题。

只不过是几道题而已，不代表什么，他在心里对自己说。

楚君尧走出教室时，敬嘉瑜没有和他打招呼就走开了，毕夏站在那里，笑了笑："我只是路过。"她其实是专程来找他，想要和他一起回家。

"那个……"楚君尧不知道要不要做解释，"她问我一道题。"

如果他不解释，她不会多想，可是他的解释不过是掩饰，越描越黑。

"如果是她问你，为什么是你在她的座位旁？"她不想要抓住漏洞，可是没有忍住。

"……只是同学之间问道题。"

"是吗？你倒是很热心！"

"干吗这么阴阳怪气？"

"你不觉得是你自己无法自圆其说吗？"

"毕夏！"楚君尧面色不悦，"你怎么变成小肚鸡肠的女生了？"

毕夏自嘲地笑了，没有说话，转身离开。

看着她的背影，楚君尧为自己刚才的行为感到羞愧。他是怎么了？在她面前他变成了一个小偷，心虚、紧张、撒谎、先声夺人……而她看透了这一切，却不屑于拆穿。

外面在下雨，母亲还没有下班回家，敬嘉瑜心里有些担忧，便给母亲打了一个电话。

"要晚点儿下班，你先吃点儿东西，不用等我。"母亲的声音里有些许疲惫，又嘱咐了敬嘉瑜几句才挂了电话。

敬嘉瑜去厨房里翻了一下，在壁柜的里面找到一包方便面，也是唯一的一包了。撕扯袋子的时候，碎掉的面条落了一地，他气恼地跺跺脚，把袋子和剩下的面条一并扔到了垃圾桶。母亲在房产中介公司上班，每天骑着电瓶车满城市地奔忙，他心疼母亲，却无力改变现状。

自从父亲不在后，他一直和母亲相依为命，他知道母亲有多么不容易，平时想要去打工贴补一点儿家用，却总是被母亲禁止。

"你只有考上一所好的大学，我才能够安心。"母亲总是这样说。

电话响起来的时候，敬嘉瑜坐在桌前写功课，肚子很饿，可他却不想出门买东西。

"喂。"敬嘉瑜看到是个陌生的号码，却还是接了起来。

"我是一家经纪公司的经纪人，有兴趣谈谈吗？"

"对不起，没空。"敬嘉瑜挂掉电话。这种莫名其妙的诈骗电话，他真是一句废话也不想说。

可是手机又执着地响起来，他不耐烦地接通："我没兴趣！"

"等等！"对方连忙说，"我们是'馨艺经纪公司'，你可以先在网上查一下。我们在你们学校论坛看到你的照片，觉得你外形不错，有意包装你。"

"我？"

"我不是骗子，我可以先把我们公司的资料和我本人的资料给你看一下。"

对方说得很诚恳，敬嘉瑜有些半信半疑地听了下去。

"我们看过你的资料，条件不错，公司有意签下你，作为我们公司的艺人，会重点栽培你成为国内一颗冉冉升起的新星。"

"我对做明星不感兴趣。"

"明星的收入相当不菲。"对方像是捏住他的七寸，胸有成竹地笑了一下，"会有商业活动、代言、各种走秀……"

敬嘉瑜沉默了。

从小他就长得帅，别人总是开玩笑说他长得像一个当红明星，可他从来没有把这些话放在心里，但当他猛然听到这样的话时，还是有些动心。

"你考虑一下吧，如果有意向，我们可以面谈。"对方竟然先挂掉了电话。

敬嘉瑜想到会有不菲的收入，内心极为动摇。如果能够让母亲不那么辛苦，任何工作他都愿意去做，只是现在是高三，分心的事情母亲不会允许他做，所以他决定不告诉母亲，等赚到钱了再说。

看着窗外灰蒙蒙的天，他的心有些茫然。

他其实不是故意要和楚君尧还有何晨宇生疏起来，是因为心里那种失落感，上学期他的成绩已经排到中下的位置，眼看着已经到了高三，焦灼感、紧迫感压得他喘不过气来。可越想做好一件事就越做不好，而看着好友像没事人一样，照常生活，他的心里便有了微妙的落差。楚君尧可以玩，他那么聪明，怎么玩都会是第一。何晨宇可以玩，他家境优渥，即使只考上一般的大学，也不必担忧前途。而他呢？不能考上重点大学热门专业，他的未来又在哪里？

母亲没有在言语上给过他压力，但她每天早出晚归地忙碌，自己节俭到极致，却花很多钱给他买保健品，买资料书，上补习班……这种爱的压力如芒在背。

即使只是跟楚君尧踢一场球，和何晨宇玩一次游戏，他也会心生愧疚。

他没有办法把这种心理告诉好友，就只能默默地疏远他们，然而总是拒绝他们，也成为他的心理负担。

敬嘉瑜摊开一本资料书，一页一页地看下去，笔在手里，仿佛有千斤重。

第四章

我们分手吧

沈冬晴走出校门的时候，看到楚君尧站在路边翻看着一本杂志，背景是湛蓝的天空，薄薄的白云，他一身运动装，显得挺拔俊朗。

她垂了垂眼，下意识走到另一边想要绕开他——即使没有她的帮忙，他的眼睛也已经痊愈了。上一次挂号他没有来，之后也没有向她解释，而她并不觉得生气。也许不给自己留有希望，是对自己的慈悲。

即使楚君尧在放学后会给她讲一些题，但她有自知之明——他只是想要还她一些人情而已。每一次，当她心甘情愿地付出时，他总是会拿一些东西来交换，比如照片，比如钱，比如笔记本，还比如……给她讲题。

"喂。"

听到楚君尧的声音时，沈冬晴有些错愕地抬起头。

"你找得到路吗？很远。"楚君尧淡淡地说，"走吧。"

楚君尧朝地铁站走去。沈冬晴回过神儿来，心生感激，疾步跟了过去。他们一前一后，不远不近的距离，默默前行。

沈冬晴今天要去一个叫小朱湾的地方参加"刘溟摄影讲座"，这是《大众摄影》杂志举办的活动，邀请国内一线摄影家刘溟老师来分享一些摄影技巧。

沈冬晴很喜欢他的作品，不会错过这次机会。只是她不是本地人，即使来这里已经一年多，但平时去的地方除了裴家就是学校，哪儿都不认识，所以昨天一直在问程念路线，结果那个地方竟然离学校很远，又要坐地铁又要坐公交，到了以后还要走上一段距离，听得她迷迷糊糊的。

还好这个讲座楚君尧也要去听，而且他愿意带着她一起去。沈冬晴暗自庆幸着。

实际上，楚君尧原本不打算去的，他嫌太远，也觉得那些技巧并不实用，他觉得一个真正成功的摄影师最需要的是天赋，构图和意境全是领悟，机器反倒是辅助的东西。

他和沈冬晴从来没有交流过关于摄影的事，即使他们都在给同一家杂志社提供照片，每一期几乎都有他们的照片。两个人的风格不一样，楚君尧擅长动态的拍摄、抢拍，而沈冬晴却偏爱一些静物。除了拍影子，还会拍天空，拍一些别人察觉不到的细节。

每每看到沈冬晴的作品，楚君尧都会有震撼的感觉——这真的是她拍的吗？她有这样灵气聪慧的一面吗？

听到她问程念地址，程念自己都很迷糊，绕来绕去，只会把沈冬晴绕晕，一想到她会迷路或者错过讲座，他就变得放心不下——纠结了一晚上，一大清早还是赶来学校。

进地铁站的时候正是高峰期，很拥挤。沈冬晴几乎站不稳，楚君尧站到她身边，给

第四章 我们分手吧

她留出一定的位置，即使是这么逼仄的空间，闹哄哄的环境，汗湿潮闷的空气，但站在安宁的沈冬晴身边，楚君尧却感觉宁静和放松。

他把手机音乐打开，拿出一枚耳塞直接戴在了她的耳朵上，在触碰到她的时候，他心里微微一荡，甚至情不自禁地理了理她的耳发。

音乐响了起来，王铮亮浑厚的声音传进他们的耳膜：

总是错过机会向你伸手，

我孤孤单单往前走，

又情不自已地回眸。

没过多久就低下头，

静静想念你的温柔，

日日夜夜在路口，

假装不经意地等候。

要过多久才能拥有，

曾经错过的邂逅，

始终没有勇气向你开口……

楚君尧感觉自己的心被卷入一场声势浩大的洪流里，不管怎么挣扎，都徒劳无功，只能顺水而行。

他们就那样静静地站着，身边的乘客一站一站地下去，即使旁边已经有了空出来的座位，他们却谁都没有动。

只怕这样稍稍一动，就会破坏这样温馨的时刻。

楚君尧不得不承认，他越来越愿意和沈冬晴在一起，这和跟毕夏在一起的感觉不一样，毕夏会强势些，他们的相处火花四溅，但和沈冬晴在一起，却有岁月静好的感觉。

他甚至希望，这趟行程越远越好，耳边的每一首歌都让他有共鸣。

广播提醒他们到站的时候，楚君尧才感觉到小腿的痹意，她回头之际，发梢拂过他的脸，酥酥麻麻的电流感让楚君尧有些怔神。

沈冬晴下车的时候看到楚君尧没有跟上来，眼看着门即将关上，她跳上车一把抓住楚君尧的手，拉着他下了车。

松开他的手时，楚君尧心里有些微的失望。

"是从这个口出吗？"沈冬晴回过神儿来问。

楚君尧这才发现，因为恍惚间他们竟然走错了出口，可他一点儿也不着急，他心里竟然有这样的想法：因为是跟她在一起，所以不管到哪里都没关系。

走出地铁站，他们又坐上了公交车，慢慢地向郊外驶去。正是秋季，片片山坡叠青泻翠，抽穗的麦草随着风像浪花翻滚，这样自然的风光让沈冬晴想起了乌石塘村，她趴在窗口，唇边不由得露出笑容。

楚君尧凝望着沈冬晴的侧脸，越发清楚地看到了内心的感情。

从公交车上下来，还要走过一条小马路才能到达小朱湾，这里和很多江南小村庄一样，建筑多以木构架为主，青灰的瓦，石雕的装饰，三线排的屋檐……清幽秀美。

原来这里也是省摄影协会的一个外景地，对于喜爱拍静物的沈冬晴来说，不失为一个好地方。她拿出相机拍了几张，在拍一只瓢虫的时候，它刚好飞起来，拍出来的效果令沈冬晴不满意。

"抓拍的时候为了表现速度感，需要把相机设置到快门优先的模式，然后使用较慢的快门速度，一般采用1/30s或者1/60s的速度……"

沈冬晴按照他教的方式重新拍了一张，效果就变得不一样了。

"你真厉害！"沈冬晴啧啧地说。

楚君尧笑了，嘚瑟地说："我可是最聪明的。"

说完他就怔住了，这样的话他只对毕夏说过。

沈冬晴笃定地点点头："你是我见过最聪明的人！"

"其实你的领悟力不错。"他由衷地说。

能够得到楚君尧的表扬，沈冬晴开心不已，脸不由得红了。

当裴雨阳看到这一幕的时候，他的心隐隐地泛着疼痛。

原来他们竟然相处得这样好。裴雨阳忍不住又在周末跑了回来。他想，既然电话联系不上她，那就直接到学校来找她好了，反正堵在她学校，她也奈何不了他。

思念是如此煎熬，他一下车就迫不及待地奔到她的学校，可她宿舍里的人告诉他，她去小朱湾参加一个摄影师的讲座了。

他打了出租车来小朱湾找她，他要告诉她一个好消息。他前几天去一个片场参演了一个角色，虽然一句台词也没有，只是背景里的路人甲，但对他来说这是一个全新的开始。所有的明星在成名前不都是打酱油的吗？而且已经有一家经纪公司在跟他接洽，准备找他签约。

上次跟父母闹得不愉快后，父母就真的没有再给过他生活费，他也不在乎，找了几份兼职工作，可是理想很丰满，现实很骨感。对于从小养尊处优，只会打冰球、扮酷、耍帅的他来说，去餐厅打工都不合格，不是打碎了盘子就是撞翻了东西，要不就是和顾客起了争执，他手忙脚乱，不停道歉，只工作了一天就被辞退。

后来的几份工作，去发传单因为收入太低他扭头走人；去游乐园扮狗熊因为被孩子捉弄而直接翻脸；去做电话营销推销贵宾卡，因为说得口干舌燥而放弃……他突然发现，工作那么多，可真正适合他的竟然没有。

　　气馁的时候也想过放弃，回家跟父母求和，但自尊还是不许他低头，只能跌跌撞撞地寻找适合他的工作。

　　现在看起来混片场还不错，虽然角色都是路人甲，但怎么说他也是演员了，说不定过一段时间，就会演有台词的角色……这样他就能自食其力，向父母证明他的决心。

　　一切的努力都因为想跟她在一起。

　　可是，当他看到沈冬晴和楚君尧在一起时，那些鼓足的勇气就像突然被刺破的气球一样，"砰"的一声，炸得粉身碎骨。

　　她的脸上是那样甜蜜幸福的笑容，而凝望着她的楚君尧，目光柔软得像水。

　　他们什么时候变得这么要好？他们什么时候——在一起的？

　　他应该难过，还是应该为她感到高兴呢？她如愿以偿，终于可以和自己喜欢的人在一起，可他却没有那种高尚的品格，云淡风轻地给她祝福。

　　他做不到。

　　他难过地转过身去，不忍直视。

　　原来她不是不会敞开心扉，只有面对他的时候，她才会像紧贴在岩石上的牡蛎一样，紧紧地关闭着心门，不管他怎么撕心裂肺地呼喊，她都置若罔闻。

　　沈冬晴和楚君尧回学校的时候，已经暮色四合了。

　　昏黄的路灯亮起来，夜风变得微凉。

　　沈冬晴说了好几遍，让楚君尧不必送她回来，但他却执意地把她送回学校。今天的相处加深了他对沈冬晴的了解，原来，她并不是一个寡言木讷的人，也会有活泼开朗的一面，抓拍到好的照片会欣喜不已，拍到不好的照片也会不好意思给他看。她穿着白色的长裙，白色球鞋，一头乌黑亮丽的头发，在花丛中专注地拍照时，楚君尧也把这样的一幕拍进了自己的相机里。

　　他和沈冬晴在一起的时候，接到何晨宇打来的电话，让他上线加入战队，他说不在家的时候，何晨宇顺口问他在做什么，他看了一眼沈冬晴，下意识地遮掩了一下，只说在外面。

　　他感觉到心虚，一种复杂矛盾的情绪在体内蔓延，既喜欢这样的自己，又讨厌这样的自己。迟疑中，他把手机关了机。

　　其实，他怕毕夏打来电话，他会无言以对。

沈冬晴站在公交车旁，目送楚君尧上车，他上车后回头望了一眼，她抬起手来用力跟他挥挥手，大声地说："谢谢！"

今天是她这一生中最幸福的时光了，身边的楚君尧没有以前的自傲，他不再高高在上，变得温柔、耐心、平易近人。他会对她微笑，会一遍遍告诉她怎么调整镜头，他们甚至到最后也没有去听那个讲座，而就在小朱湾晃荡。

她自己带了一些干粮、一瓶水和一袋面包，楚君尧带着她找到一家馄饨小店，是那种上世纪的老房，斑驳的木质矮桌椅，一口大锅，水烧开后在汤里放上紫菜、小虾皮、榨菜和蛋花，再淋上酱油和芝麻油，用陶瓷大碗盛起来，热气腾腾的，很美味。

沈冬晴恍若在梦里，觉得一切太不可思议了，他真的是楚君尧吗？

她总是会想起他们初遇时的情景，他的伞勾住了她的衣袖，当他回转面孔时，就好像一束光，让她的心在那一刻产生了微妙的光合作用。从那时候开始，那光合作用产生的勇气便源源不断地指引着她前进，他真的是她的灯塔。

"这么舍不得，干脆抱着他大腿哭闹着让他别走吧！"

裴雨阳的声音在身后幽幽地响起来，沈冬晴转过身看到他，面色一冷。

看到她厚此薄彼的表情，裴雨阳的心都碎了，这些日子为生计奔波的委屈汹涌而出，咬牙切齿道："就你那点儿出息，也不嫌丢人！"

"你怎么又跑回来了？"

"你管我！"

"功课不多？"

"都没钱吃饭了，还上什么课？"

"你找了工作？"

"饿得要死！"

"你不上课了吗？"

"我要吃牛排！"

"有家牛肉面不错。"

"抠门！"

"吃软饭还这么啰唆！"沈冬晴瞪他一眼，絮絮叨叨地说，"是不是每天都逃课？不要以为进了大学就可以拿到毕业证……"

听到沈冬晴这样说，裴雨阳的情绪立刻就阴转晴了："原来你这么关心我！"

"我是因为周阿姨……"

裴雨阳瞪她一眼："你跟她有什么关系，不是我女朋友吗？"

沈冬晴怔了一下,听到这个称呼,她心里五味杂陈,她答应周阿姨要疏远裴雨阳,可是她又没有办法完全躲开他,其实她常常会想起他来,吃饭的时候会想:这个家伙被照顾惯了,自己会不会好好吃饭?那么挑食又讲究,食堂的饭菜不合口味吧?那条有他照片的手链她虽然没有戴在手上,却一直放在文具盒里,每每功课写得困乏,看到他的照片就会想起他为她加油的样子。

看到她没有回话,他猛然抓住她的手,恶狠狠地说:"你说过的,要做我唯一的女朋友!"

因为这是学校附近,沈冬晴有些着急,一边挣扎一边低声哀求:"快松开。"

"偏不!"他抓得更紧了。

"你怎么……怎么这么无赖!"

明明是他在发脾气,但他却觉得很受伤,虽然早就习惯了沈冬晴的冷言冷语,可是今天不一样,他多想能感受到她的安慰和依恋。

"反正我不会松开。"他像个无理取闹的孩子。

沈冬晴微微叹口气。

裴雨阳却颓然地松开了手,一字一句地说:"我们,分手吧。"

沈冬晴怔了一下,其实这么长时间,她在心里,从来没有把自己当过裴雨阳的女朋友,那个时候为了打击杨美清才会说出那样的话,原来她亦是一个残忍的人,并没有想过这对裴雨阳意味着什么。

如今,在她还没有进入角色的时候,他就说了分手,竟让她有些恍惚,他们之间真的需要一个仪式来结束吗?不过这样也好。

"反对?"见她没有说话,裴雨阳小心翼翼地问。他在心里无望地祈求着:快说反对吧,快说呀!

"好!"

"没良心!"他气急败坏地踢向脚下的空易拉罐,没想到它飞了出去,砸到了路人身上。对方恼怒地骂了一句,在裴雨阳要回击之前,沈冬晴慌了,来不及细想就拉住了裴雨阳的手,紧紧地拽住,低声地说:"别惹事!"

裴雨阳的愤怒连同他整个人一道变得安静下来,他已经开始后悔提出分手了。

就这样假装什么都没有看见,默默地守护在她身边不就好了?可是他的脑海中却浮现出她望着那个人的表情,柔情似水。

"饿了。"他可怜兮兮地说。

沈冬晴松开手:"要不请你吃点儿好的?"

"什么嘛！"他不满地嚷嚷，"分手让你这么开心，竟然还要庆祝！"

"……"

"还是我请你吧！"他苦笑一下，"今天我拿到了人生中第一份薪水。"

裴雨阳原本开开心心地来找她，没想到会是这样的结果，有时候他真的很想时光能够倒流，他一定要找到当初的自己，警告他：这个女人你惹不起，赶紧躲远点儿！可是遇到她，一切都像是命中注定。

姚元浩半夜接到黎允儿的电话，她的声音听上去怪怪的，鼻音很重："那个臭屁的家伙走了。"

"去哪里了？"姚元浩下意识地问，随即明白过来，心里骤然一紧。

他去找毕夏问黎允儿究竟去了哪里，才知道她是陪黎梓然去实现"愿望清单"了，他有些开心又觉得难过，黎允儿并不是出国念书，但黎梓然……那个像小大人一样的孩子竟然会得这样的病真是太意外了。黎允儿总是把手机里弟弟的照片拿给他们看，她刚刚才适应了姐姐的身份，却又很快要失去弟弟——她该多难过呀。

"这个坏家伙，非要跑来认亲，又这么乖、这么好……真让人受不了。"黎允儿在电话那边又哭又笑，"他让大家都要开开心心地送他走，我真的尽力了，但心还是好痛。"

"你在哪儿？"姚元浩在黑暗中起身，走到窗前，他看向外面的星空，好像这样就能离她近一点儿。

"我们在澳大利亚的大堡礁学浮潜，他跟我讲话的时候我没有听见，因为那个时候我没有戴人工耳蜗，当我从大海里返回的时候发现他已经昏迷了……就好像睡着了，在躺椅上，身边有一本他最爱的绘本……"

黎允儿絮絮叨叨地说着："他的愿望清单里还有好多没有完成，他还那么小，如果再给他多一点儿的时间就可以实现这些愿望了。为什么要这么残忍……原来这个世界上最难受的事就是你已经知道故事的结局，却没有办法去改变。"

"你知道的，梓然有多棒！他头脑好，性格好，运动也好，长得又那么可爱，我觉得他就是一个完美的小孩儿！所以老天爷很需要他，早早地把他喊回去……"

姚元浩静静地听着，这一刻他多想揽她入怀，抚平她的悲伤。

听到手机里传来的背景音时，姚元浩一怔，他把手机贴紧耳边，又仔细听了一遍，他的心脏停跳了一拍，然后跳起来朝楼下奔去。他刚刚听到的那个背景音是巷口烤肉店老板的声音，他是新疆人，蹩脚的普通话很有识别性——那么黎允儿就在那附近。

当他找到黎允儿的时候，看到她抱着膝盖坐在巷口旁小公园里的滑梯上，一盏昏黄的路灯将黎允儿罩在柔柔的光线里，孤单悲凉。

那个说话做事咋咋呼呼、风风火火的女孩哭得脸皱起来，隐隐传来压抑的啜泣声。

寂静的夜晚，树叶被夜风吹动。发出海浪一般的声响，姚元浩一步一步地朝她走近，他有很多很多的话要告诉她，却一个字也没有说，只是静静地守护在她身边。

他蹲下身去，轻轻抬起手想要擦拭她的泪，却在转念间将她拥入怀中。

他不知如何化解她的悲伤，只能用这样的方式告诉她：无论怎样，我都会陪伴在你身边。

黎允儿隐忍的情绪终于崩溃，她放声大哭——她从未经历过生离死别，原来一个人真的会消失在你的世界，再也无从寻找。

"你知道吗，黎梓然那小子最后竟然自己在遗体捐赠书上签字，他希望他身体里有用的部分还能在另外的人身上复活，他觉得这是一件有意义的事，可，那得多疼呀！多疼呀！一想到他还要经历那样的疼，我就感觉自己的心被刀一下一下地戳下去！这个傻瓜！他总是这样自作主张！"

黎允儿的声音破碎不堪，她看着手里黎梓然送她的护身符，脑海里出现黎梓然最后离去的画面，她握着他的手，一遍遍地说："快醒来，快醒来！这是你送我的护身符，我不要！我只要它护着你的平安……"

那一幕，痛彻心扉，却如电影般，一遍遍回放。

是真的，失去了……

已经是深秋了，每天都是阴雨绵绵，寒意渐增的风，从冰冷的电线间呼啸而过。

在球场上打球的，只剩下楚君尧一个人，他的头发被风吹得凌乱不堪，"咚咚"地拍着篮球，一个人投篮、抢篮板，跑得连气都喘不过来。

在走廊上的敬嘉瑜不由得停了下来。

"他这样自虐是想要引起某人的注意吗？"何晨宇的声音飘了过来，他觑了一眼敬嘉瑜的脸，"你这是在关心他？"

"他和毕夏又怎么了？"敬嘉瑜皱皱眉。

"这小子……唉！"何晨宇叹口气，凑到他面前低声说，"他们俩八成是要散了。"

"怎么会！"

"你不知道，他们最近一直在冷战。"

"毕夏现在家里这种情况……"

"如果不是因为她家里这种情况，我想他们应该早就散了！"何晨宇叹口气，"曾经那么让人羡慕的一对，想起过去真是让人伤感。"

"到底是什么原因？"

"这个当事人才会清楚，他们这样互不理睬已经很长一段时间了，我看着都着急。"何晨宇还想说什么，看到楼下的黎允儿，赶紧扬声喊道："怎么不打伞呀？"

黎允儿踩着水花，一路小跑着，根本没有注意到何晨宇。

何晨宇的目光追随着她跑过去，恨不得给她丢一把伞过去。

"因为他们俩的关系，黎允儿都不理我了，这不是伤及无辜吗？"何晨宇抱怨道。

敬嘉瑜若有所思地看着何晨宇，他从来没有把他和黎允儿联系到一起，他们看上去就像兄弟一样，嬉笑打闹，没轻没重，但刚才他看着黎允儿的目光，让敬嘉瑜窥探到了他隐匿的感情。这么多年的兄弟，竟然对此毫不知情。

"她估计没带伞，我去看看！"何晨宇多余地补充了一句，"你知道黎梓然的事让她很难过，作为朋友我应该多关心关心她，是吧？"

敬嘉瑜耸了耸肩膀，了然于心地笑了："快去吧！"

他别转面孔的时候，看到楚君尧单手投篮，又大力地跳起来，把擦边而出的篮球补投进篮筐。不过，他并不担心楚君尧，他担心的人是毕夏。

他刻意绕到毕夏的教室，看到她的座位已经空了。

楚君尧跟毕夏没有吵架，他们越过了这一步，直接变成了冷战。今天放学的时候，楚君尧在走廊上见到了毕夏，心里一怔，感到一股莫名的气流在把自己往后推，但双脚却不得不朝前迈——他对自己的心境感觉到惊恐。是从什么时候起他开始躲避毕夏了呢？他们之间变得疏离，变得淡漠，变得无话可说，就连笑容都变得僵硬客套。

"放学了？"他脱口而出才觉得自己说的就是废话，表情越发尴尬。

毕夏点点头。

"要……一起写作业吗？"他常规地问着，脸上挤出一个笑容。心里却希望毕夏说不。

"好。"毕夏回答。

"那个……"楚君尧下意识地朝教室里看去，目光落到沈冬晴的身上，又赶紧转回来，毕夏注意到他的小动作，冷冷地审视着他，让他有种无处遁形的挫败感。

"是已经约了人吗？"毕夏淡淡地道。

"不正在约你吗？"他故作轻松，半开着玩笑，可是唇边的笑容迎着毕夏的目光就像被推倒的积木一样瞬间塌掉了，他沉默下来。

放学的时间，校园里嘈杂得像车水马龙的街头，各种声音横冲直撞，而他们站在这里，却恍若隔世。曾经的他们并不是这样呀，看见对方会不由自主地迎上去，在一起时眉梢眼角都带着暖意，每一天，每一刻，都欢喜宁静。可是现在，一切都变了，校园、空气、风景，还有在成长的他们。

"那个，我们分开吧。"楚君尧垂下眼，用几乎自己才能听见的声音呢喃着。

很轻很轻的一句，但毕夏听到了，有片刻的茫然，那种痛不是一下就扑过来的，而是一点儿一点儿地清晰起来。

她几乎本能地问："为什么？"为什么要分开？

楚君尧的目光依然低垂，他不敢抬眼看她，心里却觉得如释重负，终于说出来。有时候他觉得自己变成了戏子，在毕夏面前扮演着另外的自己。

他也在心里问自己，为什么。他们一路走来，有那么多美好的回忆，温暖的片段，他曾经以为、真的以为，他们会这样一直走下去，考同一所大学，在同一座城市工作……人生的规划和安排里他从没设想过和毕夏分开。可是毕夏呢？他感觉一直走不进毕夏的世界，她去哪里，做什么决定，都不需要他的帮助，也无须告诉自己，她的心很大，却没有他容身的地方。

"我留在你身边也帮不上忙，而我们……只会有越来越多的不满和怨怼。"

"吵架不是很正常吗？"毕夏的脸色越发苍白，声音微微地颤抖，用了巨大的克制力才能让自己看上去镇定自若。

"对不起！"楚君尧羞愧地说。他想如果这个时候毕夏用最难听的话咒骂他，或者打他的耳光、踢他、踹他，他都会觉得好过一些，但她的语气那么平静——这就是毕夏呀，她坚强得让他望而生畏。

毕夏深深地望了楚君尧一眼，眼前的这个男孩，他已经不再喜欢她了，就算她歇斯底里，就算她哭闹着不肯分开，就算她说她还喜欢着他，都挽回不了他的心了。

她一直坚信他们的感情，就算她察觉到他们之间的裂痕，但吵架、冷战和道歉不是恋爱必须经历的循环吗？没有任何一段感情是没有矛盾争执的，她一直觉得他们都可以克服，因为他们的感情是坚不可摧的，但他的心已经扔下她了。

也许，比起失恋来说，更悲伤的是背叛，背叛了过去，背叛了那些惺惺相惜的时光，也背叛了那些纯粹和美好。

毕夏转身的时候，知道他们再也回不去了。

一句"对不起"，生生地将两个原本亲密的人隔为疏离，这是怎样一种切肤之痛，没有经历过的人，永远都不会明白。

当毕夏一个人走进空无一人的大教室，她像个疲惫的旅人卸下所有的行李和伪装，她的肩膀垮了下来，眼泪潸然而下，她抬起手来，双手接住晶莹的泪珠，让它们浸透在她掌心的纹路里。也许那里，是它们最好的归宿。

年少的时候他们爱对了人，却用错了方法，他们两个都是如此骄傲的人，不屑于作假，更不擅长欺骗，他们不断地争吵，那尖锐的分歧，刺伤了对方，也刺伤了自己。

敬嘉瑜站在走廊上看着篮球场上拼命打球的楚君尧，汗如雨下甚至跌倒也爬起来继续打，天空的尽头，浓云在那里聚积翻涌，狂风大作，血雨腥风。

楚君尧又一个全力的起跳，想要抢到篮板球，可是跳起的角度不好，额头狠狠撞上了篮球架，狼狈地摔了下来。

敬嘉瑜吓了一跳，赶紧跑到篮球场边，他拖住爬起来还要继续奔跑的楚君尧，几乎咆哮道："疯了吗？不要命了！"

楚君尧像困兽一样挣开敬嘉瑜的手，吼道："走开！不要你管！"他在生气，生自己的气，他不知道如何惩罚自己，愧疚、难过、迷茫、失望……各种情绪在他的心里冲撞，他恨不得揍自己几拳。

"别这么幼稚！"敬嘉瑜皱着眉，"你已经不是个孩子了！就不能理智成熟一点儿吗？"

"你凭什么教训我？你是谁？"楚君尧变得蛮不讲理，也许现在的他只想要触怒全世界，只想要一些伤害！

"楚君尧！够了！"敬嘉瑜一脚踢开滚到脚边的篮球，"你这个样子很可笑！"

"可笑？你不可笑吗？每天装深沉、装内敛、装成熟，你以为你能看清楚每一个人，其实你什么都不知道！你懂什么？笨蛋！"他真的是疯了，才会说出言不由衷的话。

"我不想看清楚别人，我只想看清楚我自己！"敬嘉瑜冷冷地盯着他，"你呢？你看清楚自己了吗？你不就成绩好一点儿，还有什么值得骄傲的地方？"

"所以我们根本就看彼此不顺眼？"

"对！"敬嘉瑜的语气越发地淡了，"我早就看你不顺眼，你狂妄、臭屁、自以为是——"

他的话音还没有落下，楚君尧已经一拳挥过去，正中敬嘉瑜的胸口，他踉跄地摔倒在地上，水花四溅，楚君尧扑上来和他在雨水里扭打在一起。

"喂！你们住手！"何晨宇给黎允儿送完伞后，不放心楚君尧又折了回来，一到篮球场边就傻眼了，这两个人怎么打起来了。

打得还真狠，你一拳我一拳，一点儿不客气。

何晨宇在旁边嚷了几声，可没人听他的，他干脆放弃，坐到一边由着他们。

"想打就打吧，反正你们力气多用不完。"何晨宇掏出手机，对着他们猛拍几张照片，他心里想，你们终归是要和好的，这张照片就留着到时候来取笑你们。

楚君尧渐渐不还手了，他躺在地上，让敬嘉瑜揍了好几拳，最后一次，敬嘉瑜揪着他的领口，想要对着楚君尧的脸再挥拳时，手一个虚晃停在了他的鼻翼处。

"闹够了没？"敬嘉瑜问。

敬嘉瑜从地上站起来，伸出手给楚君尧，楚君尧带着一贯的随意伸手握住，被拽了起来，他淡淡地说："我们分了。"

何晨宇不由得倒抽一口凉气，嘴巴张大，惊得半天都没有合拢。他早已经有预感，但在听到的这一刻，还是受到了惊吓——真的很难接受。

敬嘉瑜看着楚君尧的脸，顿时觉得他刚才下手太轻了，他应该再狠狠地揍他一顿，他也知道楚君尧为什么要找打了，因为他就是一个浑蛋！

"谁提的？"好半天后，何晨宇从错愕中回过神儿来。

"你说呢？"敬嘉瑜反问。

"他？他怎么能做这种事！"何晨宇咬牙切齿，"这都马上要毕业了……难道……"

"等到毕业以后再分开跟现在说有什么分别吗？"敬嘉瑜扫了何晨宇一眼，"欺骗毕夏才是对她最大的不尊重。"

"可是毕夏做错了什么？那个沈冬晴有什么好？"何晨宇对沈冬晴的印象还停留在最初的那种又土又笨的阶段。

敬嘉瑜拍拍何晨宇的肩膀："要毕业了，大家都好自为之吧。"

对于楚君尧和毕夏的分手，何晨宇唏嘘不已，他为毕夏抱不平，更觉得楚君尧不仗义，当他艰难地把这个消息传达给黎允儿的时候，她愤怒得恨不得揍楚君尧一顿。

何晨宇宽慰她的时候，说了一句颇有禅意的话："缘起缘灭，都顺其自然吧。"

深冬来临，寒风刺骨，整个世界都在瑟瑟发抖，校园里却有几株姿态娴雅的枫树，红色的掌形叶子在冷霜中显得尤其鲜亮。

敬嘉瑜看着它们的时候总是会想起毕夏来——越清冷越美丽，经历了这么多打击和伤害的毕夏，依然有着非凡的从容和坚毅。她的内心太强大了，强大得让周围都黯淡失色，身处在旋涡里的毕夏，有着最绚烂的颜色。

只有毕夏自己知道她经历了什么，在痛苦哭泣过后，她选择继续下面的旅程，在这之前，她要把过去，要把那些真心付出的时光，统统收起来，放在心里最深的角落锁上——这就是一个句号了。

属于他们的美好时光结束了，她要开始下一段旅程——不断地成长，不断地蜕变。

也许她可以和母亲一样，变得像健忘症患者一样——对失去的一切视而不见，才是自我保护的一种大智慧。

依然会在校园里遇到楚君尧，很多次他都欲言又止，而毕夏目不斜视地经过他身边，就好像他们之前不曾认识。她还是没有办法做到云淡风轻地和他打招呼，他们还能说些什么呢？如果他试图安慰她受伤的心，每一次的缝补，带来的都是穿心的疼。

虽然是楚君尧提的分手，可是走不过这一关的却好像是他，他心里有太多的愧疚，他觉得无颜以对，对所有人都逃避和躲闪。

他不再参加篮球队的活动，也不再拿起心爱的相机拍个不停，他郁郁寡欢，回到家里就把自己沉浸在网络游戏里。他没有再和何晨宇他们一起组队玩游戏，而是选择了一个新游戏，伙伴全是陌生网友。

"火枪手"就是楚君尧在这个"推塔游戏"里认识的网友，当楚君尧还是小段位玩家的时候，"火枪手"已经是白银级别的玩家，虽然楚君尧刚玩这种游戏，但他聪明，有领导才能，很快就崭露头角。

推塔游戏是五人一组的两组人马，分别选择一条线路出发，谁能突破重围，最先打到总水晶的位置就获胜。楚君尧在遇到火枪手以前一直都很顺手，升级也快，但自从他和火枪手的对决开始，每次都慢一步被他险胜。

楚君尧不服输的精神被完全激发出来，他一上网看到火枪手在线就要求和他作战，其实他知道如果他成为火枪手的队友，他会升级更快，但他就是不想认输，偏偏要和他做死敌。

慢慢地，这变成楚君尧生活里一件必需的事，每天都会找火枪手对战一场，慢慢地他也偶尔会赢上一局。每次半个小时，他杀得酣畅淋漓，拼得热血沸腾，也在惊险刺激的过程中体会到一种孤胆英雄的成就感。他把火枪手加为好友，后者也爽快地通过了，他点开他的资料想要了解一下火枪手，却发现他什么资料都没有填。

"你是学生吗？"楚君尧对火枪手很好奇，他的功课很紧，平时都是晚上上线，但只要他的头像亮起了，火枪手就会在。有几次他故意隐身，火枪手也是隐身状态，一旦他上线，对方也选择上线。让他有种错觉，火枪手难道是在等他？

"你是学生吗？"当他问出这个问题的时候，火枪手也问出了同样的问题。

楚君尧觉得他要先回答了，火枪手才会回答，思忖一下他还是选择说实话："高三。"

"这么重要的时刻还有时间玩游戏？"火枪手在这句话后发来一个笑脸图。

"如果成绩不好，玩游戏就是自暴自弃，如果成绩好，那这点儿时间只是换脑休息……"

"这么说，你成绩很好？"

"如果第一名算成绩好的话，那我应该算。"

"你确实聪明。"

"能赢我，你也不错！"

"小屁孩，口气还真大！"

"说我是小屁孩，你口气才大！"

……

你一言我一语里，楚君尧对火枪手越发有兴趣，他觉得他有可能是认识的人，因为有时候他觉得他很了解他。

疏远了所有人的楚君尧，却在网络里和一个陌生人熟悉起来。

敬嘉瑜举着伞在路口等母亲下班的时候，手机响了起来，看看号码并不认得，接听后传来一个陌生的女声："敬嘉瑜，有时间吗？我们见个面。"

敬嘉瑜怔了一下，确定这个声音他从未听过："你是？"

"杨美清。"

"谁？"敬嘉瑜一头雾水。

"我是谁不重要，重要的是你刚刚签订的那份合同是我给你的。"

"你是经纪公司的负责人？"

"也可以这么认为。"

敬嘉瑜能够强烈感觉到她语气里的盛气凌人，耐着性子问道："合同上不是说……"

"跟合同无关。我们还是见面聊吧。"杨美清口气不容置疑，"就在你们家门口的咖啡馆，我等你。"

"喂……"敬嘉瑜朝身后看去，那家咖啡馆就在对面，落地玻璃窗后的情形他看不清楚，却觉得有一双眼睛正望着他。这个叫杨美清的人让他有一种很不好的感觉，说不清。

再回过头来，母亲骑着电瓶车从雨中驶来，她的电瓶车很旧，因为已经被偷了好几辆，母亲舍不得再买新的，总是去买别人的二手旧车，敬嘉瑜觉得不安全，可母亲却说，旧车被偷了她不会那么心疼。他知道母亲特别节省，在外面工作她从来不去餐厅吃饭，忙起来甚至就不吃了，三餐不定所以有了胃病，时不时就会胃疼。

"在外面多冷！"母亲看到敬嘉瑜，责备道，"现在这个时期，千万不能生病。"她一边说一边把围巾取下来坚持给儿子围上。

母亲的身高只到敬嘉瑜的胸口，他可以明显地看到她头发里渗进的白色。

敬嘉瑜碰到母亲冰凉的手，握起来放到唇边哈气："妈，您换份工作吧，这个太辛苦了！"

母亲笑了："好好的工作换什么呀？妈不辛苦，特别是我儿子这么孝顺，妈妈做什么都是值得的。"

敬嘉瑜真的很想要发脾气，很想要说，您知不知道您越是这样我越难过！每次都说什么都值得，这只会让我感觉到压力和沉重。

太伟大的母爱对于孩子来说其实是一种枷锁，让他觉得母亲的不幸都是因为自己。

可他什么都说不出来，他有什么资格发脾气，大喊大叫？面对这么辛苦的母亲，他只能越发听话和懂事。

和经纪公司签约的事他没有告诉母亲，他知道她一定会反对的，她付出所有的心血就是希望他能考上一所好大学，能有好的前途，可是他却不能眼睁睁看着母亲这么累。大学四年的学费数字也很庞大，如果他能够自己赚钱，甚至赚更多钱，那母亲就可以换工作或者不工作了。

经过咖啡馆的时候，敬嘉瑜低声对母亲说："我想起来一本参考书借同学了，我去拿回来。"

"快去快回！"母亲觉得一切和学习有关的事都是大事，自然同意，又补充一句，"妈今天买了鲈鱼，蒸给你吃。"

敬嘉瑜点点头："妈，我一会儿就回。"虽然家里一直不富裕，但母亲为了让他吃得营养，总是去买很贵的鱼，她觉得多吃鱼能够补充营养还会让儿子更聪明，每一次做鱼她都是把鱼肉给儿子吃，自己象征性地吃几口再谎称不爱吃。

她不知道，敬嘉瑜每次和母亲吃鱼，都会觉得心累。

敬嘉瑜看着母亲走远后这才踏进咖啡馆，一个和他年龄相仿的女孩朝他挥手，他怔了一下，他不认得她，虽然年纪相仿但她的打扮却不像个学生，化着浓妆，染成紫色的短发，戴着大圈圈的耳环，在深冬里只穿着紧身短裙和丝袜，目光里是不可一世的傲气。

敬嘉瑜坐到她的对面，并不说话，因为知道她一定会先发制人。

"身高外形不错,就是你这气质……有点儿土。"杨美清睨着眼挑剔地望着他,蔑视地摇摇头,"还有你的下巴,为了上镜更有型应该把下颚骨修一下。"

"有什么事?"敬嘉瑜打断她。

杨美清抱着手臂背靠到沙发上:"我要让沈冬晴参加不了高考。"

她下巴微扬,稀松平常的语气,一副"这就是件小事"的表情,却让敬嘉瑜感觉到后背发凉。他知道她说的是认真的。

"你和沈冬晴有什么过节?"

"这个和你没关系。"杨美清嘴角扯起一丝笑容,看上去却很扭曲。

"我为什么要答应你?"敬嘉瑜觉得自己被冒犯了,这个人凭什么就觉得他会受制于她,帮她做这么卑劣的事?

"不要生气,"杨美清气定神闲,"你可以考虑一段时间,因为我不着急。但对于你来说,这却是你改变命运的一次机会。只要你帮我做成这件事,等你毕业,我们会送你去韩国进行专业培训,弥补你各个方面的不足,把你打造……"

"我要走了。"敬嘉瑜打断她,站起身,"你没有权力改变别人的生活和命运,比如我,比如沈冬晴。"

"是吗?"杨美清冷哼一声,"想想成名以后你的生活会有多大的转变,你不觉得这个提议不错?"

敬嘉瑜无所谓地耸耸肩膀:"我不会沦落到和魔鬼做交易。"

敬嘉瑜转身离开,他觉得这个女孩疯了,她怎么会想要去害别人,怎么想到要来和他谈条件?那么漂亮的一张脸下面却是一个丑陋的灵魂,他是绝对不会再见她了。

他不知道,杨美清在他走后勃然大怒,她愤然地摔了杯子,却无计可施。她太恨沈冬晴了,这个又丑又穷的女孩把她变成了一个笑话——她不甘心!如果不是因为沈冬晴的出现,裴雨阳不会这么厌恶她,她一直觉得她和他是一对的,她在学校里散布她是他女友的消息,他也没有反对,她以为这就是默认。她有什么不好?漂亮,有个性,家境优渥,可是裴雨阳现在却连看都不看她一眼。

沈冬晴——她要让她付出代价!

杨美清并没有考上大学,她在父母的安排下去了一所私人的影视学校,就在本市。她以为裴雨阳走了就走了,她无所谓,但发现自己还是放不下他,她去上海见他,可他连面都不露,这让她更加恼怒——她都已经把姿态放低了,可他却不领情,恨意渐渐地从扭曲的爱中滋生出来,愤怒时刻燃烧着她的心。

有次她听到她的朋友们私下议论,她们说没想到裴雨阳还能考上那么好的大学,眼界不同，自然是看不上杨美清了。杨美清就是自作多情——她们还说了很多难听的话，那些平时对她恭维、巴结、极力讨好的"朋友"原来在私下里是这样看待她的。

当她们转身看到她的时候，吓得像看到了鬼一样。

她走到她们面前，扯住其中一个女孩的衣领："这个是我送的吧，你立刻脱下来还给我！还有你，你的包，这条项链，这块手表……"她从她们身边一一经过，指着她们身上的穿戴，让她们马上还给她。

她从此以后没有朋友，她只想要报复。

最恨的，第一个要报复的人——就是沈冬晴。

第五章
我们都是好孩子

楚君尧走进教师办公室的时候,看到毕夏正和班主任在谈话。

"你先回去和家里人商量一下,不用急着做决定。"钟原微笑着看着毕夏,把表格递给她。作为毕夏的班主任,他对她是有一些遗憾的,她很勤奋很踏实,但她的理科方面却还是有所欠缺,成绩不稳定。他知道她家里发生的事,有好几次他想要以一个朋友的身份和她聊一聊,却都被她掐了话题。她看上去沉静理智,能够把握自己的方向,也能够对未来有理智的判断,但这份清醒和自省却让他有些担忧,她的弦绷得太紧了。

"我决定接受。"毕夏抿了抿唇,看不出是惊喜还是失望,"我会把申请表填好。"

"……不再考虑下?"钟原知道自己问的是废话,以他对她的了解,决定了就不会改变。

"我先出去了。"毕夏走出教室。

钟原坐在座位上莫名地叹口气。

楚君尧拿起外语试卷的时候,听到别的老师问:"楚君尧,你怎么不考虑保送?"

"我还是想体验一下高考的感觉。"楚君尧挠着头笑了笑,"都已经苦读十年了,最后不上战场搏一把,怎么知道自己真正的实力!"

"你呀!"老师笑了,"年少轻狂!"

另一个老师说:"学校的保送名额大家都在抢,多少关系……"还没说完,他自知失言,转开话题,"你这次的模拟考比第二名只高了十来分,小心被超越。"

楚君尧点点头,走到钟老师面前:"钟老师,毕夏的保送学校已经定了?"

"你们……"钟原有些意外,"为什么不自己问她?"虽然他并不给楚君尧授课,但对年级第一的楚君尧却是认得的,见过几次毕夏和他在一起。

楚君尧从钟老师那里问不出来,心里着急,厚着脸皮让何晨宇去打听。

"我不去!"何晨宇直接拒绝,还给了他一个白眼。

他愤懑地踢他一脚:"作为朋友难道不应该关心一下她吗?"

何晨宇撇撇嘴:"就因为你,我都没脸见她!"

"这跟你有什么关系?"

"是,你们不是因为我分手,但作为朋友我没有帮你们守护住这段感情,也觉得对不住她!"

楚君尧垂下眼:"她恨我吧?"

"不会。"何晨宇看了看他,加重语气,"她只会把你当陌路人!"

"喂!"楚君尧不满道,"有必要说得这么难听吗?"

"可你做的就是这么难看的事！"

楚君尧气急败坏，拂袖而去。何晨宇总是时不时地对他进行道德批判，而他除了愤怒，竟然不知如何反驳。

楚君尧知道自己没有资格过问毕夏的事，但还是忍不住担心。他在放学后，等在了毕夏回家的路上。

黎允儿先看到楚君尧，他骑着单车在马路边来回地转圈，她紧张地看了毕夏一眼，遮掩道："肚子好饿，我们去买点儿东西吃。"

她拖着毕夏过马路，不想让她看到楚君尧。

毕夏表面上什么都没有说，黎允儿知道她不需要安慰，她就像一个内功强大的高手，只需要一点儿时间就能让自己恢复过来。

她能做的，就是默默地陪伴。

"今天倪雅说看不清黑板，想跟孟欧换座位，他死活不肯……"黎允儿笑着说，"这家伙总是想超越你，你说他是不是有病？"

"他一定会超过我的。"毕夏淡淡地笑，"我提前解放了，你们继续努力！"

"啊？"黎允儿惊喜地喊出声，"拿到保送名额了？"

毕夏点点头。

黎允儿像是中大奖一样，哇哇大叫着抱起毕夏转了个圈。

她不知道此刻毕夏心里却是晦涩失望。

毕夏知道自己成绩不稳定，担心高考的临场发挥，所以一直在争取保送的事，她参加各种竞赛，就是希望用另外一种途径让自己的成绩单看上去好一点儿。她竭尽全力，但保送的学校却不尽如人意——北京邮电大学。

"太好了！你终于做到了！"黎允儿知道毕夏为此付出了多少努力，她真的是对学习这件事太执着了，一路走来，几乎都魔怔了。

"这样也好，我有更多的时间照顾我妈。"毕夏淡淡地说。母亲已经出院了，因为脑出血，她的手脚有些不灵活，还需要做康复训练，家里请了钟点工，可她还是不放心母亲。火灾的原因还没有查明，而公司现在竟然交给陆怀箫打理，她要做的事情真的太多了。

放下了"高考"这块巨石，对她来说，也只是稍稍的休息。

"什么学校？"黎允儿问到了重点。

"北京邮电大学。"

黎允儿怔了一下："不是北大或者北外吗？保送的学校不都是这些吗？"

"这些名额是别人……"毕夏安慰黎允儿,"其实这所学校还是挺好的,重点。"

"可……"黎允儿的快乐有些泄气,继而愤愤不平,"凭什么你不是北大?你获得过那么多奖……"

"都在北京。"

"这能比吗?你……"黎允儿欲言又止。

"毕夏。"楚君尧出现在她们身后,黎允儿下意识站到他们中间,警惕地看着楚君尧。

毕夏缓缓地转过面孔,她沉默着,一副安之若素的模样,但只有她知道,每次面对楚君尧的时候,她的心就痛得不能自已。

可是在楚君尧看来,毕夏的意志是钢铁般坚不可摧的——她从家庭的变故里都能迅速地恢复,又何况是失恋这样的小事。

楚君尧的目光在她身上躲躲闪闪,轻声地问:"你保送的学校是什么?"

"北京邮电大学。"黎允儿抢先回答。

楚君尧停顿一下:"这所学校也不是不好,但以你的成绩,可以考更好的学校。"

"这跟你没关系吧?"黎允儿再一次抢先回答。

"我只是希望你能有更好的选择。"

"如果可以选择的话,我们宁愿不要认识你!"黎允儿气咻咻地盯着他。

楚君尧的脸烧了起来,他垂了垂眼,道了声:"对不起。"

其实"对不起"和"我爱你"一样沉重,说"对不起"的那个人不一定不伤心。

"如果这个世界做错了事说一句'对不起'就可以扯平的话,那就不用负法律责任了!不,你应该背负的是良心和道德的审判!"

"不用道歉!"毕夏看着楚君尧,"你没有错,你只是不再……对过去有感情。"

"我们还是朋友。"楚君尧艰涩地说,"可以吗?"

毕夏淡淡地笑了:"不用,真的不用,因为这会很奇怪,而我也做不到。"

"楚君尧,你别再假惺惺的了!"黎允儿挥了挥拳头,"既然已经移情别恋又何必装好人?"

这句话就像一声惊雷,在他们中间炸开了。

这才是他们分手最真实的理由!只是楚君尧不愿意去承认,而毕夏也不想去面对,反正不管是什么理由,他们之间已经结束了。

原来最悲伤的,不是他不喜欢她了,而是他喜欢上别人。

他们的脸色都变得非常难堪和惨淡,他喃喃地想要再说什么,喉咙却仿佛被一双手扼住了,而她想要表现得镇定淡然,眼泪却已经在眼眶里汹涌。

黎允儿也察觉到她这句话的杀伤力，她挽住毕夏的手臂，把虚弱的她带走。

他们之间再也没有走近彼此的可能了，他们的身影在经过青春的岔路口后，一个向左，一个向右，朝着完全不同的方向，渐行渐远。

你听，谁在那首歌里唱：

你说要一直爱，

一直好，

就这样到永远，

我们都是好孩子，

异想天开的孩子，

相信爱可以永远……

毕夏到家的时候，看到孟叔叔也在，比起上次他来家里的肃穆，今天他的表情看上去要轻松很多。母亲盖着毯子抱着暖手炉半躺在沙发上，毯子从她胸口滑下去，她的手颤巍巍地拉不住，孟叔叔及时地帮她盖好毯子。

"这个陆怀箫还真是有两下子，他以保密协议的条款来起诉赵总，这下赵总的公司开不下去，还要赔一大笔钱，而那些老客户看到赵总现在的形势又纷纷回头，真是大快人心。"

毕夏不由得说："孟叔叔，那个陆怀箫不是好人，您别被他骗了。"

"这个……"孟叔叔有些尴尬，"他看上去不像呀，他为公司做的事大家有目共睹，年纪那么轻，做起事来却雷厉风行，英明果断……"

"孟叔叔！"毕夏加重语气，看了母亲一眼，"他是有目的的。"

"他有目的？"

"他就是想架空你们的权限，然后全权掌控公司！"

"毕夏，你是不是对陆怀箫有误会？沈总签署的授权书我们都看过，陆怀箫只是在三个月内全权处理公司的事务，等到三个月后，权力就交还给沈总，而且他不具有财务权，也就是说他要动用公司的资金需要其他几个经理一起签字……"

"他心思缜密，步步为营！"毕夏的语气里充满恨意，"你们都被他蒙蔽了！你看他现在不是得到你们所有人的支持了吗？"

"你先回去吧。"沈梓瑜对孟总说，"跟陆怀箫说，不用赵总赔钱了，这件事就算了。"

"那不是太便宜赵总了？"孟总愤慨地说，"竟然乘人之危，根本就是见利忘义的小人！"

沈梓瑜摆摆手打断他，对毕夏说："我累了，送我回房间休息。"

毕夏把母亲扶到轮椅上，推她进房间，把她安置好后再回到客厅，孟叔叔还在。

"毕夏，太阳好的时候带你母亲去外面走走。"他留下来就为了跟毕夏说这句话。

毕夏点点头："孟叔叔，陆怀箫真的不是好人，我家的火灾……是他。"

"不会吧？你有证据吗？"孟叔叔惊讶地问，"警察不是还没有破案吗？"

"我没有直接的证据，但我肯定，就是他。"毕夏笃定地说，"孟叔叔，您一定要防着他！"

"……好，我知道了。"

直到孟叔叔答应她，毕夏才松口气。

她不知道陆怀箫下一步打算怎么做——但她一定会找到证据证明他就是杀人凶手，她要让他付出代价！

毕夏到衣雅公司的时候，已经过了晚上九点，她只是想来这里看看，抬起头，父亲办公室的灯竟然亮着。自从父亲出事以后，她再也没有来过这里，现在看到那盏亮起的灯，她几乎落下泪来。

她快步走进办公楼，心里甚至有着许多的期待，当她看到坐在父亲办公桌前的陆怀箫时，心里的火蓦地烧了起来："你到底还在筹划什么阴谋？你已经害得我家破人亡，难道还不够吗？"

陆怀箫看着面前的毕夏，她瘦了不少，唇色没有了往日的红润，变得有些苍白，还有她的目光，那种现世安好的娴静已经荡然无存，那里笼罩着一层淡淡的忧愁，像淡蓝色的雾。他心痛极了，如果时光能够倒流，他一定会阻止这一切的发生，即使拼上性命。

"毕夏，不是我做的，真的！我并没有怨恨毕总当初没有及时地救治我表弟，我更不会怪他请来媒体采访我的家庭，相反我对毕总充满了感激……"

"可是只有你去过玻璃房！"毕夏打断他，眼里噙满泪水，"我不会相信你的狡辩，杀人犯当然不会承认自己杀人！"

陆怀箫喃喃地说："我只想守护你的幸福，又怎么会让你不幸？"

"警察没有办法找到证据，但我一定会证明你就是凶手！"毕夏的手用力握起来，"也许你无意伤人，只是想给我们家一点儿报复，但我爸爸和奶奶却因此……"

"你要怎样才能相信我？"陆怀箫艰涩地看着她。

"你来的前几天我还在玻璃房里给花浇过水，我清楚地记得那里没有白磷！而我们家门口都有监控，半夜也不会有贼进来放白磷，难道会是我家里人自己放的吗？"毕夏咄咄逼人地问。

毕夏的心已经被仇恨蒙蔽了,她找不到出口,而陆怀箫就成了她宣泄恨意的所在。

陆怀箫又怎么会不了解呢?

"毕夏,相信我,有一天事实会证明一切的。"

"那现在呢?"毕夏逼视他,"让我妈签下授权书的目的是什么?"

"是你!"

即使他们之间只隔着一张桌子,但陆怀箫却觉得他和毕夏在两个星球,他只能仰起头来凝望,内心悲伤不已。

"我喜欢你。"陆怀箫从来没有想过要对毕夏表白,他一向深思熟虑,但这句话还是这样自然而然地说了出来,就好像已经在心里预演过千万次。

毕夏的眼里一丝动容都没有,全是冰冷的不屑:"你以为你的花言巧语就能让我相信你吗?"

"不管你是否相信,但我说的都是事实。"陆怀箫苦涩地笑了笑,"等到公司走上正轨,我就会把权力交还给沈阿姨……"

"为了洗白你自己?"

陆怀箫的心咯噔一下,他知道就算他在她面前把心剖出来给她看,她也是不信的。

"我喜欢你,是真的。"

"就算是真的,那又怎样?"

毕夏的每一句话都像一枚暗器,"嗖嗖"地射向陆怀箫,是痛的,但让他更痛的是——面前这个伤痕累累的毕夏。

学校的一株腊梅树下,沈冬晴凝望着那些在冷霜里绽放的花朵,这是冬日里最美的一抹风景了,让她心里感慨不已。突然无数的花瓣纷飞下来,沈冬晴下意识地一扭头,看到的是满脸堆笑的裴雨阳,他正起劲地摇着树枝。

"干什么呀?"沈冬晴愤懑地阻止他,"这花多可惜!"

"咦,还以为你们女生会觉得很浪漫!"裴雨阳说完抬手就折了一枝,往她怀里随手一塞,"生日还送花给别人,我可真是大好人!"

"你……"沈冬晴气得说不出话来。

"拿着!"裴雨阳看她不接花,干脆把她的手扯过来。

"再动手动脚的我就对你不客气了!"

"你什么时候对我客气过?"

沈冬晴拿裴雨阳没有办法，再看旁边已经有路人在指指点点，红着脸把花扔到地上，转身朝学校外面走去："裴雨阳，这才多久，你怎么又从学校跑回来了？"

"我生日呀。"

"然后呢？"

"然后呢！"裴雨阳不满地喊出声，"在这个重要的历史时刻，难道不应该举国欢庆？"

"不就是生日？"

裴雨阳巴巴地跟着沈冬晴："我可是丢下一堆哥们儿，也没回家就直奔这里，人家就想和你一起过生日啦！"

裴雨阳声音里的娇嗔让沈冬晴不由得打了个冷战，他的黏人和霸道真是让她吃不消，一言不合就会发脾气，黏起人来又是不管不顾。

"那我请你吃饭吧。"沈冬晴于心不忍。

"好！"裴雨阳开心得像要到糖果的孩子，"礼物和蛋糕总要有吧，这样才是过生日……"

他的话音还没有落下，就察觉到沈冬晴的脚步慢了下来，一抬头，看到了骑自行车的楚君尧从他们身边路过。

她的目光暖暖地望过去——简直可以说是深情款款。

"好歹也请你考虑下我的心情……"裴雨阳皱着眉，好心情顿时一收，"就这样当着我的面含情脉脉，真想揍你一顿！不过那个人对你可不怎样！"

沈冬晴垂下眼："裴雨阳，对不起！"

"既然对不起就请我吃好的！"裴雨阳话锋一转，又重新露出阳光般的笑容，"不吃馄饨，不吃面，一定要吃好的、贵的。"

"那你想吃什么？"沈冬晴心里愧疚，决定好好给裴雨阳过生日。

裴雨阳偏着头想了一下，惊天动地地说出三个字："灌汤包！"

"啊？"沈冬晴一听，不由得笑了。

"这可不是普通的灌汤包，是在城南的一家，咱们得打车过去！"

沈冬晴迟疑道："吃个包子，还打车，城南那么远，打车费好贵！"

"所以才是吃一餐又好又贵的……可不可以……"他反复摇她的肩膀，带着霸道的执拗和孩子气的不确定。

沈冬晴有些为难，晚上还有自习，她要是去城南，肯定赶不回来上课，但今天是裴雨阳的生日……

见她迟疑，他进一步威逼利诱："你要是不给我过生日，我就赖在这里不走了！"越是在亲密的人面前，他的任性和孩子气越表露无遗。

"其实附近有一家……"她试图说服他。

"不行！我今天就想要去吃那家的灌汤包，要是吃不着我会觉得很难过！"他故意做出一脸郁闷的表情，嘀咕一声，"如果是那个人，待遇肯定不一样。"

沈冬晴心里一软，硬着头皮答应下来："好。"

沈冬晴先回宿舍写了一张病假条让同学交给程念，出门的时候又想了想，把裴雨阳之前借给她的相机也带上了。

裴雨阳欢天喜地地在楼下等沈冬晴，她稍微晚了一点儿，他的电话就追到了宿舍："说好了要给我过生日的！"他的语气，实在像是第一天被送往幼儿园的孩子。

"既然你都请假了，那我们就坐公交车吧！"裴雨阳美其名曰，"给你省钱！"其实他只是拖延着想在她身边待久一点儿，再久一点儿。

这一次沈冬晴没有反对，他们走向公交站的时候，突然一辆自行车倒在一辆黑色宝马车的旁边，自行车车主应声倒地，沈冬晴的脑子"嗡"一声炸响，眼前出现母亲和顾珊的模样，她不顾一切地往前跑，还好自行车车主看上去并没有大碍，只是倒地抱着脚喊疼。

"伤到哪里了？"沈冬晴俯下身，颤声地问，"我帮你拨120……"

裴雨阳从背后用力扯着沈冬晴，把她拉出人群。

"你干什么？"沈冬晴怒了，"没看到出车祸了吗？"

"真是笨得要死！"裴雨阳点点她的脑门，"没看到这个人是故意贴上去的吗？根本就没有撞到他，他就是在'碰瓷'！"

听到"碰瓷"两个字，沈冬晴心里一怔，沉默下来。

"真的，他们这种人最无赖了，讹上一个是一个！"裴雨阳没有察觉到沈冬晴惨白的脸，继续说，"要我说，就该以诈骗罪判刑！"

"你知道什么？如果不是因为生活所迫，他们会冒生命危险吗？"沈冬晴眼中噙满泪水，她在裴雨阳面前始终心存愧疚，她没有办法告诉他实情——那场车祸其实是人为的。

看到她的眼泪，他有些手足无措，以为是车祸让她害怕，立刻道歉："我错了好不好？"

沈冬晴咬咬唇，为自己的无理取闹感到羞愧。

在公交车上，她变得很沉默，不管裴雨阳在旁边怎么逗乐，她都无动于衷，他干脆把一边耳塞替她戴上，让她静静地听歌。

时光在轻轻地流淌，空气中仿若有细长的水草，随着水流的推动，温柔轻盈地摇摆，抚慰着他们的情绪。裴雨阳侧过身，凝视着沈冬晴，夕阳的余晖在她的脸上映射出金色的光芒——这样静谧的时刻，是裴雨阳心里最美好的记忆。

他的脑海里想起初见她时的模样，那么寒碜的打扮却有一张清冷的脸，倔强的隐忍，会让他的心不由得疼起来。他从什么时候开始，想要保护她，呵护她呢？连他自己都不知道，当这个念头萌生的时候就是他情窦初开的时刻。

沈冬晴想起什么似的把背包打开，拿出相机递给他。

"这个，还给你。"沈冬晴歉疚地说，"借了很久。"

"都说送给你了。"

"不行，太贵重了。"沈冬晴浅笑一下，"已经是高考最后的冲刺阶段，我也没有时间拍照。"

"那高考以后呢？"裴雨阳瞪着她，"不是要自食其力吗？你也就只会拍拍照了。"

"以后我会自己赚钱买个相机……"

沈冬晴坚持将相机递到他手里，而他干脆反手握住她的手："你如果不要，那我就扔掉它！"

"喂！"

"你知道我会的！"

"裴雨阳，我不想欠着你。"

"欠着就欠着呗，不用你还。"其实欠也是一种牵绊。他在心里默默地补充了一句。

沈冬晴看他态度坚决，只好作罢。可是当她想要收回手时，裴雨阳却不肯松手了，她用力挣扎，而他的手却像个钳子一样牢牢地夹着她。

"你可是我女朋友呢！"他嬉皮笑脸地看着她。

"不是已经分手了吗？"

"什么时候？有证据吗？"裴雨阳耍起无赖，又转移话题，"我给你听一首歌……"

下了公交车，左拐右拐，裴雨阳终于找到他心仪的包子店，打包了两笼灌汤包，带着沈冬晴到了旁边一个小公园，这个公园老旧、狭小，除了一个生锈的滑梯，就是两架秋千，旁边的一盏煤油式路灯发出昏黄的光芒，柔柔地照亮了黑下来的天。

"怎么不在店里吃？"沈冬晴好奇地问。

"在这里一边荡秋千一边吃灌汤包，才幸福呢！"裴雨阳夸张地咬一口，又问沈冬晴，"真的不要尝一口？"

沈冬晴摇摇头，抱怨道："其实这家店的分店离我们学校不远，干吗非要到这里来？"

"这里有公园呀！"

沈冬晴不明所以。

"这个公园满满的都是回忆，我小时候住在这附近，最喜欢的就是跟爸爸妈妈来这里玩，他们会给我买我喜欢的灌汤包……不过这种时候挺少。"

"没想到你这么怀旧。"

"我可是一个长情的人！"裴雨阳凝望着她。

沈冬晴刚想要说什么，裴雨阳立刻打断："好啦，别说扫兴的话了！"他就知道每次他一表白，她就有一车的理由来拒绝他。

"尝尝嘛！"裴雨阳把灌汤包举到她面前，用手扇动香味，她接过来，轻轻咬一口，热气腾腾间，温润咸鲜的液体在唇齿间流淌。她轻轻地闭上眼睛，仿若看到儿时的裴雨阳，他在这里欢呼雀跃——一想到她曾走进他过去的时光，她的心里竟然生出了幸福。

那个晚上，当沈冬晴躺在宿舍的床上时才想起来，她没有给裴雨阳送生日礼物，甚至没有说一声"生日快乐"，她如此吝啬，害怕对他好一分，就会让他抱着希望。

可是，一想到连"生日快乐"都没有说，她的心就变得好难过。

沈冬晴不知道，裴雨阳送她回学校时，在校门口被楚君尧看到了。楚君尧原本不用上晚自习，他打完球回教室拿书包的时候，听到和沈冬晴同宿舍的兰琴把请假条交给了程念。

"沈冬晴生病了？"程念惊讶地问。在她印象里沈冬晴从来没有缺席过任何一节课，"应该是很严重才会请假吧。"

"这个我也不清楚。"兰琴支吾着回答。

楚君尧的心不由得提了起来。

已经骑着单车离开了学校，但他又像个强迫症患者一样返了回来，他拿出手机拨打她们宿舍的电话，他想了无数个理由在接通的时候怎么和沈冬晴解释这通电话，但事实是她们宿舍的电话无人接听。

楚君尧在心里踹了自己几脚，然后好不容易等到下课，他走到兰琴身边，别扭地撒谎道："沈冬晴拿了我的作业本，你回宿舍帮我拿一下吧？"

兰琴错愕地张大嘴巴，好半天没有回话。

"怎么不说话？"

"你怎么不自己找她拿？"兰琴狐疑地问，"明天早上也可以呀。"

"我急着用。"楚君尧的脸不由得红了。

兰琴压低声音，凑到他耳边说："其实沈冬晴出去了，今天应该很晚回来。"

"为什么？"

"她……朋友来了呀！"

虽然沈冬晴从未提及裴雨阳，但从她的讳莫如深里，兰琴猜测这两个人的关系肯定非比寻常，如果不是所有人都知道沈冬晴喜欢的人是楚君尧，都会以为裴雨阳是沈冬晴的男朋友。

可是楚君尧竟然来打听沈冬晴的事，着实让她意外，他最近常常给沈冬晴讲功课，虽然他也会给别人讲，但他明知道沈冬晴喜欢他……听说他和隔壁班的毕夏已经分手了……难道……兰琴发挥了自己福尔摩斯一般的推理能力，左思右想，怎么可能？沈冬晴明明很普通呀！

楚君尧离开学校，却再一次折回，他在心里狠狠地唾弃自己，却还是走到沈冬晴宿舍附近的长椅上，坐了下来。

寒风四起，他冻得直哆嗦，缩着脖子，一边骂自己，一边翘首盼望着沈冬晴的踪影。

他看到她了，也看到了她身边的那个人，他猛地一怔。

他们看上去如此熟悉，肩并着肩，一边说着话，他还会一边抬起手来在她头上拍一拍。

目送沈冬晴走进宿舍后，裴雨阳还站在原地等了一会儿，等到沈冬晴从窗口探出头来和他挥挥手，他才转身离开。

看着这一幕的楚君尧心酸无比，不是喜欢他吗？可……

黎允儿在学校外面的奶茶店买饮料，突然被一个人大力地推了一把，她身体晃荡一下差点儿摔倒，再一看是穿着他们学校校服的男生。

"你耳朵聋了吗？"男生瞪着她，"喊你让开，半天不动。"

"不用排队？"黎允儿瞪着他，"乖乖去后面排队！"

"我偏不！"男生无视她，举着钱冲店里嚷，"两杯……"

黎允儿一把扯住男生的后领,勇猛无比地把他往后面拽:"还没有轮到你!"

"松开!"男生虽然比黎允儿高半个头,但从背后被扯着衣领,有些被动,恼羞成怒地挣脱开,听着周围的窃笑声,觉得被一个女生占上风很是丢脸,转过身拿起书包就挥过来。

黎允儿伸出手去挡,可已经有一个人影挡在了她的前面,用整个后背承受了书包砸过来的力道。黎允儿一看是姚元浩,气急败坏地扯过男生的书包,举起来把里面的东西全倒了出来,然后往地上一扔。

"你你你……"男生气得说不出话来。

旁边他的朋友来拉他:"你别跟她计较了,她耳朵听不见。"

男生一听,眼里露出鄙夷:"原来是残障人士,我就大人不计小人过!"

"你说什么呢?"黎允儿愤懑地挥挥拳头。

男生不由得朝后一步,虚张声势地继续说:"我们学校竟然收这样的,真是邪了。"

他话音刚落,在黎允儿准备出手教训他时,姚元浩已经一拳砸过去,正中男生的鼻翼,他怔了一下,反应过来,暴怒着和姚元浩扭打起来。

黎允儿心里一热,真没有想到他会为她挺身而出,那么低调的一个人,却做了这么张扬的一件事——如果不是知道他喜欢的人是谁,她一定会自作多情的。

此时校门口的老师过来阻止他们了:"住手!都住手!太不像话了!哪个班的?"

姚元浩和那个打架的男生被"领"到教务处,黎允儿有点儿急,巴巴地跟过去:"是他先动手的!他插队不成还狂妄得不行……"

"行了,没你事,出去!"老师不耐烦地把黎允儿赶出去。

临走前,姚元浩给了她一个安慰的笑容,用口型对她说:没事。

黎允儿只好扒在窗户上往里面看。

姚元浩看着贴在玻璃上五官都皱在一起的黎允儿,忍不住"扑哧"笑了。

教导主任暴怒地瞪着他,脸都气红了:"我讲的话很可笑吗?"

"不是,不是!"姚元浩连忙说,"是刚刚想到好笑的事。"

这下轮到旁边男生笑了,教导主任"啪啪"地拍着桌子:"态度端正点儿,现在在说你们的问题!"

姚元浩完全听不见老师的话,他的目光只看着黎允儿,连他都没有察觉到自己的变化——以前被她注视他总是躲闪地回避,现在竟然能够和她对视,心跳会加速,周遭的一切都成了背景。

好不容易熬到从办公室出来，姚元浩匆匆地走到黎允儿的面前，她的背景是一抹浅浅的晚霞，阳光洒在她脸上，让他觉得此刻的黎允儿特别好看。

"老师怎么说？"黎允儿急匆匆地问。

"没事啦！"姚元浩笑了，"已经是高三了，老师也不会真的给处分，就训斥了几句。"

"知道是高三了还打架！"黎允儿松口气，"其实我是怕你打不过他受伤呀！但我出手又怕他受伤！"

姚元浩的笑意更深了。

黎允儿朝前走，两手交叉到后脑上，朗声说："回家吧！"

姚元浩看着她的背影，心里一动，突然大声地喊起来："能再做回我女朋友吗？"

黎允儿这一次听到了，浑身猛然一颤，一种突如其来的晕眩让她差点儿站不稳。

刚刚还和姚元浩打架的男生经过时听到，大呼："天哪！太老土了，能不能更煽情、更感人一些？"

姚元浩和黎允儿异口同声地呵斥他："一边儿去！"

男生想要再反驳，却被他们的眼神制止，讪讪退下。

姚元浩走到黎允儿面前，深情地凝视她："我知道我做错了很多事，最错的就是伤害了你，可我不想再错过你，黎允儿，我说我喜欢你，很认真。"

他的话传进了她的耳朵，好半天才被她理解，她感觉到内心的惊涛骇浪，他在说"我喜欢你"，是的，她的耳朵清清楚楚地听到了这句话。她多想欢呼一声再扑上去，可心里有个声音在说：你要有自知之明。

她的心慢慢平静下来，酸楚地一笑："其实我一直没有告诉你，她和楚君尧分手了。"

姚元浩艰涩地问："我知道自己喜欢的人是谁。"

"不，你不知道。"黎允儿望着他，"因为现在的我看上去比较可怜……"

"你以为我同情你？"姚元浩努力辩解，"我不是一个幼稚的人。"每一次，想到笑起来像刮大风的她，他的心就温柔得一塌糊涂。他是一个羞涩内向的人，无论心里有多么渴望，他都会生生地压制下去，这不是因为勇敢，而是因为怯懦。

是在遇到勇敢的黎允儿的时候，他的心不由得被卷了进去。

而此刻黎允儿却认定了他是在同情她，何况现在毕夏和楚君尧分手，那么喜欢毕夏的姚元浩，也许会有机会。

她拍拍他的肩膀："我们就做兄弟吧！"只是朋友、兄弟的关系，不用靠得太近，自然也就不会远离，未曾得到，至少将来也算不上失去。

姚元浩无可奈何，他知道她一时无法相信自己，因为他曾经深深地欺骗过她，那就交给时间吧，这一次他不会轻易放弃。

经过花坛的时候，黎允儿看到了那个女孩，她穿着肥大的裤子，一双黑色板鞋，毛衣被洗得颜色暗淡，起了球，裤子的布料也相当旧，她提着一个温水瓶，沉默地走在梅花树下。

她看上去如此普通，没有一丝光芒。

当沈冬晴察觉到有人在审视她时，她抬起目光，黎允儿还以凌厉的眼神，径直走到她面前道："你现在满意了吧？"

沈冬晴莫名其妙地问："什么？"

"他们分手了！"

"谁？"

"你说呢？"黎允儿瞪着她，"真是丑人多作怪！"

沈冬晴一下子就明白了，心里一怔，原来传闻是真的，楚君尧和毕夏分手了。可是她的心竟然平静得没有一丝波澜，他和谁在一起，没有和谁在一起，对她而言又有什么区别呢？他的身边永远都是别人。

最无望的爱情就是已经看到结局，明知所有的过程都是一厢情愿，却还是要掩耳盗铃地付出。

"不讲话是不是因为很得意？"黎允儿充满挑衅地望着她，"知道他们认识多少年了吗？"

"对不起！"沈冬晴垂了垂眼，"我没有想到会这样……我只是，喜欢他。"

黎允儿的表情一怔。如果她和她争辩反驳，她会更有理由教训她一顿，可她这样坦诚地说出自己的感情，她却不知如何回应了。

喜欢一个人，有什么错？

那毕夏和楚君尧分手，是谁的错呢？

她知道缘起缘灭，可真正面对时，却还是会对命运愤怒不已。

那个春天对于高三的他们来说，并没有觉得有多温暖，每个人都奋不顾身地埋在题海里。

毕夏虽然不用参加高考，但她还是照常上学，一直执拗地要坐她前排的孟欧终于搬走了，在黎允儿看来，孟欧真是莫名其妙。他生什么气？毕竟保送是毕夏自己的选择，就因为少了一个追赶的目标就要大动肝火吗？

毕夏是有些理解孟欧的，就像是敌我双方对战，都已经操练了这么多次了，还没有在战场上对决，一方就宣布投降，那对另一方来说简直是一种侮辱。

毕夏坐在教室里，感觉到自己裂纹丛生的心，被悲哀淡淡地晕染。她的脑海里总是接踵而来地闯入很多回忆，让她很想时间能够过得再快一点儿，她能够自然地离开这所学校。

昔日的甜蜜已经遥不可及，现实的悲哀却寸步不离——纵火案的调查依然没有进展，母亲依然在消极地逃避，她所设定的未来已经被自己改变，以为可以依靠的感情早早凋零……

每一次，当她在回忆里被刺痛时，都会下意识地握紧拳头。

不是说人无法扭转自己的命运，顺水推舟是对自己的慈悲，可她却做不到释然。

第六章
病房中的高考前夜

敬嘉瑜在学校食堂门口迟疑徘徊，他看到沈冬晴走进去，端着饭盒又走了出来，他的心怦怦直跳，感觉到前所未有的为难。

昨天杨美清又来找他了，杨美清拿给他一包药，让他想办法给沈冬晴吃下去。他反应激烈地拒绝了，可是杨美清拿出一份补充合同告诉他，这份合同已经盖了公章签了字，只要他按照她说的做了，那他就可以签上自己的名字，让合同生效。

那份合同是如何包装他的方案，包括在高考后送他去韩国参加集训，回国后参加几档国内知名的真人秀节目，网络推手的炒作……

他在看到那些条款时竟然迟疑了。他太想要出人头地，太想让母亲引以为傲，太想要证明自己给所有人看。他知道自己的外形确实超越同龄人不少，阳光干净，有着帅气的外表，但是在娱乐圈，光有这些，其实什么用都没有，背后如果没有推手和公司，是不可能赚到钱的。

这个人生的转折点，就像是最后的赛点，他很怕输掉。

如果高考没有考上理想的大学，母亲该有多伤心呀！也许她对于十多年的付出毫无怨言，可他却会崩溃，包括自尊。

这件事，做，还是不做？

整个晚上，他如坐针毡，根本无法入睡，道德和理智在不断地交战，他的脑海中想起母亲在台风里不要命地骑着破旧的电瓶车到处找业务，想起母亲省吃俭用地亏待自己，想起过去那些被人欺凌的时刻……

一大清早，母亲就要出门工作了，敬嘉瑜站在窗口目送母亲离开，门口就是马路，一个并不陡的斜坡，他看着母亲形色匆忙地上了车。

是在下坡的时候，他察觉了异样，明明前面是红灯，可是母亲并没有停下来，他的心骤然一紧，眼睁睁地看着母亲的电动车撞向横向行驶的一辆大巴，从遥远的地方传来一声巨响，破碎的是自己的绝望。

他甚至能听到车被卷入车底发出刺耳的吱吱声，他发疯一般地号叫起来，转身跑向路口，已经感觉到自己快要崩溃了，所有的情绪脆弱如纸，每向前一步，他仿佛都能看到血肉横飞的场面。

他已经没有父亲了，如果再失去母亲，他连个家都没有了……

当他跟跟跄跄地赶到路口，挤开人群，看到完好无损的母亲时，他一把抱住母亲，失声痛哭。

他太害怕了！

这种感受就像突然跌入地狱，痛不欲生。

"别怕，儿子！妈没事！"母亲拍着他的后背宽慰他，"是刹车失灵了，幸好我及时跳下来，只是这辆车没法骑了！"

"妈！妈！"敬嘉瑜的眼泪根本就忍不住，他哭得像个孩子。

就是在这一刻，他决定要做这件事了。

他不能再让母亲经历贫穷和卑微，就算把自己变成一个卑鄙的人，他也要达到目的。但站在沈冬晴的面前，看着这个无辜的同学，他的心还是生出了迟疑。

眼看着沈冬晴要走远，敬嘉瑜不由得喊住她。

"有事吗？"沈冬晴有些意外，她和敬嘉瑜同班近两年，还从未交谈过。

敬嘉瑜微咳一下，深吸一口气："我想让你帮我签同学录。"

快毕业了，班里好些同学都在找人留言，熟悉的不熟悉的，在别离面前都变得依依不舍起来，敬嘉瑜没有做这件事，总觉得如果是朋友，分开了也一定会联系。

沈冬晴的意外更深了，但她暖暖地笑了笑，说："好。"

敬嘉瑜把本子和笔递过去，自然而然地接过了沈冬晴的饭盒。沈冬晴就趴在旁边的栏杆上，开始认认真真地书写起来。她对敬嘉瑜的印象挺好的，他对谁都很温和，不骄不躁。

敬嘉瑜拿着饭盒走远了些，像是无所事事地边散步边等她写字，他走到远处的长椅上坐下，手在微微地颤抖，但还是快速地把那些药粉撒在了沈冬晴的饭食里，他问过杨美清这些药是什么，杨美清说就是巴豆粉，一种泻药而已，她当然不会让她有生命危险，这可是犯法的事，她就是让她得个小病，然后上不了考场。

敬嘉瑜做完这件事时，沈冬晴还没有写完留言，她认真的样子让敬嘉瑜的罪恶感越发地深了。

他在心里对她说：对不起。

沈冬晴抬起头来，腼腆地笑："我写得不好。"

"没关系。"

"谢谢你！"沈冬晴由衷地说。

敬嘉瑜一怔："祝你高考成功！"

"你也是！"

沈冬晴接过饭盒，跟他道别离开。她对刚才敬嘉瑜的小动作浑然不觉，她的心里还充满了感动，因为她觉得敬嘉瑜把她当朋友。

沈冬晴吃过晚饭后开始觉得不舒服，恶心、反胃，浑身都没有力气。她躺在床上，心里着急，明天就是关键时刻，她怎么可以这个时候生病呢？母亲牺牲那么多才把她送到这所学校，如果她没有考上大学，她真的没有办法面对母亲。

心里的压力让她必须更加勤奋和努力才行，她昏天黑地地看书复习，就算是小感冒都怕自己染上，每次一有不舒服就赶紧吃药，还是猛药，就希望自己快点儿好起来。

室友都说："沈冬晴，你对自己太狠了！"

沈冬晴别无他选，考上大学是她唯一的出路。

室友从外面回来，看到满头大汗的她，惊讶地问："你怎么了？"

"我不太舒服……"沈冬晴虚弱地说。

"呀，这个时候生病！"室友急了起来，"我去找老师。"

沈冬晴虽然不想给别人添麻烦，但这个时候也无能为力，只能由着室友往外面奔去，因为着急和难受，她的眼泪扑簌簌地掉了下来。

没一会儿，室友回来了，但她没有带来老师，来的人是裴雨阳。

"我刚下楼就碰到你哥——"室友看着沈冬晴，"这下好了。"

裴雨阳摸摸沈冬晴的额头："哪里不舒服？"

"头晕，恶心！"沈冬晴说完只觉得胃里翻江倒海，裴雨阳眼明手快地拿来垃圾桶，但还是有不少呕吐物溅到他手上。他顾不得自己，让她靠在自己的肩上，另一只手轻拍她的后背。她并没有发烧，额头冰凉，虚汗直冒。

"是感冒了吗？"室友看着裴雨阳体贴的样子，心下被感动，"还是吃坏了肚子？明天就要考试了，万一……"

沈冬晴的眼泪止不住："我要参加考试！"

"我先送你去医院。"裴雨阳背着沈冬晴朝学校外面跑去，他今天来是想给明天就上战场的她加油，可没有想到她竟然生病了。

他心里也着急得不行，就算明天能够上考场，这样的身体状况也会影响发挥。他比任何人都知道她这两年是怎么过的：为了生活费努力地攒钱，被人欺负不断隐忍，几乎所有的时间都用来学习……

她的压力不仅仅是她自己的未来，还有她的父母，以及顾珊……她背负了这么多沉重的东西，却从未对生活有过一句抱怨。

赶到医院时，他先送她去急诊科，直接找到认识的医生："刘叔叔，我朋友病了，她明天要参加高考，麻烦您给看看吧。"

刘医生给沈冬晴测血压、听心肺，问了下情况："眩晕加恶心呕吐，很有可能是颈椎引起的，先去做个CT看看。"

裴雨阳找来轮椅，推着沈冬晴一路狂奔，做完CT等结果的这段时间，沈冬晴的症状看上去更加严重了，她呕吐了好几次，虚弱得快要晕厥过去，吓得裴雨阳手足无措。

"沈冬晴，你怎么在这时候掉链子？明天要考试，你赶紧好起来！"他又急又心疼，手指颤抖，连病例都拿不住。

沈冬晴说不出话来，她紧蹙的眉头让他知道她此刻极度不舒服。

沈冬晴的CT因为被注明了"加急"，所以报告得以很快拿到。

刘叔叔把CT片子放到灯箱上照了照，眼里有些意外："看来是我判断错了，不是颈椎的问题，也有可能是神经性头痛引起的供血不足。"

"刘叔叔！"裴雨阳加重语气，"什么叫有可能，你是医生呀，你怎么能给这样的结论？如果诊断错误，这是很严重的！"

"这样，先住院！"刘叔叔被一个毛孩子质疑，有些恼火，"做个全面身体检查！"

"没有最基本的判断吗？现在先把她的情况稳定住！她明天要参加高考！"裴雨阳越发急躁。

"就她这样子，后天也参加不了！"刘叔叔耐着性子。

"不行！"裴雨阳态度坚决，"这对她来说很重要！"

"我当然知道高考很重要，但现在我们没有办法确诊！"刘叔叔缓缓语气，"听话，先住院，做了详细检查就会有结果了。"

"她要参加高考！"裴雨阳固执地说，"您先想想办法，能把症状缓解也行！"

"必须对症下药！现在连病因都不知道怎么下药？只能是止住呕吐的基础药物……如果是什么严重的急症，拖延下去更加麻烦。"

裴雨阳哽咽了："会很严重吗？"

"身体是最重要的……"刘叔叔拍拍他的肩膀，"高考明年还有机会。"

"不……"沈冬晴虚弱地说，"我死都要参加考试！"

"别说不吉利的话！"裴雨阳打断她，"我不会让你有事！"

裴雨阳对刘叔叔说："我去找我妈，有什么检查先做着，一会儿我妈来！"

裴雨阳知道现在唯一的办法就是让母亲来救沈冬晴了，她现在是医院的副院长，可以找到最好的医生，最快速地为沈冬晴做治疗。

咚咚地敲开门，一看到母亲，他就上前拉她的手："妈，快去医院！"

周媛看着心急火燎、满头大汗的儿子，心里一紧："出什么事了？"

"去医院救人！妈，路上再说！"裴雨阳觉得多耽搁一分钟，沈冬晴就多一分危险，现在恨不得有直升机把母亲直接绑架到医院。

"到底怎么回事？说清楚！"周媛看着儿子的样子，知道一定是很严重的大事。

"沈冬晴，去救沈冬晴！"裴雨阳拖着母亲，"快点儿走！"

"她？怎么了？"听到是她，周媛反而松口气，"慌慌张张的，你什么时候回来的？吃饭……"

"妈！"裴雨阳打断她，"沈冬晴病了！"

"病了就吃药打针呀！"周媛拂开儿子的手，坐回沙发上。

这时父亲也从书房出来，皱着眉："怎么一回来就吵吵嚷嚷的？"

"妈，沈冬晴现在病得很严重，刘叔叔都不知道什么原因，你去找你们医院最好的医生……"

"说什么呢？你当医院是你妈开的？"母亲不满地说，"既然已经送到医院了，那就由主治医生负责。放心……"

"知不知道她明天要参加高考！"

"那又怎样？"

"那又怎样！"裴雨阳气急败坏地重复一句，"难道这对她，对她的家人来说不重要吗？"

"是她自己生病了，和我们又没有关系！"

"妈！"裴雨阳失望地看着母亲，"治病救人不是医生的职责吗？如果，如果她有什么事……我不会原谅你！"

"有你这样和妈妈说话的吗？"父亲气恼地拍拍桌子，"一个乡下姑娘让你魔怔了？"

"是！"裴雨阳倔强地昂着头，"我喜欢她！在所不惜！"

"好一个在所不惜，父母什么都不是了！"裴向成怒火中烧，刚想要站起来，被周媛按住。

"既然她父母把她交给我们家，我们也有责任！"她转向丈夫，"我去看看，万一真的有事，他们一家也很难缠的。"

裴雨阳想要反驳，但听到母亲同意去，就忍了下来。

他不愿意任何人诋毁沈冬晴和她的家人。

周媛随裴雨阳到医院后，先看了检查结果，她的情况确实不好判断，不是颈椎病引起，虽然和血管神经性头痛症状相似，但已经打上吊针，可她的情况依然很糟糕。

做了各项检查后，周媛拿到结果仔细地查看下去，在看到血常规时不由得一怔。

她感觉到不寒而栗，沈冬晴的血液检查结果很像是中毒——现在不清楚究竟是食物中毒、药物中毒还是重金属中毒，这个还得对她的呕吐物做进一步的检查。但可以肯定的是，沈冬晴现在的情况确实很危险。

她思忖了一下，不能告诉儿子实情，如果知道有人害沈冬晴，那他一定会闹翻天的，而沈家人知道她出事，一定会纠缠不休。

她找到儿子，对他说有个生化检查很重要，让他守在那里，拿到结果后第一时间上来交给她。

裴雨阳迟疑一下："那她……"

"妈妈在这里，放心！"周媛浅笑一下，"你也说了医生的职责是救死扶伤，妈妈是个医生，一定会尽全力！"

裴雨阳朝病房里看去，此刻有护士在旁边监护，心脏血压检测仪器也用上了，他不想离开沈冬晴，但现在只能听从母亲的安排。

看着儿子离开，周媛的表情严峻起来，转身对护士长说："准备洗胃。"

面前虚弱的沈冬晴让周媛也生出了些许怜惜。

当药物灌入沈冬晴的胃腔内，再和混合的胃内容物一起被抽出时，沈冬晴痛楚得直颤抖，她的眼泪无声无息地流下来，心里在喊着，妈妈。

如此反复地清洗，对于沈冬晴来说每一分钟都像是被刀割着皮肤和内脏。

一分钟，又一分钟……这种煎熬终于结束了。

沈冬晴在极度的虚弱里昏沉地睡去，周媛抹了抹额头上的汗，轻轻地松口气，她吩咐护士长收拾仪器，淡淡地交代了一句："不要对雨阳说刚才的事。"

她没有叫来多余的护士，只安排相熟的护士长，就是想要把这个消息封锁。

"为什么？"护士长脱口而出。

周媛苦涩地笑一笑："她跟雨阳闹分手呢，自己吃了药想自杀……我不想节外生枝。"

"可她醒来会告诉……"

周媛打断她："我会和这姑娘谈的，你不要作声就行。"

护士长点点头，她也知道裴雨阳顽劣，很可能惹下这种事，周院长不愿意声张也是理所当然。

裴雨阳拿到结果找到母亲时，她正坐在沈冬晴的病床前，她端详着沈冬晴，而她已经安然地入睡了，他激动地抱住母亲："妈，她没事了吗？"

"别担心，这只是突发病症，她需要好好休息。"母亲在心里叹口气，这个傻儿子真是被沈冬晴迷得神魂颠倒。

"我守着她就行！"裴雨阳给沈冬晴掖掖被角，过去的几个小时他觉得自己的心都要跳出来了，太后怕了。

周媛没有反驳，站起身："想睡了就去我办公室。"她知道自己这句话很多余，儿子怎么会听她的呢？

沈冬晴在天蒙蒙亮的时候醒来，她感觉自己好些了，虽然依然虚弱，但恶心反胃的感觉消失了，头也不怎么眩晕了，只是身体感觉很重，每动一下都变成了慢动作。

"你醒了，好点儿了吗？"裴雨阳俯下身去。

沈冬晴想要开口说话，发现喉咙处灼灼地疼，她把手从裴雨阳的掌心抽出来，想要挣扎着起来喝水，裴雨阳已经立刻起身把杯子举到她面前，上面是一根吸管。

"躺着喝水就行。"裴雨阳笑着说，"还是我妈厉害，要真找刘叔叔给你看病那就得误诊了，我妈一来你就好多了，我第一次觉得我妈的职业挺好的。"

沈冬晴轻声说："能送我去考场吗？"

"必须的！"裴雨阳斩钉截铁地说。他知道只要她醒来就一定会去考场，如果她不去，他都会替她不甘。就算考个零分，但至少他们都尽力了。

他已经做好准备，母亲替沈冬晴开通绿色通道，安排了救护车将她送到学校，她会在考场一边输液一边完成考试。

她一定可以做到的，他相信她。

送沈冬晴到考场时，她的室友替她拿来了准考证和考试用品。

他不放心地清点了一遍，喋喋不休地说："你昏昏沉沉的，可别忘记做完选择题要涂答题卡，还有，一定要贴条形码！要不然做完了题卷子都不知道是谁的……"

沈冬晴心里对裴雨阳充满了感激，她由着他啰唆，唇边是淡淡的笑容。

毕夏早早地来到考场，她不用参加考试，她说是来给黎允儿加油，其实也是想来见一见楚君尧。她想要给他加油——就像是朋友一般。

她错愕地看到沈冬晴从一辆救护车上下来，她面色苍白、神情虚弱，一看就是生病了。

一旁的黎允儿见到楚君尧，远远地挥挥手，招呼他过来。

虽然毕夏说是来给她加油的，但毕夏的眼神在人群里寻找着，她就知道她还想见谁了。

楚君尧看到了黎允儿，也看到了沈冬晴，他心里一顿：她怎么了？

黎允儿不管不顾地朝他喊："在看什么呢？毕夏有话和你说。"

此刻的楚君尧整颗心都在担忧沈冬晴，并没有在意黎允儿的话，更没有看到站在黎允儿身边的毕夏。

他径直朝沈冬晴走过去。

黎允儿还想要出声，被毕夏拉住了，黎允儿咬牙切齿地说："狼心狗肺的家伙！"

毕夏心里苦涩地滑过一声叹息，原来爱情是这样容易时过境迁的东西。她从来没有想过会败给沈冬晴，那个她从来没有当作对手的女孩，而楚君尧不总是表现出讨厌她的样子吗？他说过她又土又笨，可这样的女孩却离间了他们的感情。

楚君尧也看到了沈冬晴身边的裴雨阳，他径直走向她的脚步在最后时刻停了下来，他如此要强，如果表现出对她的关心，会让他看不起自己。

当他转向另一边的时候，沈冬晴发现了他，她的目光追随着他，却又黯淡了下去。

"进考场了，我就在这里等你。"裴雨阳蹲下身，摸摸沈冬晴的头，"别紧张，尽力就好。"

"好的，我进考场了。"沈冬晴转过身。

"喂！"裴雨阳忍不住又喊了一声。

"还有事？"

裴雨阳抬起手郑重地拍拍她的肩膀："我在这里等你，等着你！"

他挥了挥手："进去吧！"

明明是沈冬晴的高考，可裴雨阳觉得，他紧张得快要呼吸不了了——他不断地祈求，老天一定要让她超常、超常地发挥呀！

此时，毕夏在一旁看着同学们走进考场，心情很复杂，她其实也很想要拼一拼，但理智让她选择了一条更安全的道路。

回过头去，六月的阳光正好，可是她却觉得这光里有着悲情的色调，就连呼吸也变得哀伤起来，她仰起头来，轻轻地闭上眼睛，感觉到眼泪从眼角涌出。

那些青春飞扬的时光，已经在荒芜里结束了。

毕夏约了陆怀箫见面。

和母亲签订的授权时间到了，陆怀箫果然如约把权力归还了，这几个月他把公司重新整顿梳理，建立新的规章制度，进行有效的人员调配，也帮忙签订了几个大项目，陆怀箫确实是挽救了这个快要崩盘的公司。

毕夏却依然觉得这是陆怀箫洗白自己的手段，又或者他还藏着什么阴谋，准备下一步实施。她快要去北京上大学了，但父亲的案子还是没有进展，她一遍遍地去派出所，还求着警察把那些天的小区监控给她看，但除了陆怀箫，再没有可疑的人出现。

难道这样还不能定罪吗？毕夏质问警察，可他们却说，他只能是嫌疑人，必须要有证据才能定罪。

最近这段时间，她看了一些法律条文和案例，她慢慢相信，仅凭陆怀箫出现在他们家这一点，确实无法给陆怀箫定罪。

"我们没有放弃调查，相信很快就会破案！"办案的警察总是用这套说辞，毕夏却觉得没有办法信任他们。

她想要自己破案，关键还得在嫌疑人陆怀箫身上着手。

她约陆怀箫在他们第一次交谈的海边见面。

毕夏到的时候，陆怀箫已经在海边了，他穿着白色衬衫，和一年前的他有了不同，他有了一个男人的气质。

毕夏知道自己对陆怀箫是有好感的，他们之间甚至有一些暧昧的气息，混杂着欣赏和惺惺相惜。和他交谈会让她感觉放松和自由，看到他，也会让她觉得心情愉悦。

他亦兄亦友，曾让她完全地信任。

如今，她却为这份信任更加痛恨自己。

陆怀箫转身看到毕夏，心里一热，她穿着一条藕荷色的长裙，裙摆被海风轻拂起来，整个人看上去尤为清丽动人，只是接触到她的眼神，他困顿不已——眼神里的料峭会冻伤了他。

"毕夏。"他走过去，有些期许，"找我有事吗？"

"我想要做你的女朋友。"毕夏的语气不带一丝感情。她想过了，如果要破案，只能走进陆怀箫的生活，她要去了解他，窥探他，要知道他的所思所想。

陆怀箫怔了一下："为什么？"

"不是说喜欢我吗？"毕夏挑衅地望着他。

"那你喜欢我吗？"陆怀箫反问。

"很重要吗？"毕夏讥诮地笑了，"你得到你想要的，不就行了？"

"我想要的——"

陆怀箫的话音还没有落下，毕夏上前一步，她踮起脚来，在陆怀箫的错愕里吻上了他的唇。陆怀箫的身体顿住，手轻轻垂下来，缓缓地闭上了眼睛。

对，她说得对。这就是他想要的，他疯了一样地喜欢她，却从来不敢相信能和她在一起，他不断地提醒自己要理智，可这一刻来临的时候，他却痛苦不堪。

因为他知道她的目的。

她不是带着爱而来，而是恨——他的心碎了。

那天在毕夏的要求下，她去了陆怀箫的家里。

这是她第二次到他家，她依然记得第一次去的时候，他做菜的样子让她觉得无比妥帖暖心，可是现在再去，他依然如那次一样下厨为她做饭，她的心境却截然不同。他在厨房洗洗涮涮，她佯装在他卧室看书，实际上却四处翻找一切可疑的蛛丝马迹。

当陆怀箫进门的时候，毕夏正对着他抽屉里一个上锁的盒子露出一副伤脑筋的模样。

毕夏有些尴尬，却并没有松开，而是一脸好奇地问："这里面藏着什么秘密，能打开给我看看吗？"

陆怀箫的表情风轻云淡，只有他知道他的心有多艰涩，他走到她身边，拿过盒子用钥匙打开来，盒子里的东西却让毕夏呆住了，里面只有几支笔——她茫然地转过头用目光询问，但陆怀箫什么都没有说。

她不记得了，这几支笔是她送给陆怀箫的，在他高考前。他用它们参加完高考，然后再也舍不得用，他把它们珍藏起来，在思念如海水泛滥时，会拿出来轻轻地摩挲，就好像握着她的手。

"我先走了。"毕夏一无所获，有些失望。

"好。"他并不留她，即使餐桌上已经摆好了他为她做的几道小菜。

"陆怀箫，我不会放弃的。"她笑着说，目光却像冰一样冷。

陆怀箫在心里默默地回答了一句：毕夏，为什么不肯相信我呢？但即使这样，我也想留在你身边。

第七章

离歌

沈冬晴在医院里住了一个星期就出院了，高考期间她的状态比她想象中要好，虽然身体很虚弱，但她的大脑思路却格外地清晰，她全神贯注、心无旁骛地答题，心里记得楚君尧给她讲过的参考要点：从简单题做起，从高分值题做起……她也记得裴雨阳的提醒，答完一道题要先填答题卡。

上午的语文考完，她的吊瓶也输完了，裴雨阳在旁边的酒店给她开了钟点房，让她中午休息一下，免得下午的数学考试犯困。

裴雨阳把能为她想的都想到了，她不知如何感激，裴雨阳半开着玩笑，只要她考上大学，他们家也算是交差了。

沈冬晴在下午考试后回医院，那三天她撑着熬过来，考完最后一科出来，整个人才松懈下来，她在医院昏沉地睡了一整天，醒来的时候裴雨阳已经回学校了，他留了字条说也要回学校参加考试，要她留在医院好好地配合治疗，完全康复才能出院。

沈冬晴已经听周阿姨说了，她是食物中毒，她在想，自己那天吃了什么呢？很有可能是过期的牛奶，很久以前父亲从老家来探望她，给她带来了一些牛奶，她没舍得喝，想高考前再打开来补补身体，这时候才发现牛奶已经过期了，可她还是喝了。

她后悔不已，如果因为一盒牛奶不能参加考试，她会恨死自己的。

周媛没有告诉沈冬晴实情，她偷偷地拿她的呕吐物去做过化学分析，那里面有农药有机磷的成分，药量应该不多，但如果没有及时抢救，后果不堪设想。

那天晚上因为是急救，病情报告都是周媛在写，旁人也对她写的食物中毒没有异议。

原本想要瞒着裴雨阳，但他第二天就翻了沈冬晴的病历，她庆幸自己留了个后招，要不然就被儿子察觉了真相。

沈冬晴出院回学校交志愿表的那天，在学校里再一次见到了楚君尧。

那时何晨宇、敬嘉瑜和楚君尧走在一起，他们三个人已经很久没有聚过了，今天是何晨宇把大家召集起来，说晚上要痛快地庆祝一下。

敬嘉瑜看向沈冬晴，她瘦了不少，眼眶都深陷下去，穿着一件夏季校服，像个初中生。

他没有想到沈冬晴会病得那么严重，以为泻药只会让她不舒服，不用去医院，后来听她室友说起当时的状况，他也被吓住了。他觉得自己真是傻呀，杨美清如此大费周章，怎么会拿一点儿小病来折磨沈冬晴？她是想要置她于死地！如果她出了事，而他将会受到法律制裁，一想到这件事的严重性，他就不寒而栗。

这个女人，太可怕了！

要不要签署协议，他还是反复纠结，母亲察觉了端倪，当她看到那份文件的时候，表情却是淡淡的。

"这真的是你想要走的路吗？"母亲平静地问他。

"做明星不好吗？能赚很多钱。"

"那你的梦想呢？你不是想要做建筑师吗？"

"可……"

"妈妈知道你想要赚钱，想要让我轻松一些，但妈妈更在意的是你的梦想能不能实现！这么努力，这么辛苦，却为了钱而改变初衷，那妈妈会很痛心！"

敬嘉瑜深深地看着母亲，他觉得他第一次了解了母爱，除了牺牲和付出，还有更多的包容和成全……他觉得羞愧不已。

他不敢告诉母亲，这份合同其实是用一个阴谋换来的，但他决定不去签上自己的名字了。他会凭借着自己的能力让母亲过上轻松的生活，他发誓。

他对沈冬晴充满了愧疚，庆幸她没有大碍，也庆幸她能参加高考，否则他的错误一生也难以弥补。当他在校园里见到沈冬晴的时候，他主动走向了她。

"今天有时间参加我们的聚会吗？"敬嘉瑜的邀请让楚君尧和何晨宇倍感意外。

沈冬晴迅速地看了楚君尧一眼，后者别过面孔，不置可否。

她迟疑了下，怕自己的出现会引得楚君尧不愉快，笑着摇摇头："不用啦。"

"去吧，以后大家很难见面了。"敬嘉瑜由衷地说。

"不会唱歌就坐着好了。"楚君尧目光并没有看她。

何晨宇撇了撇嘴，楚君尧希望沈冬晴去参加聚会也就罢了，敬嘉瑜凑什么热闹？今天他好不容易说动黎允儿和毕夏也参加，这么凑在一起多尴尬。

沈冬晴却点点头道："好。"

何晨宇百般无奈，只好对沈冬晴说："走吧，坐他的车！"他指了指敬嘉瑜。

高考结束，他们就像负重的旅人终于放下包袱，心里充盈着轻松和愉悦。虽然成绩还没有公布，也许会很糟糕，但至少这些天要好好享受这悠然自得的时光。

敬嘉瑜载着沈冬晴，她小心翼翼地抓着车后座，怕扶着他的腰会唐突了，只是感觉姿势别扭。

"抓紧我。"敬嘉瑜命令道。

沈冬晴的脸涨红了，她轻轻揽住敬嘉瑜的腰，一旁的楚君尧目光扫过来，心里没来由地不悦。

他干脆加快速度，骑到前面，远远地把他们甩到身后。

"考得怎样？"敬嘉瑜问。

"估分就在500分左右，但不知道准不准。"沈冬晴叹口气，"英语考得很差。"

"已经不错了，你生病了还……"敬嘉瑜试探地问，"是什么病？"

"食物中毒。"沈冬晴不好意思地笑了，"喝了过期的牛奶。"

"食物中毒？"敬嘉瑜心里松口气，庆幸沈冬晴的病因并没有被查出来，他也没有被怀疑。

"运气好背，差一点儿就不能参加考试了！"

"能够坚持下来，你很坚强！"

"换作任何人，都会坚持去考场的！"沈冬晴笑了，"其实不是坚强，是不甘心。"

"沈冬晴，以后有什么事可以找我。"敬嘉瑜认真地说。

"嗯？"

"就是你遇到了麻烦和困难，都可以来找我。"

"谢谢你！"沈冬晴感动不已。

"不，对不起。"敬嘉瑜的声音很轻，轻得只有他自己才能听见。即使没有铸成大错，但他的心依然会不安。

毕夏和黎允儿到的时候，包房里已经有很多同学到了，气氛热闹喧嚣。她的目光下意识地搜寻过去，看到沈冬晴坐在角落。对于她的出现，毕夏并没有多少意外——她总是出现在楚君尧的周围，以润物细无声的姿态。

"要不我们先走吧？"黎允儿低声对毕夏说，又狠狠地剜了何晨宇一眼，后者无辜地摆摆手。

楚君尧此时推门而入，站在毕夏的身后，他停顿一下，下意识摸摸鼻翼，笑着说："你看，这些人都疯了！"

包房里一堆人，抢着话筒扯着嗓子玩着游戏，打打闹闹。即使是平时内向的同学也变得活泼起来——别离已近在咫尺。

黎允儿瞪了楚君尧一眼："还不赶紧找个位置。"

楚君尧立刻推开沙发上的人，给毕夏和黎允儿留出位置。黎允儿看了他们一眼："我去点歌。"

楚君尧有些尴尬，已经没有别的位置了，他只能坐到毕夏的身边。

第七章 离歌

两个人相对无言。

黎允儿不管不顾地切到自己的歌上,被一阵嘘声笼罩。

她抱着立式麦克风站到中间,清清嗓子:"这首歌送给某人。"

包房里响起欢呼雀跃声。

音乐响起,是李宗盛的《给自己的歌》,黎允儿的声音低沉婉转,把这首歌演绎得十分动听:

想得却不可得,你奈人生何?

该舍的舍不得,只顾着跟往事瞎扯。

等你发现时间是贼了,它早已偷光你的选择。

爱恋不过是一场高烧,思念是紧跟着的好不了的咳。

是不能原谅,却无法阻挡,

恨意在夜里翻墙。

是空空荡荡,却嗡嗡作响,

谁在你心里放冷枪。

旧爱的誓言,像极了一个巴掌,

每当你记起一句,就挨一个耳光……

楚君尧知道,黎允儿这首歌分明就是送给他的,每一句歌词都像是一个耳光打在他的脸上——他就是所有人眼里那个负心的罪人。

此刻坐在毕夏的身边,他尴尬得恨不得找个地缝钻进去。

还没有等一曲完结,楚君尧站起来走出了包房,毕夏的目光随着他,感觉到时光弥漫,无法回头。她知道楚君尧的志向是清华大学,而她也即将去北京,偌大的北京,他们会碰面吗?

她的手机有短信提醒,她看了看,然后回过去几个字。

黎允儿坐回到她身边,冷哼一声:"这歌词送给他还真合适。"

"允儿,"毕夏淡淡地笑,"都过去了,不要再提了。"

是的,都结束了,过去了,再去指责楚君尧会让她觉得自己可怜。

生活总要继续,他们的人生已经不同,就这样道别也许是最好的安排。

毕夏的手机再响起时,她站起身对黎允儿说:"我先回去了,你和他们再玩会儿。"

"我和你一起……"

"不用,陆怀箫来接我。"

毕夏的话惊得黎允儿瞪大眼睛，随即惊喜地说："你们的误会解开了？"

"我和他交往了。"

黎允儿怔了一下，有些迟疑地问："是为了气楚君尧？"

"不是你想的那样。"

"那你喜欢他？"

毕夏苦涩一笑，轻轻地摇摇头。黎允儿还想要说什么，看到陆怀箫出现在门口，她只得把一万个为什么给咽了回去。

陆怀箫穿着白色衬衫黑色休闲裤，那种懂事早、有担当的气质从他浓浓的眉宇间透出，整个人显得温和睿智。他出场的瞬间就成为焦点，周围的人都不由得抬起头来，女生们的心里有大大的一个词：好帅。

黎允儿也察觉到陆怀箫的"瞩目"，把毕夏往他面前一推，大大咧咧地说："去约会吧！"

站在走廊的楚君尧回过头来也看到了陆怀箫和毕夏，他们走在一起的身影自然妥帖，他的心竟然有些嫉妒——她什么时候和陆怀箫在一起了？

此时，沈冬晴站在走廊的尽头，看到楚君尧落寞的身影，他的目光随着毕夏和另外一个男生的身影消失，好一会儿，他才别过面孔。

此刻的楚君尧不想进包房，他心烦意乱地走向楼梯间，想要找个安静的地方待着。

一路就走到了天台。

跟在他身后的沈冬晴，迟疑着走向他，宽慰地说："你们……是不是吵架了？"

楚君尧伏在栏杆上，抬头看远方："要离开这里还真是舍不得。"

"以后会回来吗？"

"不会。"楚君尧想了一下，补充一句，"也说不定。"命运总有无数的可能，他不能早早地下定论，这太轻率。

沈冬晴站到他身边："其实我真的要谢谢你，如果不是你……我知道自己没法坚持。"

"是你勤奋！"楚君尧看了她一眼，"你为什么会来这里？"

他知道她的家乡是一个叫乌石塘村的地方，而这所学校却是这座城市最知名的学校，高二能够插班进来，那关系是非同一般。

沈冬晴开始说起那场车祸，因为撞伤母亲的人是裴雨阳的父亲，所以她住到了裴雨阳家。

"那么那个人是肇事者的儿子？"楚君尧觉得这个问题他想问很久了，他很想知道她和那个人的关系。

"其实他不是肇事者。"沈冬晴从未对任何人透露，却告诉楚君尧实话，"那场车祸是我妈妈想要碰瓷，但出现了意外。"

楚君尧心里倒抽一口凉气——发生在她身上的事让他难以置信，她的母亲竟然会因为钱去做碰瓷的事，而她的命运也因此改变。如此怯懦卑微的她，独自来到大城市，在陌生的家庭，陌生的学校，她承受了多少辛酸？

也许从骨子里，他对"会喜欢沈冬晴"这件事是排斥和抵触的，他不愿意承认，因为她就是他看不起的那种女孩呀，呆板、卑微、谨言慎行。她没有出众的外貌，没有独特的性格，她普通得让他不齿——他的品位太可怕了。

他不愿意承认，也一直在逃避，所以在面对沈冬晴时，心情复杂，时而温和，时而烦躁……她不是理想的类型，他是该放弃还是该继续？

这是一个少年的自尊，还有他的局限性——只是年少的他，并不自知。

楚君尧的手机急促地响起来，他看了一眼，是何晨宇，知道他出来一会儿，何晨宇在四下找他了。和沈冬晴的独处被打断，让他有些不痛快，摁断了电话。

"那，我不打扰你。"沈冬晴看到他心情有些差，以为是自己的原因，讪讪地摆摆手，"我走了。"

"沈冬晴，"他突然喊住她，伸出手，"祝福你！"

沈冬晴有些意外，下意识地伸出手握住他的手，在她来不及反应时，他拉过她来蜻蜓点水般地搂了搂。

沈冬晴感觉到身体僵硬了，刚刚是楚君尧抱了她吗？只是这个怀抱一闪即逝，就好像做了一个绮丽的梦。

她凝视着他，潸然泪下，而他掠过她，像逃跑一样匆匆离开，他觉得自己真的疯了，为什么会抱住沈冬晴？因为怜惜，同情，还是喜欢？他们就要分别了，他应该表现得更决然一点儿，好让她死心。

他是"不可能"和她一起的，绝对！

他不知道，当他走后，沈冬晴一个人在天台发了许久的呆，眼泪模糊了她的脸，却让她心里一个念头变得狂热而急切起来。

她朝着学校一路跌跌撞撞地狂奔，头发被风吹得蓬乱纠结，凉鞋的盘扣也断裂，跑得几乎喘不过气来，但她只有一个目的，要跑快一点儿，再快一点儿。

学校已经关门了，她什么也顾不得，往墙上一扑，手撑着墙头，艰难地爬了过去。

她找到老师，急急地说："我要改志愿，我要改到北京！"

只是因为一个浅浅的拥抱改变了沈冬晴的命运，她就像是一个孤注一掷的人，想要朝着心里那个目标继续走下去。

沈冬晴提着行李准备上车的时候，背包带子被人扯住，身体不由得被拉出人群。

转过身一看，是裴雨阳。

对于他的神出鬼没，她已经不稀奇了，挥挥手里的车票："时间到了，我得上车！"

裴雨阳二话不说抢过她手里的票，两三下撕得粉碎，气得沈冬晴朝他胸口打过去一巴掌："裴雨阳，你神经病呀！"她好像对他的态度一直很糟糕，虽然心里一直对他充满感激，但每每他做事犯浑，她还是忍不住冲他发脾气。

"喂，你怎么可以不辞而别？"裴雨阳质问她。

"我哪有？"昨天沈冬晴告诉裴雨阳她今天准备回家，一大清早就去裴家，取走了自己放在那里的东西，她对裴叔叔和周阿姨表达了感谢。

"怎么不等我回来？"裴雨阳天蒙蒙亮就出发了，辛辛苦苦赶回家听到她已经走了的消息，简直是五雷轰顶，气急败坏地就往车站赶。

这个女生到底要怎样蔑视他？他一再叮嘱她，要等等，可她还是走了。

沈冬晴因为裴雨阳撕了票，还在生气，冷着脸："你知道我不想在你家待着。"

"那我呢？"裴雨阳巴巴地问，"难道就不能对我好点儿？"

沈冬晴叹口气，朝窗口走去："我去买下一趟的车票！"

"沈——冬——晴！"裴雨阳不由分说抓住她的手，生生夺过钱包，"晚一点儿再走！"

他脸色阴沉，身上散发出来的气息可以把周围的空气冻住。

"你还给我！"沈冬晴不吃他这一套。

他恶狠狠地瞪着她，仿佛随时会伸手把她掐死："信不信我把你钱包扔掉！"

"你试试！"沈冬晴回瞪他，现在不管他怎样虚张声势，她竟然一点儿都不胆怯。她把他吃定了——因为相信他不会做任何伤害她的事。

对峙了几秒钟，裴雨阳面色一变，露出哀求耍赖的神情，像胁迫，像诱哄，还似恳求："就一会儿有那么难吗？"

沈冬晴哭笑不得，他变脸可真快。

"我想要和你分享一个好消息！"裴雨阳嬉皮笑脸，"还有，今天我请客！"

第七章 高歌

沈冬晴迟疑一下："那好吧。"

裴雨阳立刻欢欣雀跃，他的单纯执着让沈冬晴动容不已。

裴雨阳坚持带沈冬晴去一家高级餐厅。

"给你钱行，自然要吃好的。"裴雨阳胸有成竹地笑，"放心，哥有钱。"他对着菜单噼里啪啦点了一堆，豪气冲天："都上了！"

沈冬晴招呼服务员把点菜单拿给她，然后对着上面密密麻麻写的菜名，选了三个出来："其他的都不要了。"

裴雨阳刚想要出声，被沈冬晴一个眼神逼回去："不听话我就走了！"

裴雨阳噤若寒蝉。

服务员忍不住笑了，在她看来，这样一对青春恋人，羡杀旁人。

裴雨阳进入正题："我都打听过了，上海政法大学只要过二本线就可以……"

"我没有填。"沈冬晴垂了垂眼。

"没填？那商学院呢？三本你总有信心吧？"

"我没有填上海的大学。"

裴雨阳胸口受到重击，隐忍着安慰自己："没事，填个更有把握的学校，专科也行。反正现在交通也方便，那你填的哪里的学校？"

"北京。"

裴雨阳死死地盯着她，半响后咬牙切齿地问："因为……那个人？"

沈冬晴咬咬唇，清晰地回答："是。"

裴雨阳脑海里设想自己掀翻桌子走人的场景，但看到菜端上，他举起筷子，微微一笑："快趁热吃吧！"他觉得自己已经无敌了，在沈冬晴面前，变得完全不像自己，就算知道她喜欢别人，就算知道她只想逃离自己，他还是死皮赖脸地贴上去。

"裴雨阳，"沈冬晴轻声地问，"不是有好消息吗？"

裴雨阳这才想起来，眯着眼睛笑了："我签了影视公司，以后我就是明星了！"

"恭喜你！"沈冬晴惊喜地说，"那你以后会认识薛之谦啦，帮我问他要签名好不好？"

"噗！"裴雨阳的表情像仰天吐血，愤恨地说，"以后我要当明星了，不要再让我看到你！"

两个人插科打诨，只是三个菜也能吃到午市散场，沈冬晴觉得自己在裴雨阳面前变得活泼轻盈起来，心里的那些烦恼忧伤统统没有了。

"我得走了！"沈冬晴看看时间，"要不到家都天黑了。"

裴雨阳心里不舍，却也担心她回家太晚，抬手喊买单，然后又大声地喊一嗓子："打包。"

沈冬晴看看餐盘里只有几片肉，小声提醒："你确定你带回家会吃？"

"知道这道菜花了我一个星期伙食费不？"裴雨阳拿过打包盒，站起身，把餐盘里的菜直接往盒子里倒，"现在赚钱不容易，能省则省。"

"可你刚刚还要点那么多菜……呀！"沈冬晴看到裴雨阳的后背，惊呼出声。他浅灰色的T恤上有暗红色的血印。她抬手就扒开他的衣服，看到他背上包扎着纱布，而伤口应该很深，所以血渗了出来。

裴雨阳扭捏地躲闪："哪有动不动撩别人衣服的，都让你看光了！"

沈冬晴顾不得跟他争辩："你和人打架了？"

"是，也不是。"

"别废话！"沈冬晴瞪着他，"说！"

"我在片场当群众演员。"

"为什么？"

"赚钱呀！"

沈冬晴皱皱眉："你为什么要赚钱，周阿姨……"

"他们可狠了，说大学了非要我自食其力，断绝了我的经济来源！"裴雨阳嘻嘻哈哈，"所以我得靠自己，是不是很牛？"

"因为跟他们犟嘴？"沈冬晴一针见血，"道歉不就好了？跟自己的父母对抗有什么意思？"

"我没错！"

沈冬晴就明白了，一定是因为自己，所以他和父母闹翻了。

"去医院重新包扎。"沈冬晴命令道，"以后这种危险的事不要做了。"

"是在关心我吗？"裴雨阳凑到她面前，看着她的眼睛，"那是不是代表你有一点点喜欢我？"虽然问得风轻云淡，但他的心却像在水里憋气，紧张得不行。

"我关心你，因为……我们是朋友。"

裴雨阳感觉心里的灯瞬间灭掉了，他就像一个顽强的战士，明知道战役已输，却还是不肯承认，可是他的心已经被伤得体无完肤了。

没有人可以喊醒一个装睡的人，他不断地呐喊，声嘶力竭，但她对他从来就没有回应。

"你走吧！"他艰涩地笑笑。

第七章 高歌

"我送你去医院。"

"你走吧。"

"裴雨阳——"

"沈冬晴,你再不走我就吻你了!"他蛮横地威胁,"不是回家会晚吗,快走吧!"

"那你呢?"

"死不了!"

沈冬晴咬咬唇:"你……保重!"

裴雨阳站在原地,没有回答也没有动。

她沉默一下,转身离开。既然分别是注定的,又何必拖泥带水,他们终归要淹没在人海茫茫里,她感激裴雨阳为她做的一切,但她却不能对他有丝毫回报。这段关系对裴雨阳来说不公平,她只能选择退到他的世界之外。

沈冬晴重新买好车票,准备上车的时候,突然被一个人从背后揽进怀里,她没有动,因为有温润的液体滴落在她的脖子上。

"沈冬晴,以后不要太想我,因为你想我……我也不会出现了。"裴雨阳轻声地说完转身离开,而沈冬晴没有回头,她径直上车,找到自己的座位坐下,当她隔着玻璃没有在人群中找到裴雨阳的时候,感觉心如刀绞。

她知道,她和裴雨阳……结束了。

沈冬晴每天都会去海边坐一会儿,她的脑海里总是会想起过往,那些笑中有泪的成长是她一生中最难忘的时光。

这个小村庄却没有改变,繁盛的一年蓬,生生不息的浪花,还有温暖明静的风,让她的心也变得安宁起来。

"冬晴。"听到父亲喊她的名字,她下意识回过头去,倏然间惊呆了。

站在父亲身边的人,是楚君尧。

父亲的声音激动得直打战:"分数出来了!"

沈冬晴心里一紧。不是还有几天才公布分数吗?

"587分!"父亲笑得老泪纵横,"去年一本线才540呢,我闺女……"他说不下去了,呜呜地哭起来。

"爸,还没有拿到录取通知……"虽然知道分数,但沈冬晴依然不觉得轻松,在没有收到正式的录取通知书之前,还是会有变故的。

"你同学专门来告诉我们分数……"父亲抹了抹眼泪,又握住楚君尧的手,楚君尧泰然处之地回握住,觉得这一趟没有白来。父亲有教育局的关系,可以提前知道分数,他拜托父亲打听了几个好友的分数,也问了沈冬晴的。他没想到她临场发挥还不错,之前的几次模拟考试她都在500分左右,上本科挺危险,何况这一次还是带病上场。

587分能够上一本了。

"你们聊着,我这就去告诉你妈……"父亲泣不成声,"这下她高兴了!"

父亲开心地离开,楚君尧和沈冬晴站在海边,相对无言。

"我到这边旅游,顺便……"楚君尧本来想给沈冬晴打电话告诉她分数,但按捺不住想要见她的念头,还是来到这里。他想这是最后一次了,以后他就不见她了——他们也没有见面的可能性了吧。

"吃午饭了吗?"沈冬晴关切地问。

楚君尧不好意思地挠挠后脑勺儿:"还没。"

"去我家吧。"

沈冬晴的家在楚君尧看来就像是二十世纪八十年代的房子,简单的家用电器,陈旧的家具,即使是大中午,房间里的光线也是极暗的。

沈冬晴在厨房里给楚君尧煮面条,土质的灶台,烧的还是柴火。她麻利地刷锅加水填柴,干柴填进去,有松枝和灌木发出噼啪脆裂的声响,带着淡淡的木头香。等大火烧开,在汤里放上紫菜、小虾皮、蛋和榨菜丝,面盛在大大的白瓷碗里,再淋上芝麻油。

一碗简单的面,却做得有滋有味。

楚君尧抱着碗和沈冬晴坐在天井处的小木椅上吃饭,偶尔有鸟声在寂静中像光束一样掠过,他的心被笼罩在一片宁静温馨中。

"你们这里看起来不错!"

"一会儿带你转转。"沈冬晴微微一笑,"谢谢你来告诉我分数。"

"不是专程,只是路过……"他强调,"正好也想来拍几张照片。"

沈冬晴接过空碗——楚君尧竟然连汤都喝光了,她觉得很开心。

跟随着沈冬晴走在这个有大海和滩涂的村落,他有好几次都想要抬起手来握住她的手,他又为自己疯狂的念头感觉到羞愧。

"你一定没有玩过吧?"沈冬晴得意地笑,"挖牡蛎、割紫菜、摸小螃蟹、出海打鱼……"

沈冬晴赤脚走向大海,裙摆随着海风柔软地拍打着腿,长发飞扬。

楚君尧不由得举起相机……她还是他印象里的沈冬晴吗?在这里,她随意、舒缓,自然，美好。

他感觉自己心潮澎湃，情难自已……不可以再继续了，来到这里已经是他的一时冲动，还要再继续冲动吗？他们以后不会见面了——他要去北京了，他是全市的理科状元，稳稳的清华大学。他将要开始新的旅程。

"我要走了。"楚君尧淡淡地说。

"这么快？"

"都说只是路过。"

"那……我送你去车站。"

这一次楚君尧没有拒绝，和沈冬晴相处的时光，让他越发看清自己的感情，但又怎样呢？时光流逝，他会忘记她的。

当楚君尧坐到车里时，他反复看着相机里的照片：石子路，古老的树，荷叶上细腿的昆虫，水中他们的倒影……这些照片拍得不错，景、物、人，都有意境，但他还是一张张地删除了。留下这些照片只会勾起他的回忆，不如什么都不保留。

毕夏看到母亲睡熟后，才轻轻地走出房间。

陆怀箫在厨房里清洗整理，毕夏走到门口，倚着门静静地观察他，他衣袖挽到手臂处，侧影带着一股安宁的气息，竟然让她有些动容。她想起第一次去陆怀箫家时的情景，他做了几道小菜，他们谈古论今，好不自在。

毕夏和陆怀箫的交往淡淡的，陆怀箫在教授做顾问的公司兼职，但每当沈阿姨需要去医院做康复治疗的时候，他总是会出现。他开着一辆自己买的车，那是他用参与一个合并案的奖金买的。他的教授很欣赏他，刚入学时他交的一篇论文就引起了他的注意，后来有过几次交谈，他发现这个学生才思敏捷，学识渊博，最重要的是他的气质，那种沉得下来的气质让他极为赞许。他让陆怀箫作为实习生参与到具体的项目中，没想到他比那些有从业经验的人还冷静，能做出出其不意的方案，很好地融合多方利益。

本来有交换生名额可以出国，但陆怀箫拒绝了，教授很不解，他说他要留在国内，因为一个人。教授明白了，一个再成熟的男人，过不了的依然是情关。

他帮着陆怀箫处理了毕夏家公司的事，也知道了他和毕夏的事。

"总会有水落石出的一天。"教授说，"她会明白你的苦心。"

"是她改变了我的命运……"陆怀箫深深地看着她，说，"为她做这些我心甘情愿。"

陆怀箫知道毕夏要去北京，最放心不下的就是母亲，他给沈阿姨联系了一家疗养院,那边有很好的康复设施,也有专业的护理人员。

毕夏还在迟疑,她想要带母亲一起去北京,但母亲不愿意。

"放心,我会常常去探望沈阿姨。"陆怀箫说。

毕夏也去陆怀箫家,她和他的家人、朋友、邻居接触,她想要分析他是怎样性格的人。但大家说出来的事,都表明他是一个懂事早、勤奋努力的人。

有时候毕夏也会问自己:是不是错了?根本就不是陆怀箫。如果是他,又怎么会这么坦荡地站在她的身边呢?他的目光那么柔软,笑容那么纯粹。

他打点着她去北京的行李,安排着母亲将来的生活……他像是她真正的男友。

可是,真的能够去相信吗?

毕夏记得自己看过一本《犯罪心理学》,上面说,一个杀人犯总会喜欢流连徘徊于命案现场,这是不是就是陆怀箫的心理?

第八章

冰冷象牙塔

黎允儿看着房间里大包小包的行李，抗议道："妈，我只是去念书，又不是搬家！至于吗？"她在行李包里嫌弃地挑挑拣拣，"被褥都要带，真是疯掉了！"

"至于！这可是上好的桑蚕丝被。"母亲笑着说，"这些东西都托运，回头缺什么让你爸再给你航空邮寄。"

黎允儿撇撇嘴："豆腐都换成肉的价钱了。"

"为我闺女，都值得！"母亲看到黎允儿扔在房间里的一堆毛绒玩具，"这么大孩子还玩这些，让肖阿姨给你洗干净收起来，免得你回来的时候落了灰。"

黎允儿一直不愿意出国，但高考分数并没有出现奇迹，以她的分数只能勉强上三本，但那种学校她也不想去念，父母早就为她办好了手续，她也就不再抵抗。美国也不错，先上一年预科，然后升入康奈尔大学，专业可以按照她的爱好挑选。

"小姐，这是一封信吗？"黎允儿和母亲同时回头，看到肖阿姨手里拿着一个抱枕，"从这里面找到的。"

"是什么？"母亲好奇地伸出手，但信被黎允儿一把抢走了。

黎允儿想起这个抱枕是何晨宇送的，有一次他还问她有没有洗过抱枕，原来——

"情书？"母亲扑哧笑了，"这小子也真是胆小，藏得这么隐蔽，不知道猴年马月才能被发现。"

"妈！"黎允儿把母亲往门外推，"别八卦了！"

"给妈看看。"

"不！"

"谁写的？"

"出去啦！"

黎允儿打开信封，果然是何晨宇写的信，洋洋洒洒竟然有七页那么长，对于一个写作文像便秘的家伙来说，能写这种长信真是逆天了。她坐到飘窗上，认认真真地阅读这封信。

这简直就是黎允儿和何晨宇的回忆录，从他们相识开始写起，点点滴滴，她都快忘记了。

他说第一次觉得她美是有一次他的自行车链子坏了，他穿了一身浅色衣服，怕弄脏，而她二话不说就和他交换自行车，然后扛着他的车去找修理铺。

黎允儿一直都像个女汉子，大大咧咧，打打闹闹，可他却越来越喜欢这样爽朗个性的她。

他在信末说，我觉得我们是最合适的一对，不仅性格相投，也门当户对。

为这个"门当户对"，黎允儿"扑哧"笑出了声——这家伙，还真会想理由。

她把信收起来，锁进了抽屉里，她决定假装没有看过这封信，因为这样，她和何晨宇还是朋友，还是哥们儿。

她都要去美国了，而何晨宇的学校在郑州，他们的联系也许会随着时间而慢慢变少。

想到要各奔东西了，黎允儿就很伤感，也庆幸她在国内没有感情牵绊，姚元浩的学校在成都——那座温润的城市，女孩个个都很美。

她要放下对姚元浩的迷恋，认认真真地生活了。

有时候她也想，毕夏和楚君尧在一座城市，他们会不会重归于好呢？只是听说沈冬晴也考去了北京——她可真是死缠烂打呀！黎允儿有些担心，她知道毕夏虽然什么都没有说，但她的心里还是有楚君尧的。

敬嘉瑜的学校就在本市，他为了照顾母亲不想离家太远——最可惜的就是敬嘉瑜了，估分高了，没有被提前录取，调剂的学校并不理想，他们都劝他复读一年，可他说没关系，他研究生会考一所好大学。

他们的行程就这样定了。

毕夏没有想过会再主动找楚君尧。这对于她的自尊来说，接受不了。可人在孤立无援的时候，总会变得很脆弱，她也一样。

刚到北京，严重的雾霾和干燥的空气就让她的支气管炎犯了，每天都在咳嗽，吃什么药都不管用，这影响了室友的休息，她们颇有微词。宿舍一共住了四个人，罗琪琪是重庆女孩，苏雯来自上海，许菲从贵州山区考来北京。四个性格迥异的女孩在宿舍相处得不是很融洽，言语之间磕磕碰碰，大家心里都憋着气。

这次的冲突缘于毕夏不小心错拿了罗琪琪的水杯。

罗琪琪不悦地把杯子往垃圾桶里一扔："真是晦气，住着一个林黛玉也就算了，还要想方设法把病菌传染给大家！"

毕夏"噌"地站起来，气得声音微颤："用了你的杯子，对不起！我可以买一个赔你，但有必要把话说得这么难听吗？"

"我就是烦你！"罗琪琪毫不示弱，"真是烦透了你！"

"好了，多大的事！"苏雯打着圆场，"既然住一个宿舍，大家都忍忍，还有四年呢！"

"你们别虚伪了，不都特别烦她吗？"罗琪琪挑衅地说，"晚上要比大家睡得晚，早上要比大家起得早，非要影响大家的正常作息。"

毕夏咬咬唇："我已经尽量很轻了。"

"轻？你要是生病了拜托你去住院去打针，没有钱大家可以给你捐，但这样死扛着是什么意思？"罗琪琪满脸不屑，"我真担心你是不是得了什么传染病……"

毕夏站起身，看着宿舍里另外两个人，她们谁也没有帮她说一句话，躲闪的眼神让她羞愤不已，转身离开了宿舍。

十月的北京气温已经很低，冷风夹着细雨，让毕夏冻得瑟瑟发抖，她这才发现自己这次负气出门，没穿棉衣，竟然也没有带宿舍的钥匙。她不想回去敲门，低头的时候，眼泪流了出来。

听到楚君尧的声音，她才察觉自己拨通的是他的电话。

楚君尧正在网上和"火枪手"对战，他现在已经练到白金等级，和火枪手也越来越熟悉。手机显示是毕夏的号码——何晨宇发给他的。他说毕竟是老同学，大家在北京应该互相有个照应。于是楚君尧存下了号码。

"毕夏？"这么晚接到电话，他有些意外。

毕夏没有吭声。

"你在哪儿？"他听到呼呼的风声，她应该在外面。

楚君尧了解毕夏，如果不是因为有事，倔强如她怎么会给他打电话。

"天安门广场。"小时候父母带她去北京，第一站就是天安门广场，人山人海中父亲为了让她看到升旗仪式，把她扛在肩膀上足足三个小时，现在想来那得多累呀。

"你等我。"楚君尧匆匆说完这句就挂了电话。他甚至来不及跟火枪手道别就下线了。

等他找到毕夏的时候，她坐在广场的一角，抱着膝盖睡着了。他心里一惊，幸好他来了，要不她多危险啊，这么晚了她还独自在这里。他俯下身，刚想要喊醒她，借着灯光察觉了她急促的呼吸，他下意识地摸摸她的额头，滚烫。

"毕夏！"他急了。

她昏昏沉沉地睁开眼，看到楚君尧的那一刻，竟然像个孩子一样扑过去抱住他，所有硬撑的坚强在这一刻崩塌。她只是一个普通的女孩，不坚强不勇敢，她的心也会受到伤害和打击——家里那么大的变故她承受住了，可是室友的几句话成了压垮她的最后一根稻草。

积压在她心里的悲伤太多了，她一直告诉自己，哭过以后就要振作，可是现在的她，不知如何振作。家里遭受火灾至今没有破案，母亲的身体无法康复，她选了自己不喜欢的学校，还有楚君尧……他们分手了。

楚君尧轻轻拍着她的背，这样的毕夏让他心里难过，他宁愿她还是那个高高在上的"陛下"。

"你在发烧，我们去医院。"楚君尧说。

毕夏没有反驳，她握住了他的手，就好像这是她唯一的依靠。

楚君尧的身体顿了一下，却没有松开。

毕夏因为肺炎住了一个星期的院，那些天都是楚君尧在照顾她，他守着她打点滴，喂饭、递水、带她去花园散步。抛开恋人的身份，他们竟然不再吵架，有时候看着楚君尧，毕夏会恍惚觉得他们还没有分手。

他还是那个在教室里给她制造"美好时光"的少年，是那个在她手机后盖里藏桃心的少年，也是那个在她肚子疼时会掐住她虎口的少年……那么多的浪漫时刻，现在想来，却是痛彻心扉的回忆。

有天她从午觉中醒来，看到楚君尧伏在她病床边也睡着了，那一刻，她静静注视着他，感觉眼泪从心里涌出来。她已经很久很久没有这样望着他了，他比高中时更加帅气了，少了一分男孩的稚气，多了男人的成熟和稳重——他们都在成长，失去的却是曾经最美好的时光。

她看到了楚君尧的手，转念之间抬起手想要握住，却在迟疑之中又收了回来。

她不是会示弱的女生，但现在的她为什么变得这么羸弱？是因为孤立无援的境遇？还是因为身体不适呢？她一直觉得她和楚君尧的结束，她只会难过，却不会后悔，但现在她真的很后悔。

楚君尧睁开眼睛的时候，正对上毕夏的目光，他们都一怔，然后极度不自然地别过了目光。他们都知道，他们的关系已经和以前不一样了，现在的相处，多了小心翼翼，也多了些尴尬和不自然。

"何晨宇在大学里加入了徒步队……"楚君尧淡淡地找着话题——他们之间能聊的都是过去的那些人和那些事，撇开这些，就只有相对无言了。

窗外的光透过百叶窗落下来，一格一格的，在他们中间就像是很多条的间隙……

出院的那天，毕夏心里有些迟疑，她不愿意再回到宿舍去，那一晚的争吵让她不知如何与她们相处。思前想后，毕夏决定搬离宿舍，可找房子也还要几天，她只能暂时先回宿舍。

没想到这一场危机是楚君尧替她化解的。楚君尧坚持送她回宿舍，又竭力邀请另外三个女生一起吃个饭，她有些尴尬，心里甚至恼怒楚君尧的热情。

"那我们就不客气了!"许菲首先同意,"这几天毕夏住院,其实我们也挺担心她的……就是,没有她的手机号。"

苏雯也热情地说:"班长还通知了新生舞会的事,就明天晚上,我们一起吧。"

这时罗琪琪推门而入,看到毕夏和楚君尧一怔。

"毕夏请我们吃饭呢,一起吧!"苏雯挽住罗琪琪的手臂,轻轻地拉拉她。

罗琪琪迅速地瞟了毕夏一眼,后者别开面孔。

她不是那种主动的性格,与人交往总是淡淡的,整个青春时期也就只有黎允儿这个好友。

"毕夏跟我提起你们,说你们对她很照顾。"楚君尧对罗琪琪说,"我谢谢你们。"

毕夏在心里对楚君尧丢了几个白眼,他什么时候变得这么圆滑世故?巴结奉承搞关系,倒是张口就来。

"没有啦,毕夏挺好的!"许菲看着楚君尧笑意更深了。

他们五个人一起去学校外面的餐厅吃饭,楚君尧温柔妥帖地给每位女生布菜盛汤,大家的话题打开,说起各自的城市、各自的学校,竟然迅速地热络起来。

"竟然是清华大学的高才生呀,毕夏,好羡慕你,男朋友又帅又优秀!"许菲无限崇拜,赞叹不已,"我就说像毕夏你这么出众的女孩,眼光一定特别高。"

毕夏尴尬地垂了垂眼:"你们误会了,我男朋友……在杭州。"

另外三个女孩难以置信地瞪大眼睛。怎么可能不是男友?这么默契、这么登对……

苏雯在知道他们不是恋人后,看着楚君尧的眼神竟然有些期许。面前的男孩眉眼俊朗,身姿挺拔,一种清风朗月的气质,让人心生好感。

楚君尧知道毕夏说的"男友"是陆怀箫,心里也有些嫉妒——毕竟毕夏是他曾经那么喜欢的女孩,他做不到说放下就放下。

这次聚餐让毕夏和三个室友关系融洽了不少,她们也开始同进同出。

有时候她们也会提到楚君尧,笃定他一定是喜欢毕夏的。

"哪里只像是高中同学,肯定暗恋你!"罗琪琪说,"为什么不接受他?你男朋友在杭州那么远,现在楚君尧就在你身边呀!"

毕夏沉默下来——她开始想,她和楚君尧还会有机会吗?

裴雨阳推开杨总办公室的门,没想到里面坐着杨美清,她坐着老板椅在办公桌上挑挑拣拣,杨总从套房的里间端了咖啡出来,看到裴雨阳,只是点点头,示意他坐,然后亲切地把咖啡递给杨美清："这可是那啥猫屎咖啡，贵着呢！"

杨美清从椅子上站起来，走到裴雨阳面前："好久不见。"

裴雨阳已经有一年没有见过杨美清了，这个人他不愿意去想，更不愿意去见，去上海后，杨美清曾经到他学校找他，他直接告诉她，让她死心。顾珊的事——就算她们不用负法律责任，他也永远不会原谅她。

裴雨阳心里已经有了不好的预感，杨美清和杨总的关系一目了然，难怪他签下这份合同三个月，公司却没有安排过一份工作给他，不仅如此，他没有经纪人，没有说好的培训、宣传……一切的承诺都没有兑现，相反，他却被这个合同制约了，他不能私自参加任何演出和走秀，所有的活动都得由公司安排。这让他连做群众演员的机会都没有，为了生活费不得不另外找工作。他甚至去建筑工地打工，从来没做过这种工作的他，一天下来，皮肤被太阳晒得火辣辣地疼。

但就算是最辛苦的时候，他也没有想过要向父母求饶。

他有些自虐般地工作——因为只有累到极致的时候，他才能沉沉地睡去，否则思念会让他痛苦不堪。是他答应要给沈冬晴自由，不去打扰，让她过自己的生活，可是故作洒脱地退出她的生活后，他却一点儿也忍耐不了。

长夜漫漫，他在午夜的街头徘徊，思念就像是冷箭，那么准确地扎进他心里。

最难过的时候他会找人打电话给她，假装是打错电话，借此听听她的声音。

只是一声"喂"，已经让他泪流满面。

他的电话从来不关机，因为他心里还有着渺茫的希望，也许有一天沈冬晴会打电话给他。有时候他也恨得牙痒痒，这个臭女人太绝情了，打个电话而已，会死吗？

裴雨阳看着面前的杨美清，心里更多的是厌恶，现在的她化着浓妆，穿着妖艳，完全不像个学生。

"雨阳，要不是我们家美清看重你，公司也不会签下你。"杨总语重心长，"当然，你的资质还是很好的，又是科班，相信经过我们的打造，你成为一线明星指日可待。"

裴雨阳冷冷地看着他们："是有什么附加条件吗？"

杨总挥挥手："以后美清就是你的经纪人，具体的你和她谈。"

"大伯，能回避下吗？"杨美清只是盯着裴雨阳，"我要和他单独谈谈。"

"好好好！"杨总笑起来，"我走，我走，不碍你们的眼了！"

杨总走出办公室时还不忘把门关上。

"坐着说吧。"杨美清讨好地笑。

"你说吧。"裴雨阳声音很淡。

"我还没有正式介绍呢，杨军是我伯父，这家公司我家有股份，而现在呢，我也正式加入这家公司了。"

见裴雨阳没有接话，杨美清继续说下去："董事会已经同意，你将作为公司重点包装的艺人，你以后的各项事宜都由我来安排。"

"我拒绝。"裴雨阳冷冷回答，"如果要和你一起工作，我宁愿不要。"

杨美清压着心里的怒火，面上依然在笑："裴雨阳，这有什么不好？如果你和我在一起……公司也会变成你的！你不是想做明星吗？除了我，还有谁能成全你的梦想？"

"我的梦想，我自己也可以实现。"

"笑话！"杨美清冷笑一声，"像你以前那样跑龙套做群演就能实现梦想？你知不知道在横店有多少像你这样的人？每年有多少影视学院的毕业生？没有一个机会，你的梦想就是狗屁！"

"比起梦想不能实现，和你一起工作，更让我难以忍受！"

"裴雨阳！"杨美清气急败坏，"你知道后果吗？你跟公司签的八年合同，如果你不照办，这八年你都会被雪藏！"

裴雨阳不寒而栗，似乎有一张网，已经捕获了他，让他无法逃生。

杨美清，竟然这么可怕！

杨美清察觉了他眼里的畏惧，继续威逼利诱："和我在一起，就会让你得到你梦寐以求的一切，反之，你将一文不值！如果你要解约，那你赔上身家性命也赔不起！我们的合同都是由专业的律师团队拟定的，不会有一丝漏洞！"

裴雨阳踉跄地退后一步，手脚冰凉发软。

杨美清抬手摩挲他的脸，她知道他害怕了——就算是不择手段，她也要得到他！

"你知道的，我一直都喜欢你。"杨美清的眼里涌上泪来。

"疯子！"裴雨阳一把推开她，鄙夷地说，"你知道怎么去爱一个人吗？不是掠夺、不是占有，不是欺骗和伤害！"

"可我又能怎样？"杨美清癫狂地喊出声，"我不用手段，你会看我一眼吗？会吗？裴雨阳！"

"可我不喜欢你！"

"我不在乎！"

"你只是任性！因为得不到，伤了你骄傲的自尊！"

"我知道我爱你！"杨美清扑上来，而裴雨阳决绝地推开了她。

这个动作激怒了杨美清,她恶狠狠地说:"裴雨阳,有一天我会让你求我的!就算我不能得到你,也不会让别人得到!"

裴雨阳在工地上出了事,他在工地上踩到一根铁钉,生生地扎进脚掌,当时血流了一地。

"都怪你!"周媛看到儿子包扎好的伤口,心疼得眼泪都落了下来,责备起丈夫,"要不是你断绝儿子的生活费,他会出事吗?你看看他吃了多少苦呀?他竟然在工地上班!那是人干的活儿吗?有像你这样简单粗暴教育孩子的吗?"

裴雨阳一直没有伸手问家里要钱,即使母亲偷偷塞钱给他,他也拒绝。他总是说他的工作很轻松,在父母看来,大学生的勤工俭学也就是洗洗盘子做做家教,哪里会想到儿子竟然去工地干活儿!

"妈,不要紧,只是外伤。"裴雨阳疼得钻心,面上却故作轻松地笑,"没有伤到韧带,我也挺幸运的。"

"你这孩子!"母亲拍拍他的头,"以后别跟爸爸妈妈斗气了……"

"那你们不生我的气?"裴雨阳谄媚地笑着。

"气什么,谁叫你是我儿子!"周媛冷厉地瞪着丈夫,"你说话呀!"

"现在你就消停点儿!"父亲缓了缓神色,"有困难就跟家里说。"

"那生活费……"裴雨阳哭丧着脸,"其实我赚的都是血汗钱呀,跑龙套演小兵扮尸体,人家一枪没杀死,还咚咚多补几枪……"

"生活费照旧!"母亲停顿了一下,"以后你和沈冬晴的事,爸爸妈妈也不阻止了!"按照儿子这倔强的性格,他们的阻拦有什么用呢?物极必反,再坚持只会疏离了他们和儿子的感情。

"说起来沈冬晴现在也算出息,竟然考上了北京师范大学,以后出来就是老师,工作也稳定。"周媛继续说,"只是不知道她父母同意不?"

"妈!"裴雨阳无可奈何地说,"我们两个已经没有联系了!"

母亲顿了一下:"竟然分手了……这沈冬晴也太现实了!怎么一考上大学就分手?"

"我提的!"裴雨阳心里黯然。

母亲不肯相信:"就你那要死要活的样子,会主动提分手……"

"她又不喜欢我,我死皮赖脸地缠着她,有什么意思?"

"我儿子有什么不好,竟然看不上,她真是不识好歹!"母亲气愤填膺,"以前就觉得这女孩心思重，心眼多……"

裴雨阳用眼神表达了抗议，母亲叹口气，没有再继续说下去。

沈冬晴考上北京师范大学，对他们来说也很意外，他们知道她高二时的成绩，为此办理转学时费了很大周章，两年而已，她的变化居然这么大。原本他们跟沈家协议，他们要负担沈冬晴大学四年的费用，但沈冬晴考上大学后，沈家竟然说这笔费用不用他们负担，一笔勾销了。他们当时还以为沈家是为了让沈冬晴进裴家而做的让步。

纠缠了两年，裴家终于可以和沈家划清界限了，现在沈冬晴考上一所好大学，也算是圆满，更重要的是，儿子回到了父母身边，他们的生活终于得以平静。

毕夏在新生舞会上，遇到了已经上大三的靳枫，他对毕夏一见钟情，开始了疯狂的追求。

靳枫是个富家子弟，家境殷实，性格张扬，送毕夏的第一份礼物就是限量版的钻石项链。她拒绝后，他还不死心，各种浪漫不断：用鲜花堆满她们的宿舍、用气球拉出求爱横幅、给教学楼外墙装桃心的彩灯……

毕夏越是拒绝，他就越是偏执。

"我有男朋友。"毕夏不止一次地告诉他。

"那又怎样？他有我帅，有我有钱，有我温柔浪漫吗？"靳枫穿着大花衬衫，手扶着额头耍帅，"何况从来没有见过你男友出现，是编出来骗我的吧？"

"信不信随你！"毕夏烦不胜烦，"我不喜欢你这种人。"

"哪种人？"靳枫没有被打击到，换了个姿势继续耍酷，"我知道你是没自信，怕把握不住像我这么完美的人！"

毕夏无语地摇摇头，从他身边径直走过。

可是靳枫觉得毕夏只是矜持，他找来兄弟，开了十辆顶级跑车到学校操场摆成桃心，然后用扩音喇叭对毕夏表白。

整个学校都沸腾了，保安都出动了。

这件事竟然还上了网络热搜，毕夏走到哪里，都有人指指点点。

"陆怀箫究竟是怎样的人？"罗琪琪无限神往，"那么优秀的楚君尧你不要，这么浪漫有财的靳枫你也拒绝，那陆怀箫定然是人中之龙！"

"你们的感情看上去也不怎么样呀？"苏雯说，"完全不像热恋中的人，连个电话都不打。"

"该不会……"许菲像发现了什么，"陆怀箫这个人根本就不存在，你只是找个借口？"

毕夏想了一下，她手机里确实一张陆怀箫的照片都没有，她和他只是偶尔打个电话，淡淡地问候几句就挂了。她从来不跟陆怀箫说她在这里的学习生活情况——她怎么会真的跟他交心？

毕夏的沉默，让另外三个女生觉得真的有隐情，立刻围坐到毕夏的身边，一副逼供的样子。

"没有什么陆怀箫吧？"

"他真的存在。"

"那你们什么关系？"

"他是我男朋友……"

"是掩护吗？"许菲大胆猜测，"你是不是察觉自己喜欢女生，所以……"

"噗！"毕夏忍不住笑起来，"你们三个怎么这么八卦！"

"那你喜欢谁？"苏雯问。

毕夏沉默下来。她喜欢谁，重要吗？那个人已经离她很远。

"说呀！"罗琪琪催促。

"其实楚君尧是我前男友。"说出"前"这个字，毕夏都觉得伤感，楚君尧竟然已经是过去式。

"那怎么会分开？"

"不断地争吵，发生了很多事……"

"你现在还喜欢他？"

"我的青春，和他密不可分。"

另外三个女生唏嘘不已："你们看上去多般配呀，就算是靳枫，也被楚君尧秒杀。"

"不如找楚君尧帮忙吧！"许菲提议，"见到他，也许靳枫那小子就偃旗息鼓了。"

毕夏心里一动，她也被靳枫缠得心烦，不管她在哪里，他都会大张旗鼓地出现，除了回宿舍躲着，她都不知道能去哪里避开他。

"是的，靳枫花花公子一个，就知道拿钱砸人！"罗琪琪撇撇嘴，"这种男生怎么能托付终身？还是早点儿解决这档子事好。"

"找楚君尧想想办法！"苏雯也很想再一次见到楚君尧。

毕夏被说动了，但她又不知如何解释。苏雯自告奋勇地给楚君尧打了个电话，楚君尧立刻就同意了。对他来说,毕夏永远都是他青春里的女主角,那些爱恋和欢喜,依然是他的刻骨铭心。

毕夏和楚君尧已经很久没有单独相处了,他们坐在学校门口的咖啡厅,耳边放着李宗盛的《山丘》:

想说却还没说的还很多,攒着是因为想写成歌。

让人轻轻地唱着,淡淡地记着,

就算终于忘了也值了,

越过山丘,虽然已白了头,

喋喋不休,时不我与的哀愁。

还未如愿见着不朽,就把自己先搞丢。

越过山丘,才发现无人等候,

喋喋不休,再也唤不回了温柔。

为何记不得上一次是谁给的拥抱,在什么时候。

这歌词字字珠玑,直抵人心:越过了山丘,却发现无人等候……听着这样的歌词,看着身边的楚君尧,毕夏心里涌起温暖的情愫。

"你是毕夏花钱雇来的吧?"

靳枫果然在许菲的"通风报信"里出现,他穿着一件白色西装,两手往后一甩,跷着二郎腿大大咧咧地坐到毕夏和楚君尧的对面,目光在他们脸上逡巡审视,啧啧地说:"这颜值还不错,花了不少钱吧?"

楚君尧看着面前的靳枫,一副花花公子的模样,爆炸式的头发,被他这种人缠上,是很难应付的。楚君尧用询问的眼神看向毕夏。

"他是靳枫,这位是楚君尧,我男朋友。"

楚君尧长长地"哦"一声:"就是他经常骚扰你?"

"追求!"靳枫手指叩叩桌子,玩世不恭地笑了,"我是很认真地在追求,懂不懂?好啦,拜托两位别演戏了,派许菲过来假装说漏嘴,其实就是想引我来看这出戏?"

毕夏皱皱眉:"楚君尧真的是我男朋友,我们是初中和高中同学,在一起已经三年多了。"

靳枫冷笑一声:"哈哈,别逗了!他如果真的是你男朋友,之前怎么没有见过?你的作息我比你还清楚。"

"先谢谢你喜欢毕夏,证明你还是很有眼光。"楚君尧淡淡开口,"但你已经没有机会了，我和我们家毕夏彼此了解，心心相印。"

楚君尧握住毕夏的手，继续说："我们会一直相爱下去。"

毕夏的心被这句话劈开了一个口子，滚滚地疼。

"你以为你说几句我就会相信？"靳枫冷哼一声。

楚君尧拿出自己的手机，递到靳枫的面前："你自己看吧。"

这是楚君尧昨天晚上从邮箱里拷贝下来的，之前和毕夏在一起的点点滴滴他都有拍照留念，分手后他把它们清出了手机，又不忍删除，就放到了一个隐秘的邮箱里，今天为了让靳枫相信，又重新拷贝到手机上。

一张张照片，是他们的青春，是他们的初恋，是他们最明媚单纯的成长岁月。

"我初中就认识毕夏了，知道她一门心思就是学习，所以高中时我直截了当地让她做我女朋友。她数学是弱项，所以每次考试我紧张她的分数比紧张我自己的还多，因为我知道她对自己要求很高，考不好会很难过；她胃很娇弱，不能吃冷的，却喜欢喝校门口的酸奶，我总是算好时间在她出现时把焐热的酸奶递给她；她一生气就会不理人，所以我绞尽脑汁地想了很多哄她开心的法子……"

毕夏凝望着楚君尧，眼里有了泪。

她在心里轻轻地念着他的名字：楚君尧，楚君尧。

"你知道我们的过去吗？我们一起上学、放学，一起做作业、讨论、争吵，一起看电影、散步……即使知道明天就会见面，临睡前依然会想念；即使知道假期很快就过去，但为了见一面我还是差点儿错过了飞机；即使知道她的名字我每天都在念，但我还是把我养的每一条鱼都叫作毕夏。

"我了解她的一切，熟悉她的一切，她喜欢的颜色、食物、气味……其实你看到的这些照片只是我们拍下的照片中的很小一部分……"

"行了！"靳枫打断他，听到楚君尧的深情表白，让他很是不爽。在看到这些照片的时候他就已经相信了。那是少女时代的毕夏，这么明媚灿烂的笑容从未对他绽放过。

可是，靳枫不死心，他盯着他们："就算你真的是她男朋友，又怎样？我和你公平竞争，你是她的过去，而我是她的将来。"

"不，他不是我的过去，"毕夏突然打断他，然后凝视着楚君尧，像是从心里说出来，"是现在，和将来。"

毕夏在倏然之间吻上了楚君尧的唇，这是她第一次主动亲吻他，却比她想的还要急切和渴望。

刚刚楚君尧的一番话，让她看到了当年的自己……她多想找到以前的那个她，告诉她:珍惜这个人,一定要好好珍惜这份感情。

楚君尧在起初的错愕里,慢慢闭上了眼睛。

靳枫看着毕夏眼角流出的泪,他相信了毕夏的感情——他不管是用空前绝后的浪漫,还是用感天动地的深情,都无法走进毕夏的心里。

这个女孩,将成为他的遗憾。

他原本想要潇洒一点儿,可他心如刀绞,只好默然站起身离开。

毕夏睁开眼睛,从迸发的情感里找回了理智,她抿抿唇,轻声地说:"对不起。"

她不想承认,但她知道,她后悔了。她不愿意分手,不想失去……

黎允儿给毕夏打国际长途一点儿都不心疼,她听着毕夏的故事,着急地问:"那然后呢?"

"然后我在回学校的车上。"毕夏坐在地铁上,她看着窗外流光溢彩,心里有说不出的忧伤。她从来没有想过,有一天她会把自己"低"到尘埃里去。她一直独立、自信、坚强和决然,她不会拖泥带水,不会优柔寡断。

可在感情上,骄傲如她,也放下了自尊。

当她告诉黎允儿,她想要和楚君尧重新开始的时候,黎允儿在电话那边惊讶得说不出话来。这完全不是她所了解的毕夏——那个掌控一切的"陛下"竟然要臣服。

毕夏问黎允儿,要怎么做呢?黎允儿也没有多少经验,她想了想,告诉毕夏,不如经常去找找他,嘘寒问暖,关怀体贴……

毕夏第一次找到楚君尧的宿舍时,在楼下徘徊了很久,她很怕自己被看轻,然后一脸惊讶的楚君尧就出现了。

"毕夏,你来找我是因为靳枫还在找你麻烦吗?"楚君尧走到她面前。

此刻的毕夏穿着白色的呢风衣,带子在腰部系出一个蝴蝶结,看上去娉婷温婉——她是特意打扮过的,甚至涂了粉粉的唇彩,显得很娇俏。她的心跳变得很快,情绪也有些激荡,原来她依然会为他心动不已。

"这个。"毕夏把饭盒举了举,"我妈托人给我带的糕点,我吃不完。"

楚君尧笑了:"还让你专程送这个过来,怎么不打个电话?"

毕夏随着楚君尧走进他的宿舍,里面窗明几净,被小植物装饰得很温馨。

"是我室友的女朋友,她总是过来收拾整理,放植物也是为了空气好。"楚君尧一边说一边给毕夏让座。

此时宿舍里没有旁人,毕夏有些局促不安。

"没有纸杯,用我的杯子可以吗?"楚君尧客气地问。

毕夏接过来,她想起以前,楚君尧总是招呼都不打,拿起她的杯子就用,现在他们生分到做什么都要问一声。

"我也替你收拾一下。"毕夏说着去拿楚君尧桌上的书本。

"不用!"楚君尧也同时伸出手来,两个人的指尖碰到一起,又触电般地躲闪开了。

看着面前毕夏涨红的脸,楚君尧的情绪是复杂的。

上一次毕夏主动吻他,他已经有所察觉,但他告诉自己,那可是毕夏,她怎么会主动示好呢?可是今天当毕夏出现在这里时,他更加确定了心里的想法。

但他们——要和好吗?

看到毕夏的改变和主动,毫无疑问,他还是感动的。

第九章

回不去的曾经

Qingning Shidai III

陆怀箫给毕夏打电话，总是在通话中。

他随导师到北京参加一个投资峰会，因为两天的行程很赶，他不知道是否能有时间去见毕夏，也就没有告诉她。等到会议结束，导师说在晚宴之前他有三个小时自由活动时间，他就心急火燎地赶往毕夏的学校。

到了学校给她打电话，却一直在通话中。

看着时间一分一秒地过去，他有些着急，频频看表。

"是你找毕夏？"许菲看着面前这个气宇轩昂、英气逼人的男生，心里已经"啊"地尖叫起来。怎么围绕在毕夏身边的男生都这么出众？在他们学院乃至整个学校都没有像楚君尧那么好看的男生，也没有像面前这个这么有气质的男生。

"你好，我是陆怀箫。"

许菲瞪大眼睛，低呼出声："陆怀箫？你就是陆怀箫！原来你真的存在！"

"什么叫真的存在？"陆怀箫不由得笑了。

"毕夏说她男朋友叫陆怀箫，可我们都不相信。"许菲笑了，"从来没有见她煲电话粥，怎么会像是有男友的样子？"

"……她提到过我？"陆怀箫有些意外。

许菲热情地说："那个靳枫要是见到你，也会缴械投降的。"

"靳枫？"

"前段时间狂追毕夏，不过现在消停了。"许菲噼里啪啦地说，"是楚君尧帮忙解决的，就是毕夏的高中同学。这不是因为你不在嘛，而靳枫又闹得满城风雨，毕夏没办法……"

陆怀箫有些失落，毕夏和楚君尧在一座城市，他们还有联系也是正常的。

"要不去宿舍里坐着等她？"许菲看了里面一眼，压低声音，"我去把管理员引开，你进去就行了。毕夏跟我们说外出一趟，应该一会儿就回来。"

陆怀箫看了看表，时间已经来不及了，他再不走会错过晚宴。

"谢谢你的好意，我要走了。"陆怀箫又补充一句，"晚上有点儿事。"

"你们……"许菲欲言又止。

"什么？"

"真的是恋人的关系吗？"许菲觉得一会儿也不愿意等，哪里像男朋友？

"毕夏说是，就是的。"陆怀箫淡淡地回答。

毕夏回到宿舍，一看到许菲，她就尖叫起来："你怎么不早五分钟回来！你男朋友来看你了！"

毕夏怔了一下。

"就是陆怀箫！"许菲说，"你快给他打个电话，兴许还能追上。"

"他来了？"毕夏坐到书桌前。

许菲气极地把她往外面推："快去快去！"

毕夏哭笑不得："你干吗这么紧张？"

"因为……"许菲的脸一红，"我觉得你男友人挺好的……哦哦哦，我们刚刚就聊了几句。"

"就那么一会儿你就觉得人家好？"毕夏无语地问。

"就刚刚那么一会儿。"

"坏人也不会在脸上刻上'我是坏人'。"

"怎么说话呢？那是你男朋友！"许菲不满，"你对他这么冷淡，是不是已经移情别恋了？"

"……"毕夏不知如何解释，她的家事还没有打算向室友倾诉。

"如果喜欢，就好好在一起，如果不喜欢就麻利分手！"许菲瞪着眼，"别把感情演得像电视剧，那种千回百转最无聊了。"

毕夏听到许菲的话，顿了一下，然后想起什么似的朝门外跑去。

"干吗去？"许菲追着问。

"分手。"

许菲在毕夏留下的两个字里傻了眼，她没想到她几句话就当了一段感情的刽子手——这到底是怎么回事呀？

毕夏给陆怀箫打电话时，他已经在出租车上了。

"我要见你。"毕夏简单利落地说。

"好。"

陆怀箫吩咐司机回到他刚刚上车的地方，他知道晚宴他会迟到，但是，即使导师责备他也要去见毕夏。

毕夏在校门口等着陆怀箫，浩大的北京城，他们在这里见面了。

"我只是想当面告诉你，之前的约定结束了……"毕夏盯着他的眼睛，"不过我还是会找到证据，证明凶手就是你！"

陆怀箫的心沉了沉："如果证明不是我呢？"

"不可能！"毕夏说得斩钉截铁。

"毕夏，我相信总有一天会真相大白，伤害毕叔叔和奶奶的人一定会落网。"陆怀箫诚恳地望着她，"现在你恨我，我真的一点儿也不怪你！你也不要责备自己……连警察都觉得我是嫌疑人，又何况是你。"

他说得如此坦荡真诚，毕夏的心中生出一丝怀疑：真的是恨错他了吗？

"没关系，我怎样都没有关系。"陆怀箫深深地看着她，说，"但请你相信，我喜欢你，是真的。"

毕夏垂了垂眼。

"不管你遇到什么麻烦，都记得，还有我。"陆怀箫想要抬起手来抱一抱她，却又按下了这个念头，他竭力地露出微笑，"去过你想过的生活，走你想走的路，我相信这也是毕叔叔所希望的。"

"陆怀箫——"毕夏顿了顿，"如果有一天证明我错了，那我愿意弥补。"

"不……什么都不用。"

"真的不是你？"

"不是。"

"是在狡辩吧！"毕夏心里恼怒起来，她告诫自己不能被蒙骗，不能心软……

"毕夏！"

"你走吧！"

毕夏话音刚落，就决然离开了。她知道她在动摇，在迟疑，在怀疑……这段时间的相处，陆怀箫是怎么对她的，她看在眼里。

她也不是瞎的，她能感觉到，他对她的感情。

也许——她真的错了。

北京下第一场雪了，雪花纷纷扬扬地从天而降，看上去美极了。

沈冬晴从窗口伸出手去，雪花落在手里融化开来，她舔了舔掌心里的雪水，竟然有些甜。

"沈冬晴，快走啦！"室友薛珊匆匆忙忙地招呼她，"一会儿要迟到了。"

因为薛珊的名字里有个"珊"，沈冬晴对她有一种特别的情愫，但薛珊的性格却不像顾珊那么开朗活泼，她羞涩，胆怯，特别不自信。薛珊认识了清华大学的一个男生，本来两个人彼此都有好感，却一直在迂回试探，裹足不前。

沈冬晴鼓励过薛珊一百次了，让她勇敢地去表白。

"难道这种事要女生来说？"薛珊拒绝，"以后一辈子都会被他取笑，说是我追的他，还是不要了，多丢脸！"

沈冬晴想到了自己，那个时候的她也没有想过表白，但所有人都知道：她表白过了。

"要不……"薛珊红了脸，"你告诉他，有别人追我，看看他什么反应？"

沈冬晴笑了："那如果他以为这是在暗示他放弃，他就真的放弃了怎么办？"

"那要怎么办？"薛珊苦恼地皱起眉，"表白一下会死吗？这木头慢悠悠的性子真讨厌！"

"还是你自己去说吧。"

"有了！"薛珊眼睛一亮，"我就说帮他介绍女朋友！如果他还不表白，那……就让他去死好了！"

沈冬晴被薛珊磨得没有办法，只好同意她的"馊主意"。

"你可不能当真！"薛珊不忘提醒，"还有，要穿最老土的衣服！"

"心眼真多！"沈冬晴敲敲她的头。想起那个男生的模样，个子不高，有些单薄，戴着眼镜，典型的理工科宅男形象——情人眼里出西施，只要自己喜欢的，都是稀世珍宝。

沈冬晴还是第一次到清华大学，薛珊邀请过她很多次让她来参观，可她总觉得没有足够的心理准备。来到北京不就是因为他吗，他近在咫尺，她却情怯。

那个男生也很沉默，只是走到一处，才礼貌性地介绍："这是水木清华，这是大礼堂，这是近春园……"

他应酬似的回答让薛珊很满意，薛珊在沈冬晴的掌心挠了挠。

沈冬晴明了地冲她笑了笑："我去那边看看。"说着她朝近春园荷塘上的一座古式的长廊走去，有些话是该他们自己说透了。

沈冬晴站到长廊往回看的时候，那两个人找了铁质长椅坐下，她再朝前走，发现前面还有一座汉白玉拱桥，走过去，是另外一头的岸边。沈冬晴经过一个岔路口的时候就迷路了，她索性在校园里随意走动——这么大的清华大学，她和楚君尧遇见的概率很低。

她没有见到楚君尧，但是她见到了毕夏。

她穿着一件白色羽绒服，戴着浅黄色的帽子和围巾，和高中那会儿一样，清新脱俗。

沈冬晴的心，像被什么撞出了一个洞——他们和好了。

她想起那天晚上自己疯狂跑回学校找老师改志愿的样子，真的很可笑。因为楚君尧抱了自己一下——他只是同情她，或者是感激而已。

她怎么还会生出非分之想？

她不知道，那时的毕夏和楚君尧并没有重新开始。

毕夏会来找楚君尧，找各种借口，想去香山看看枫叶，想去王府井大街吃小吃，想去西单配电脑……她也会去他宿舍帮他收拾整理，有天楚君尧回来的时候，看到毕夏把他的球鞋全洗了，干干净净摆放在阳台上，他的心被震了一把。

毕夏真的变了，她不再咄咄逼人，也不再顽固强势，她柔顺、温和，望向他的时候，是浅浅的笑意，他的心有了矛盾和纠葛。

"她都为你这样了，你还端着干什么？"何晨宇知道后直骂他，"别不识好歹了，赶紧大团圆结局，皆大欢喜。"

"可是……"

"你跟她分手，就是你做过最浑蛋的一件事！"何晨宇继续数落，"那时候她什么情况呀，父亲尸骨未寒，母亲重疾缠身，而你却在这时候做了陈世美！"

楚君尧愤懑地摔了电话，他觉得他找何晨宇倾诉就是自取其辱。

何晨宇却不放过他，继续拨电话过来："我知道你心里在想什么，那谁不也没找你吗？你们俩没戏！还是及时悬崖勒马，回头是岸……"

楚君尧再一次挂了何晨宇的电话，并设成了拒接。

他心烦意乱地上网，在网上遇到了"火枪手"。

"这么心不在焉，今天十分钟就把你赢了！"火枪手在网络那边过来一个笑脸，"失恋了？"

楚君尧思忖一下后敲过去一行字："分开了的两个人还有可能复合吗？"

"那要看为什么分开。"

"有区别？"

"当然，如果是形势所迫、环境所逼，那复合就没问题。如果是因为根本就不爱了，又何必再继续纠缠？"

楚君尧沉默下来，他对毕夏依然有感情，但已经没有往日的热烈和纯粹，他的心里千头万绪，理不清解不开。毕夏为他做的改变让他感动，可是他怕自己和她在一起后，又会伤害到她。如果再一次分手——他们连朋友也没有办法做了。

像是猜透了他在想什么，火枪手说："不要轻易地复合，如果是你提的分手，那你是这段感情的罪人，如果是对方提的分手，那你是对这段感情不甘！你们很难再回到以前，又何必再去折腾彼此的感情呢？"

楚君尧承认"他"说得对，他不忍拒绝又无法回应，现在左右为难，举棋不定。

他只想和毕夏做朋友，但看来这不现实。

楚君尧回到宿舍的时候，室友朝外面走廊努努嘴："你女朋友来了。"

楚君尧已经懒得解释了，每一次毕夏来，他们都会说是他女朋友。他的心里有些恼，觉得毕夏这样频频地出现在他宿舍，简直是在打扰他。

他看到毕夏在水槽边努力地清洗他厚重的羽绒服，她挽起袖子，浸泡在冰水里的手红彤彤的，面孔努力又认真，他上前从她手里夺过衣服，一把扔到水盆里，冰凉的水溅了他们一身，毕夏的表情由惊讶变成委屈。

"我们已经分手了，你不用再为我做这些……"他心里很虚，语气却很硬。

毕夏的嘴唇动了动，却没有说出话来，她低下头，重新拿起盆里的衣服搓揉。

楚君尧无可奈何地说："对不起。"

"没关系，我洗完这件衣服就走。"毕夏觉得这段时间的自己，是走火入魔了，她真的是疯了才会任由楚君尧践踏，除了自尊心受伤，她更难过的是明白不管怎么做，都挽不回楚君尧了。

"毕夏！"楚君尧去拉她的手，"毕夏，你听我说！我不是想要伤害你……"

当他扳过毕夏的身体时，才发现她已经泪流满面。

他的心困顿了。

他以为毕夏对感情很洒脱，因为他在她心里没有那么重要，以为她不会伤心和难过……看着痛苦的毕夏，他的心迷茫了。

毕夏挣脱开来："知道了，以后……我不会再来了。"

她哭着跑开，楚君尧愣了下才起身去追，看着这样的毕夏，他不放心，当他跌跌撞撞追下楼的时候，却没有看到毕夏的身影。他拿出手机拨打，电话无人接听，他朝着校门口一路找过去，心急如焚。

最后楚君尧在荷塘那里看到了毕夏。

雪地太滑，她一直在哭，又没有看清路，摔到了冰面上，幸好冰层较厚，没有立刻裂开。

刚想站起来，毕夏听到楚君尧大喝一声："别动！"

毕夏怔了怔，却保持着摔倒的姿势，没有动弹。

楚君尧惊惧地发现冰面裂开了一道缝隙，只要毕夏稍动，她就会坠入冰冷的池水中。他脱下自己的外套，一手抓住岸边的树干，一手递衣服给她："抓住衣服，如果冰裂了，一定不要松手！"

毕夏意识到了自己身处险境，她小心翼翼地伸出手牵住楚君尧的衣袖，与此同时，"咔"的一声，在毕夏的惊呼声中，她坠入水池，楚君尧迅速将她往回拽，正好有同学路过，几秒钟的时间就把毕夏拽上了岸。

气温极低，池水冰冷刺骨，毕夏冻得浑身哆嗦，嘴唇乌青。楚君尧立刻把自己的外套脱下来包裹住她，双手握住她的手直哈气："别怕别怕，没事了。"

一想到如果他晚一分钟出现，没有及时地拉住毕夏，后果不堪设想，他就不寒而栗。

楚君尧带着毕夏在学校旁边的旅店开了一个房间，浑身湿透的她如果不及时换下衣服，一定会生病。他心急火燎地把毕夏推进浴室，然后飞奔下楼去买感冒药。

刚刚毕夏也吓坏了，当她跌入冰冷的池水中时，感觉身体像落入一片荆棘之中。

直到浸泡在温润的水里，她才感到冻得发麻的身体慢慢地舒缓过来，只是另一种清苦的味道却在心里渗透出来——当初那个追着她问喜不喜欢他的男生，现在把她的喜欢视如洪水猛兽。

"毕夏。"门口是楚君尧有些急促的声音，因为她待在里面的时间太久了，他有些担心，"你还好吗？是不是哪里不舒服？"

"没事。"

毕夏擦干最后一滴泪，想对着镜子里的自己笑一笑，却看到一个面色晦暗、眼神痛楚的女子，她被自己的形象惊呆了，在楚君尧面前的自己，竟然是这个样子的。

毕夏裹着睡袍有些迟疑地走出浴室，楚君尧正在倒水，他回头看了一眼毕夏，又匆匆地低下了头，他们以前也曾经这样相处过，但时过境迁，这样的独处实在有些尴尬。

"那个……先吃点儿感冒药预防。"楚君尧柔声地说，"今天的事都怪我，我不该用那样的语气，更不该跟你说那样的话……"

毕夏没有接过水杯，却一头扑进了他的怀里——这个举动把她也惊住了，刚刚所做的心理建设在这一刻分崩离析，只要一想到她和楚君尧就这样分开，她就心如刀绞。

"我们重新开始吧。"毕夏感觉到不仅自己的声音在抖，她的浑身都在抖，哗啦哗啦，就像一张又薄又脆的纸，轻易地就能被撕开。

楚君尧的身体顿住，他被面前的毕夏感动了，她什么时候会示弱？她高高在上，君临天下,她控制全局,冷傲决绝。可是此时此刻,她竟然在苦苦哀求,祈求的不过是他的感情。

他无比痛恨自己的冷血——这个他曾视如珍宝的女孩,因为他备受痛苦。

她已经那么不幸了,她失去了太多,而他还要给她一击,何晨宇说得对,他就是一个浑蛋!

楚君尧心里一热,紧紧地回抱住毕夏。

那个晚上,毕夏枕着楚君尧的手臂睡去,半夜里她醒来,看到身边的楚君尧,她这才确定,这一切都是真的,她和楚君尧和好了,他们又重新在一起了。

当楚君尧醒来,看到身边的毕夏,他的心却复杂矛盾——他知道他只是被毕夏的感情震撼了,但他的心却已经走得很远很远。

有微弱的一声叹息,在楚君尧的心里响起。

第九章 回不去的曾经

沈冬晴看到宣传栏里自己的《冬日心"晴"》个人摄影展的宣传海报时,心里忐忑不安。

"还是不要了,我又不是什么名人,做这样的展出……"

"别妄自菲薄了,懂的人都知道你拍得非常好。"摄影社团的团长邵伶伶第一次看到沈冬晴拍的照片时就惊为天人。

那天她正在审阅新生报名表,有个梳着马尾辫的女孩走到她面前,有些迟疑地问摄影社团是不是在这里交表格。她扫了她一眼,是个清丽秀气的女孩。再一接过她拍的样片,邵伶伶愣了一下。那是几张风景照,微微倾斜的电线杆、雨后的街道、在马路缝隙里冒出的一朵小花。那种焦点在景深三分之一处如何调焦、处理负片怎么保证高光区的曝光准确、阴影区和主题区亮度高低怎么选择光圈等技巧性的东西她并没有把握住,但她拍出来的照片就是给人一种自然生动的感觉,很美。

她重新审视了一下面前的女孩,穿着一件碎花的棉布长裙,中规中矩的款式,被人目不转睛地打量,有些羞涩局促——原来是第二眼美女呀!第一眼只觉得清丽,第二眼却觉得她的美好是因为她散发出来的那种宁馨温和的气质,像一块璞玉。

邵伶伶一把抓住沈冬晴的手,激动热情地说:"欢迎你加入我们社团!"

他们摄影社团没有招来多少社员,而在开学三个月后,来准时参加活动的社员就更少了,邵伶伶就想了一个办法,打出摄影社团的名气,以此吸引更多社员加入。

给沈冬晴开个人摄影展就是她提议的,不仅是因为她的作品的确不错,还因为沈冬晴作为一名大一的新生,他们都能如此重视,可以体现这个社团是一个和睦友爱的集体。

"如果没有人来看，那不是很……丢脸？"沈冬晴很迟疑。

"放心吧……我们宣传做得好！"邵伶伶指了指海报上沈冬晴的照片，戏谑地笑，"就算不是看照片，来看看美女也挺好。"

"哪有——"

"高中的时候是不是很多人喜欢你？"

"怎么可能？"

"骗人的吧！"邵伶伶大笑起来，"如果我是男生都想要追一追你呢！"

"别开玩笑了！"沈冬晴还是不太习惯邵伶伶的热情。

"那我给你介绍个男生？"

"不——要——"沈冬晴吓得直摆手。

"因为有喜欢的人？"

这一次，沈冬晴默认了。

"同学？"

"嗯。"

"那他在哪里？"

"北京。"

"太好了！"

"他有女朋友。"

"这点，倒是挺遗憾的……他叫什么来着？"

"楚君尧。"

"哪所大学呀？"

"清华。"

"挺近的呀！"

那个时候沈冬晴只是在回答邵伶伶的问题，以为她就是好奇八卦，但她没有想到邵伶伶竟然跑去清华大学找到了楚君尧，还把摄影展的邀请函拿给了他。

"总觉得，你的感情不能不了了之。"邵伶伶对沈冬晴解释说。她真心喜欢沈冬晴，在知道她的感情后，想要再帮她争取一下。

楚君尧是在图书馆遇到邵伶伶的，她抱着一堆书坐到他的对面，却并不看书，只是火辣辣地盯着他看。他被盯得不自在，抱着书本准备离开的时候，邵伶伶着急地喊出了声，又发现自己扰了图书馆的清静，俏皮地吐吐舌头，指了指外面，示意他们出去谈。

第九章 回不去的曾经

"真帅呀！"邵伶伶推了推自己的黑框眼镜，"你。"

面前的男生穿着驼色呢大衣，白色的衬衫打底，黑色休闲裤和运动鞋，看上去阳光明朗。

楚君尧有些无语，耐着性子问："有事吗？"

"哦！"邵伶伶克制了一下心里的小激动，"我是沈冬晴的学姐，想要来邀请你去参观她的个人摄影展！"

听到"沈冬晴"三个字，楚君尧的心被震了震。

"是她——"

"跟她没关系，是我好奇……她喜欢怎样的男生。"邵伶伶笑了。

楚君尧沉吟一下，轻声地问："她，好吗？"

他知道她也在北京，可在偌大的北京，他们没有联系，也就隐进了茫茫人海。楚君尧有时也会想起她来，不经意的时刻，看到校园里有相似的背影，他的心都会紧张一下。他一直告诫自己，他现在已经和毕夏和好了，他不能再做出伤害她的事，可是面对毕夏的时候，他的心却是静静的。

"其实你也关心她？"邵伶伶故意卖着关子。

"我们是同学。"

"既然是同学，那不妨来看看她的摄影展……她总是担心没有人会来，如果老同学来支持，我想她应该很开心。"

楚君尧沉默一下："我去不了。"

"喂！"

"对不起。"

"也不远……"

"再见。"

"你再考虑考虑？"邵伶伶在他身后嚷嚷，"下个星期天……"

沈冬晴看到楚君尧出现在这里时，难以置信地瞪大了眼睛，她身边的邵伶伶顺着她的目光看过去，一下欢欣雀跃地喊起来："楚君尧！"

楚君尧迟疑了许久，理智告诉他，不应该再和沈冬晴有联系，但情感上却又很想去看看她。他一直记得她站在大海边回头望着他笑的模样，她轻轻飞扬的长发，就那样丝丝地缠住了他的心，让他欲罢不能。

他站在这里，心里对自己无可奈何：楚君尧，你真是疯了！

"你们慢慢聊，我去招呼一下！"邵伶伶把沈冬晴朝楚君尧推了推，又朝后者眨眨眼睛，"你能来，我们都很开心！"

楚君尧与她颔首示意。

沈冬晴抿了抿唇，窘迫地说："我不知道伶伶会找你……"

"是我自己想来。"楚君尧指着墙壁上挂着的名为"痕迹"的照片说，"没想到你会把我们教室拍下来，现在再看，其实挺怀念。"

沈冬晴没有告诉楚君尧，那张照片是她坐在自己的位置，以她的视野拍他的位置。很多次，她下意识地抬起头来，都会不由自主地看向那个方向。

他看到的是过去的时光。

而她看到的是无望的爱恋。

楚君尧指了指另外一张《蒹葭》问："这张，是我吗？"

沈冬晴的脸一红，答案不言而喻。

这张照片只是楚君尧的影子，他凭栏而立，阳光照过来，拉伸了他的影子，沈冬晴坐在窗口的位置，悄悄地拍下了这张照片。这也是她拍的唯一一张关于楚君尧的照片，取名蒹葭，也是因为"蒹葭苍苍，白露为霜。所谓伊人，在水一方"。

她在他面前表白过一百次了——

"是我吗？"楚君尧再一次问。

他感到心里的情愫在汹涌，几乎忍不住要一把把她揽入怀里，可是他的手机适时地响了起来，他低头看了一眼，灼热的感情就熄灭了。

是毕夏打来的电话。

他没有接。

他知道毕夏不会打来第二遍。

"看着不错，你继续加油！"楚君尧淡淡地说，"那我先走了。"

"谢谢你能来。"沈冬晴难掩失望。

楚君尧刚刚转身，邵伶伶就追了上来，不管不顾地拉住他的手臂："怎么才来就走？一会儿我们有个小型庆祝会，你也参加吧。"

"不用、不用了！"沈冬晴生怕楚君尧为难，着急地跟邵伶伶使眼色，可后者根本就不看她。

"虽然我们只是个小规模的摄影展，但沈冬晴现在成了校园名人！"邵伶伶笑着说，"《北京晨报》副刊做了大篇幅报道，反响不错！"

沈冬晴拉拉邵伶伶的衣袖，让她别再说下去了。

第九章 回不去的曾经

"沈冬晴……"这个时候,有个男生捧着一束花站到沈冬晴面前,"这个送给你,希望你能接受。"

沈冬晴怔了一下,这不是薛珊的清华男友吗?她冲他身后看去,薛珊对她比了个胜利的手势,她就知道,这是薛珊的安排。

沈冬晴尴尬地接过花:"谢谢。"

邵伶伶的笑意更浓了:"我们冬晴可受欢迎了,追她的男生多得简直数不清!"

沈冬晴猛咳几声,看着他们拙劣的表演,真是哭笑不得。

"楚君尧……我送你!"沈冬晴着急地说,"一会儿……"

"其实我也没有什么事。"他打断她。

沈冬晴愣住了。

邵伶伶欢呼一声:"噢,太好了!"

他们一行人朝着邵伶伶的"家"走去,她是山西女孩,父亲是当地有名的煤老板,刚到北京上学,父亲就在学校附近给她买了一套房,并且装饰一新,就为了让她住得舒服,隔三岔五,他们也会飞到北京来探望宝贝女儿。这个"家"也成为了他们摄影社团的另一个根据地,因为这里配备了专门的暗房,可以冲洗照片。

沈冬晴和楚君尧走在队伍的最后,她忐忑地看了楚君尧一眼:"其实那个人是我好朋友的男朋友……她们……"

"看到这样的你,真好。"楚君尧由衷地说,"以前的你太沉默、太孤单了,总是一个人来来去去,但现在你的身边围绕了这么多人,看得出来,你真的很受欢迎。"

"因为你,我才成为现在的我。"

"不,不是因为我,是你自己。你有一种能让人安宁的气质。"

沈冬晴的脸微微地红了,听到楚君尧这样讲,她感到很快乐。

"冬晴,你陪着楚君尧先坐一下,我们去超市买点儿东西。"邵伶伶说。

"啊?"沈冬晴立刻站起来,"我……"

邵伶伶把她按住:"我们一会儿就回来。"

别的人都纷纷附和,也不等沈冬晴反驳,一溜烟地全消失了。

沈冬晴哭笑不得,他们这是演的哪一出呀,以为让他们单独相处,她就会有机会吗?

楚君尧也没有想到会是这样的情况,站起身来:"看来我还是走吧。"

沈冬晴没有挽留,歉疚地说:"对不起,我没有想到他们会这样。"

楚君尧无所谓地笑笑,等他去拉门,却发现门打不开了,这下两个人都傻眼了。

沈冬晴只好给邵伶伶打电话,她局促地看了楚君尧一眼,压低声音:"伶伶,门打不开。"

"我锁了。"

"啊?"

"多好的机会呀!"

"你想什么呢?"

"拿下他!"邵伶伶的声音从电话里飘出来,楚君尧也听到了。

沈冬晴尴尬得想要找个地缝钻进去,急得快要哭了:"这样不好,真的。"

"反正明天早上我才来开门,冰箱里有吃的,橱柜里有红酒!你们二人世界,烛光晚餐,这样浪漫的气氛,一定会让他动心。"

沈冬晴还要说什么,已经被邵伶伶挂了电话,再打过去索性就是关机了。

她转过身,窘迫无比,又不知如何解释。

"既来之,则安之吧。"楚君尧轻声安慰,他转过身,这才开始打量这里。

这是个近两百平方米的复式公寓,只有简单的家具和用品,所以显得更加空旷。

"要不,我做点儿吃的?"沈冬晴生怕被拒绝,径直走向冰箱。拉开来,里面满满当当的都是吃的。

她挑选了几样蔬菜出来。

楚君尧翻着茶几上邵伶伶的几本摄影书,却有些心不在焉。现在的他已经不那么喜欢摄影了,偶尔拍几张也只是为了给《大众摄影》杂志投稿。

屋内一片现世安好的光景。

他把杂志稍稍举高,看到开放式厨房里那个忙碌的小小身影,她系着围裙,专注地洗菜切菜,"咚咚咚"的声响就像是这世上最好听的音乐。有那么一刻,楚君尧觉得这样家常的生活,其实挺美好的。他能够笃定毕夏是不会进厨房的,她对自己要求那么高,在职场也会是全力以赴,又怎么会在这种事上浪费时间?

楚君尧在心里掐掉自己的胡思乱想,他为什么总拿毕夏和沈冬晴对比呢?

当楚君尧坐到桌前时,看到的是几道颜色清爽、香气宜人的家常菜,还都是他爱吃的:茄汁冬瓜排、香菇豆角、素炒茭白丝。

他已经不用去问,她为什么会知道了。

"今天真的很抱歉。"沈冬晴再一次说,"对不起……"

"其实能够吃到你做的菜也不错。"楚君尧心里百转千回,情愫在萦绕冲撞。

他有些掩饰地走进厨房盛饭,转身的时候和沈冬晴撞在了门边,他们都不由得愣住。她的发丝带着淡淡青草的芬芳掠过他的鼻,须臾之间他俯下身,在她的错愕里情不自禁地吻了上去。

原来这世上，唯有爱和咳嗽不能隐藏。

沈冬晴看着面前的楚君尧，下意识地闭上了眼睛，踮起脚尖回应他炙热的情感。她的心怦怦直跳，整个人仿若置身于梦中。

楚君尧压抑隐忍的情感在这一刻抵达了沸点——面前的这个女孩，她不优秀，不美，不个性，她笨笨呆呆，灰暗晦涩。可是他的品位就偏偏这么可怕，他喜欢上她了，他试图摈弃这段感情，逃避这段感情，可是这个女孩却像磐石一样压在了心里。

好一会儿后，他从满心的柔情里拉回了自己的理智：毕夏呢？

他倏然间清醒过来，他和毕夏已经和好，他现在又在做什么呢？他猛然松开她，踉跄地退后一步，困顿纠结得想要揍上自己一拳。

沈冬晴睁开眼看着面色难堪的楚君尧，刚才的温情已经退却，留下的是难言的苦涩。

"刚刚……"楚君尧不知道说什么。

"没关系。"沈冬晴自嘲地笑，"我不会误会。"

"不。"楚君尧嗫嚅一声，想要解释，却到底没有说出来。

"我有自知之明。"

看到沈冬晴眼里的泪，楚君尧于心不忍，他在心里怒吼一声，然后再一次抬手紧紧抱住了沈冬晴，他听到自己在说："我喜欢你。"

我、喜、欢、你。

他终于说出来了，如释重负，可是他也知道，他让他们三个人陷入了一个复杂的形势，他变成了卑劣又龌龊的角色——两个女孩，他都不想伤害，可他又做了什么呢？

杨美清怒气冲冲地在校园里拦住裴雨阳。

隆冬天，她穿着黑色丝绒裙外搭一条驼色围巾，玲珑妖娆的身姿引得众人侧目。

"为什么一直不接电话？"自从杨美清说要做裴雨阳的经纪人后就一直频繁地给他打电话，他烦不胜烦，索性关机。后来连公司的电话也不接了，他知道被雪藏八年的代价，可即使如此，他也不想勉强自己。

因为和父母和好恢复了经济来源，他不用再外出打工，时间多起来，怕自己胡思乱想，干脆终日泡在图书馆看各种书籍。

杨美清找不到他，就专程来到他的学校，她觉得只要能和裴雨阳有共同的事业，能成为相辅相成的搭档，日久生情，他一定会接受她。

她从来没有用过这么多心思在一个人身上，为了让董事会同意重点培养裴雨阳，她缠了父亲很久，哭哭闹闹终于让父亲和大伯敲定了这件事。之前和敬嘉瑜的合同，他没有签，她也懒得去理会他了，反正这件事是他们两个人一同做的，谅他也不敢抖出来。

没有伤到沈冬晴，她竟然还去了北京上大学，杨美清心里真是恨。

让她意外的是沈冬晴没有选择上海，看起来裴雨阳的感情也是一厢情愿。

"你到底想干什么？"裴雨阳皱着眉，不耐烦地对杨美清说。

"我问你为什么一直不接电话？"杨美清怒气冲冲，"知道我给你打了多少个电话吗？"

"以后不要找我了。"

"那你的梦想呢？不是想成为明星，拍电影吗？要放弃？"

"这是我自己的事。"

"别忘记你和我们公司签订了合同！"杨美清盯着他，"你知道违约会有什么后果吗？"

"杨美清，你够了！"裴雨阳不屑于再和她说下去，径直掠过她。

"裴雨阳！"杨美清慌了，她的语气变成了哀求，她拉住他的手，"别闹了，好不好？以前的事都是我的错，我道歉，以后我都听你的，好不好？"

"不用向我道歉，你应该向顾珊道歉。"裴雨阳拂开她的手。

"那是意外，不是我！"杨美清尖锐地喊起来。她在梦中也会被当日的情景惊醒，她一直不肯承认顾珊的死和她有关，她像是催眠一样地告诉自己，那就是一场意外。

"你没得救了！"裴雨阳冷冷地说。

杨美清追在他的身后，不断地拉他的手，又不断地被拂开，她的声音充满了绝望："我对你这么好，为什么要伤害我？我为你做了这么多……我爱你呀！"

突然，她脚下一滑，重重地摔到地上，手撑着地被擦出几道血痕，疼得她直骂："裴雨阳，你就是一个浑蛋！"

裴雨阳察觉到杨美清摔倒，转过身看到她狼狈的样子，心里一软，折回来伸手扶她。

而她以为他回心转意，慌乱地从坤包里掏出一沓资料："你看看，你看看！这都是我给你做的规划表，我会让你开巡演，拿奥斯卡……"

裴雨阳没有接过她的资料，他蹲下来替她收拾从坤包里散落下来的东西，静静地说："死心吧，我是不会喜欢上你的。"

这句话让杨美清疯掉了，她想起自己付出的感情，想起自己设想的未来，想起自己……公主一般的她把全世界都捧到了他的面前，他却不屑一顾。

她绝望了，恨意像一把火，看到散落在脚边的修眉刀，愤懑地抓起修眉刀就向空中猛地胡乱挥舞过去，像是想要斩断所有的羞愧、愤恨和情愫。

当杨美清清醒过来时，她看着殷红的血从裴雨阳的脸颊渗出来的时候，打了个寒战，她这才意识到自己暴怒之中，无意间划伤了眼前的这个人。杨美清手一抖，刀落在地上。她连滚带爬地站起来，跌跌撞撞地朝路边停着的车辆跑去，她知道自己铸下大错，现在只能逃。

周媛给坐在沙发上的丈夫使眼色，让他去喊儿子出来吃饭。

裴向成无可奈何地摊摊手，小声地说："我已经敲过门了，估计是睡着了。"

周媛瞪他一眼，把手擦擦自己去敲门："雨阳，吃饭了，妈妈给你做了你爱吃的刁子鱼，还有大龙虾……乖，听话，人是铁饭是钢……"

里面静悄悄的，像是一个深邃幽暗的洞，而裴雨阳就把自己藏匿在最深处。

周媛继续敲门："儿子，妈妈知道你难受！别担心，妈妈会找最好的医生，一定会让你恢复到以前的样子……"

门突然被拉开，父母心里一喜，但看着穿着套头衫的裴雨阳在房间里也把帽子戴起来时，他们交换了一个难过的眼神。

周媛把儿子拉到餐桌前坐下："妈妈请了几天假，你想去哪里就告诉妈妈一声……"

"对对对！"裴向成赶紧附和，"出去走走，散散心！"

周媛冷厉地瞪了丈夫一眼，示意他别乱说话。

裴向成讪讪地笑了笑。

裴雨阳没有吭声，拿起筷子象征性地吃了几口，他整个右脸都贴了纱布，虽然伤口已经愈合，但他却不愿意把纱布摘掉——因为那里留下了一条狰狞的疤痕。

杨美清的刀从他右脸眼角朝下划过，伤口一共缝了十三针。裴雨阳在拆线的那天看了自己的脸，吓得一拳砸碎了镜子。

面前这个丑陋的他，是裴雨阳吗？

他完全没有办法接受这样的自己——他就像个怪物。

父母一再地安慰他，现在医学这么发达，经过整容，一定可以恢复以前的模样，但他却不相信。他记得以前有一个明星因为火灾伤了脸，当他经过那么多艰难的手术重新出现在大众面前时，他已经完全没有了当初的自信阳光，他笑起来的时候，面部肌肉生硬。被摧垮的，不是他的外貌，而是他的人生。

裴雨阳不肯去学校，父母只好给他办理了休学，看着以前意气风发的儿子每天都把自己关在房间里，他们心急如焚。

"我吃好了。"裴雨阳轻轻地放下碗。

"这才几口！"母亲心疼不已，使劲往他碗里夹菜，"多吃一点儿，你看你最近太瘦了！"

"我回房间了。"裴雨阳站起身来，他知道他让家里气氛很沉闷，父母都变得小心翼翼，可他真的心情不佳。

裴向成还想要说什么，被妻子阻拦了。

"那你想出去走走的时候，妈妈陪你。"周媛急匆匆地说。

看到儿子把门关上，周媛放下碗，长长地叹口气，又把碗一顿，压低声音怒气冲冲地对丈夫说："你还吃！就你吃得下！"

裴向成一口饭含在嘴里吐也不是，咽也不是。

"这样下去也不是办法。"周媛自顾自地说，"看来得找个心理医生……可怎么让儿子同意？他现在连门都不愿意出，也不肯见任何人。"

"你也别太紧张了，也许过几天他就好了！"

周媛一听，火冒三丈："这都多久了？就你像个没事人似的，你想想这对儿子是多大的打击！当初他一门心思考这学校，不就为了他的梦想吗？"

"咱们儿子不走偶像路线，走实力派也行！"裴向成竭力劝慰妻子，"他总要经历一些挫折，慢慢地就会坚强起来！"

周媛眼眶一红，声音哽咽："我要他坚强干什么？我只想他平平稳稳地过一生。"

裴向成揽了揽妻子："事已至此，我们只能希望儿子能够自己想明白。"

事情发生时，有人报了警。

杨美清在父母的陪同下到派出所投案，但她很快办理了保释，又找来律师和裴家商谈和解的事。他们表示愿意付出高额的赔偿，其他任何条件都可以谈，只要能够和解，让杨美清免于刑责。裴家父母征询了裴雨阳的意见，他想了想，只提出一个条件：解约。

就算让杨美清坐牢又有什么意义，他的脸已经毁掉了。

沈冬晴接到楚君尧的电话时，正准备去图书馆上自习，看到上面显示的号码，面上不由得露出幸福的笑容。

"在做什么？"楚君尧坐在桌前，一手拿电话，一手捂着胃。

"刚刚洗过头。"沈冬晴两手握住手机紧贴在耳边，生怕漏掉一个字。他的声音听上去温柔极了，落在她心里，便开出花来。

楚君尧想起沈冬晴洗完头的样子，乌黑的长发搭在肩膀上，白衣被滴下的水浸湿，他的心轻轻一荡："想你了。"

沈冬晴唇边溢出笑容，第一次听到楚君尧说这么肉麻的话，她都要怀疑自己的听觉出现问题了。那天当他说他喜欢她的时候，她真的呆住了。

她觉得这是一个恶作剧或者就是一个玩笑，可是过后，他会时不时地打来一个电话，或者发一条短信，他的主动积极让她知道，这一切都是真的。

楚君尧说，我喜欢你。

"说话呀。"楚君尧追问道。

"嗯。"

楚君尧有些泄气："以前不是那么勇敢吗？追到手了就不珍惜……"

沈冬晴的笑意更浓了，扫了一眼趴在一边竖起耳朵偷听的薛珊，压低声音："宿舍里有人。"

"以前不是当着全校同学都敢冲上篮球场吗？"楚君尧不满，"说一句我想你很难？"

"想你。"沈冬晴的脸红透了。

一旁的薛珊笑倒在床上。

"没听见。"楚君尧耍起赖来。

"我、想、你！"沈冬晴大声了一些，感觉心怦怦直跳，欢喜不已。

"那我们见面吧！"楚君尧暖暖地说，"我不太舒服，你来，好不好？"

"你怎么了？"

"胃疼。"楚君尧故作虚弱，"也许见到你就会好很多。"

"你等我！"沈冬晴一口就应下了。

她挂上电话一扭头，看到薛珊笑得快要抽筋："哟哟哟，你们两个也太腻歪了吧！那楚君尧以前怎么忍得住没找你？明明就爱你爱得不得了……"

"哪有？"沈冬晴羞红了脸，"我们才刚刚开始。"

"所以欲擒故纵这一招很灵，是不是？"薛珊觉得是因为那天她让男友给沈冬晴送花，刺激了楚君尧。但沈冬晴知道，楚君尧才不会吃这一套。

但她没有辩解，笑着点点头："谢谢你和你家那位了！"

"还有伶伶姐,她可是最大的功臣!"

沈冬晴想起什么似的说:"我去伶伶家一趟。"

她听到楚君尧说胃疼,想必他还没有吃饭,打算去邵伶伶家借厨房给他煲个粥。

楚君尧在宿舍里百无聊赖地等了沈冬晴许久,自从上次他对沈冬晴表白后,感情索性不再藏着掖着了,就算被全世界嘲笑,他也想要和沈冬晴在一起。

听到敲门声的时候,他急匆匆地从床上跳起来,这个时间宿舍里没有旁人,他甚至没有穿鞋就拉开了门,他想要的就是在见到她的时候,一把把她揽入怀里。

只是面前的人让他愣住了,他脱口而出:"怎么是你?"

毕夏怔了一下:"不然你以为会是谁?"

楚君尧稍稍恢复镇定,掩饰地笑了笑:"没有,我以为是室友回来了。"

"不让我进来吗?"毕夏淡淡地问。

楚君尧赶紧闪身:"怎么不打个电话,也许我不在呢。"

"不是说胃疼吗?所以我来看看。"毕夏把保温饭盒递过去,"这是'江西小馆'的参汤,趁热快喝吧。"

楚君尧看着毕夏,反思自己近日对她的冷淡疏远,心里愧疚不已。

毕夏把汤盛出来递到他面前,又自然地替他整理书桌。楚君尧心里五味杂陈,默默坐下喝汤。

"很不舒服吗?"看他面色恍惚,毕夏关切地问,"要不去医院?"

楚君尧勉强地笑笑:"不用,毕夏……"

看着毕夏清澈的目光,他欲言又止。

"你今天怎么怪怪的?"毕夏问,"是在等人吗?"她看到他频频看表。

"没有。"楚君尧尴尬地笑笑,"跟何晨宇约了上线……"

"我只是来看看,一会儿回学校还有事。"今天她给他打电话,知道他不太舒服,专门坐车去买了汤又赶到这里,一个小时的路程,但他看上去并不期待她的出现。

他变了。

他不再是以前那个为了见她一面不顾一切的少年,也不再是那个把她放在掌心的男孩。她不是没有感觉出他感情的疏离,但她却让自己忽略这些,只要他们在一起,感情还是会慢慢回来的,他们有那么深厚的感情基础——那是整整一季的青春。

"毕夏。"楚君尧送她出门,抬手揽了揽她,"晚一点儿我给你打电话……路上小心。"

毕夏淡淡地笑:"外面冷,进去吧。"

转过身的时候,她的肩膀慢慢地松下来,脸上的笑容消失,满心的惆怅和伤感。他甚至连挽留的话都没有,他那么迫不及待地希望她离开。

毕夏走到楼下时,猝不及防地看到了沈冬晴,她们狭路相逢,面上都是一顿。

毕夏深深地打量着她,她知道沈冬晴也在北京,但来这里半年了,这还是她们第一次碰面。她穿着一件H型廓形大衣,虽然样式陈旧,但穿在她身上竟然一点儿也不老气,有种复古的气息。她披肩直发,戴着蝴蝶结的发箍,素颜在清冷的风里显得透明如水——就连毕夏也得承认,此刻的沈冬晴完全颠覆了她对她往日的印象,只是稍稍打扮她就如此清新淡雅。

她那种胆怯卑微的气息已经荡然无存,现在的她,娉婷而立,显得自信温润。

沈冬晴在看到毕夏的这一刻,所有的幸福感都碎如粉尘——她当然应该出现在这里,而她呢?她算什么?

"沈冬晴,你……"毕夏疑惑地问,"为什么会在这里?"

沈冬晴心里一慌,提在手里的保温桶下意识地往身后藏了藏:"我……我来找人。"

"楚君尧?"

沈冬晴停顿一下,轻声地回答:"不是。"她抬起头来,直视她的眼睛,"我男朋友也在这里,他在自动控制系。"

毕夏半信半疑:"这么巧?"

"我先走了。"沈冬晴与毕夏擦肩而过,她们相视一眼,又匆匆掠过。她知道毕夏在身后看着她,她径直走向楚君尧隔壁那栋宿舍。

一直走到转角处,她才停了下来,眼泪已经汹涌而出,她想自己的梦该醒了。楚君尧说喜欢她怎么会是真的呢?毕夏一直都在,而她只是一个可笑的单恋者。

那天楚君尧没有等到沈冬晴,他隐约猜到发生了什么,却不敢打电话去解释。他能说些什么呢?难道他真的要游走在两个女孩之间——那他真的就是一个浑蛋了。

他想了想,拿出手机轻轻地删掉了沈冬晴的电话。

他已经不再是那个青春少年了,那时候的他可以任性,但现在,他不能让一段感情变得血肉模糊。

第十章

千山万水来看你

姚元浩站在纽约肯尼迪机场,并没有感觉到十五个小时的飞行有多疲倦,他迫不及待地想要见到黎允儿。分开已经半年了,他对她的思念早已经泛滥成灾,而她却与他保持着旧日同学的距离。

"来自上海的团友请到这里会合——"一个导游举着旅行社的旗子挥了挥,姚元浩朝他走过去。能最方便最快捷地得到的美国的签证只能是旅游签,但跟团不能够随意离开团队。

他们在纽约的行程是两天。

虽然时间很紧,但只要能见上她一面,他就已经心满意足。

他千里迢迢来这里,是要表白,对,他要一次一次地表白,就像黎允儿以前做的那样,他就是要让她相信,他是认真的。

可是他竟然没有打通黎允儿的手机,微信留言也没有回复,他傻眼了。

原本想要到了给她一个惊喜,却没有想到会出现最糟糕的状况:他竟然联系不上她。

那天晚上他接到黎允儿的越洋电话,电话那边很安静,可是黎允儿的声音听上去却很不好。

"发生什么事了?"他的心不由得提起来,紧张地问。

"刚刚遇到抢劫。"她哽咽了,"一个小孩儿来敲我的车窗,他看上去才十来岁……我摇下车窗,他却拿枪对着我!"

姚元浩低呼一声:"枪?"

"你知道美国配枪是合法的……"

"那你受伤了吗?你现在在哪里?"

"没事,他们出来好几个人,抢走了我的车、钱包……"黎允儿的声音在发抖,"幸好护照没有带在身上。"

"别怕!"姚元浩听到她没有受到伤害,稍稍松口气,"已经过去了,以后再遇到这种事一定要小心。"

"我在电话亭里打电话。"黎允儿自嘲地笑笑,"我找到几枚硬币……时间要到了,不说了!"

还没有等姚元浩追问,电话那边已经传来嘟嘟的忙音,他回拨过去却怎么也打不通,再打她的手机是关机状态。

哦,她的手机刚刚被抢了。

他紧张了一晚上,害怕了一晚上。他反复查阅手机,却再也没有黎允儿的信息,一早起来他开始查看自己的银行卡,里面余额不多,他只好去求助打工店的老板,想要预支工资。听说他漂洋过海地要去见女友，老板爽快地把钱支给了他。

可是踏上美国的土地，他才知道，除了黎允儿的手机号和微信号，他竟然再没有任何可以联系得上她的方式。

没有办法的他只能先跟着旅行团开始了美国之旅。

第一站他们是去看自由女神像。

当姚元浩在参观自由女神像的时候，黎允儿正陪着父母参观帝国大厦。知道黎允儿遇到抢劫，父母又是担忧又是后怕，匆忙办了手续就飞到纽约，来给女儿压压惊。

他们张罗着给黎允儿换了新的住处，不惜代价但一定要安全，他们提出过几种方案，母亲过来陪读，找熟人照顾，或者请私人保镖……

黎允儿都给否决了，虽然被一支黑洞洞的枪指着的时候，她也吓到腿软，但这种事防不胜防，真要那么大动干戈她也觉得麻烦。

她不知道她在和父母周旋的时候，姚元浩已经来到美国，并且在疯狂地找她。

"从这里看过去，也就那样嘛！"母亲撇撇嘴，"这美国跟上海、跟北京有什么不同？也就是高楼大厦。"

黎允儿笑了："那你们还非把我遣送到这里来。"

"干脆这次就把你带回去。"母亲一想到留女儿在这里孤苦伶仃，心里不忍，"想到这里的治安，我晚上真是睡不着。"

"妈！"黎允儿腻腻地靠着母亲，"我这预科都上一半了，你让我回国做什么？我不要半途而废，放心吧，我一定会在这里混出点儿模样，好让你们光宗耀祖。"

"爸爸送你来这里，不是想着让你光宗耀祖。"父亲插话道，"就是希望你独立点儿，懂事点儿。"

"这点儿要求我不是已经做到了？"黎允儿大大咧咧地笑，"能不能对我有点儿期待？"

"期待你能做多大的事呀！"母亲笑着拍拍她的头，"只要不让我们操心就好。"

"我以后要管理爸爸的公司呢！"黎允儿豪气万丈，"如果那小子在，我也不用担心爸爸的公司后继无人了……"

提到黎梓然，气氛沉重一下。

"那孩子……"父亲痛楚地蹙眉，眼泪几乎落下来，哽咽道，"真让人痛心。"

黎允儿知道自己失言，笑着拍拍父亲的肩膀："我要是肯努力，一定不会比你儿子差！"

黎允儿总是会想起弟弟来，想起他们相处的点点滴滴，心如刀绞。

有一种悲伤是无法言说的，只能在心里，淡淡地晕染你的生活。

黎允儿第二天带着父母去看自由女神像，那个时间姚元浩刚刚参观完帝国大厦，他不知道要是他们的行程变一变，也许他们就能在茫茫人海里相遇。

黎允儿一直到晚上才从手包里找到电话，察觉到手机不知何时关机了。难怪这几天她没有接到电话，但她在美国也没有朋友，所以对电话也没有很在意。

充上电一开机，手机微信跳出来几条消息。

黎允儿，我来了。

黎允儿，我在纽约。

黎允儿，看到请联系，我在自由女神像。

黎允儿，帝国大厦这么高，我却没有办法找到你。

黎允儿，我要离开纽约了，没关系，我还会来。

黎允儿大喝一声，从沙发上弹跳起来，吓得父母的心咚咚跳。

黎允儿顾不得解释，旋即抓起车钥匙朝门外跑去，在玄关处她撞到台阶，疼得直抽气，却一秒钟也不肯耽搁。她做梦也不会想到，姚元浩竟然来美国了。

她上车给手机充上电，不管不顾地拨通他的电话，心急火燎地问："快说，你在哪里？"

姚元浩终于听到黎允儿的声音，阴晦的心情一扫而光，却不免遗憾："我们就要去旧金山了，大巴马上出发。"

"等我！"黎允儿在姚元浩说完一个地址后，挂上了电话。

她一路朝他的方向狂奔，只希望能够见他一面。她依然记得第一次见他时的情景，她穿着绿色军装胡乱地往嘴里塞薯片，那狼狈的样子简直就是一个逃兵，一抬头撞上姚元浩的目光，两个人都呆住了——那一刻，是她青春的开始。

后来的后来，他们之间发生了很多事，分分合合，可是她知道她只能把他当朋友了，她不能让自己的喜欢为难他，更不愿他们就此杳无音信。

借着朋友的称呼，问候关心，怎么都不为过。

黎允儿气急败坏地看着前面缓缓前行的车队：为什么全世界都会堵车！

她前行的速度简直是龟速，母亲不放心地打来电话，问她匆匆忙忙地去哪里了，她随便敷衍了一个理由，现在的她满脑子就是只要姚元浩在美国，她就一定要见到他。

这时，姚元浩的微信发了过来：黎允儿，我们还有十分钟就出发了。

十分钟黎允儿是飞都飞不过去了，她后悔不迭地捶打方向盘，恨不得让时光倒流回

第十章 千山万水来看你

两天前。

黎允儿,下次见吧。

等等我,还有半个小时,半个小时我就能赶到。

发张照片过来,也算见面了。

黎允儿自拍了一张照片,挤出一个比哭还难看的笑容。

看上去没什么变化。

姚元浩也发来一张他的自拍。

你该剪头发了。黎允儿还不忘调侃他。

这是我刚上高中时的发型,还记得吗?

难怪这么难看。

我们已经出发了。

黎允儿敲下一行字:姚元浩,等等我,我很想见你一面。可是她慢慢地摁下删除键,轻轻地写下两个字:再见。

时日过去,她已经不再是曾经那个无所顾忌的黎允儿了,不再是那个喜欢一个人就会在音乐课上为他唱《我是你的天空》,不再是那个喜欢一个人就不停地表白,或者一直缠着他的黎允儿……她长大了,却胆怯了,开始隐藏,开始撒谎,开始口不对心。

她把车停在路边,抬起手来摩挲着姚元浩的照片,泪流满面。

她不知道,此时此刻,姚元浩也对着手机上她的照片,深深凝视。

楚君尧在同学群里询问:谁学生化专业?江湖救急。

他在清华大学学的专业是热门的计算机科学与技术,最近导师交代一篇论文,是与生物有关的编程软件,资料里有很多生物方面的专业术语,了解起来颇为吃力,他只好寻求帮助。

同学群里几个同学纷纷跳出来表示愿意帮忙,楚君尧把资料传过去。

一个星期后,楚君尧收到一封邮件,他打开来,是沈冬晴帮他用中文翻译过来的资料,上面的专业术语有详细的备注和解释。

楚君尧怔住了。

他就是嫌麻烦才没有自己去查阅资料,对于既不是外语专业也不是生物专业的沈冬晴来说,做这样的事必定是要花很多时间的。

他已经有段时间没有和沈冬晴联系了,她也没有联系过他。他们那几日的感情石沉大海,谁也没有去捞起来。

只是在面对毕夏的时候，楚君尧总是恍惚觉得眼前的这个人会是沈冬晴——这些心思他只能告诉网上的火枪手。

火枪手说，他在走钢丝。

他承认他说得对。

"你不可能一直欺骗下去，你们迟早会分手，长痛不如短痛，早点儿说清楚吧。"

楚君尧有好几次，话到嘴边，却还是生生地吞了回去。

第一次他提分手，已经重创了毕夏，而这一次，她肯定再也不会原谅他了。

有时候他也破罐子破摔地想，那就冷处理吧，对她冷淡，也许她会提出分手。可他心里又痛骂自己的恶劣，他什么时候变得这么有心机了呢？

他和毕夏的相处变得小心翼翼，裹足不前，他们像大多数情侣一样，吃饭看电影散步，他会微笑着握住她的手，也会在她离开的时候揽一揽她的肩。

但他们相处起来变得别扭和小心翼翼。

过去的那些感情，留到今天只是在苟延残喘。

何晨宇知道他和毕夏和好后，也极为反对，说他不应该一时冲动。

何晨宇气咻咻地说："毕夏根本不需要你施舍的感情，你以为你很伟大吗？你只是在消耗你们过去仅有的那点儿美好了！"

楚君尧知道何晨宇说得对，他很奇怪这家伙没有喜欢过谁也没有谈过一场恋爱，可他分析起感情来却头头是道，他那么直接地戳中了楚君尧的软肋：他不想辜负的只是他和毕夏的过去。

楚君尧想要找合适的机会和毕夏分手。

可是，毕夏的母亲出事了。

毕夏接到陆怀箫的电话，说已经给她订好了航班，让她现在就去机场。

"沈阿姨身体有些不适，不要紧，最危险的时候已经过去，但我想这个时候她想要见你。"陆怀箫看着在加护病房里的沈阿姨，轻声地对电话那边的毕夏说，"我会到机场来接你。"

毕夏不用揣测就知道母亲的情况很严重了，自从她到北京后，母亲就去了疗养院，她以为海边的那个疗养院会让母亲身心慢慢恢复，可是事与愿违。

她给母亲打电话，母亲总是不愿多说，她郁郁寡欢，寥寥数语，然后就说累了要睡了，她甚至不愿意和女儿谈心。

陆怀箫的家离疗养院有两个小时的车程，但是他常常去探望，那里的医生把他当成了沈梓瑜的亲人，所以在发现她割腕后，第一时间通知了陆怀箫。

陆怀箫赶到医院的时候，沈阿姨已经平静地睡着了，幸亏护工发现及时，她并无大碍，只是因为失血过多，身体更加羸弱了。

他给毕夏订了机票，三个小时后，毕夏出现在机场大厅。

毕夏面色惨白，在见到陆怀箫的那一刻，手不由得拽住他："告诉我实话，我妈怎么了？"

"别担心，现在已经稳定下来了。"陆怀箫宽慰地说，"我带你去见她。"

毕夏坐到暖气十足的车里，却感觉到从骨髓里传来的冰冷，在接到陆怀箫的电话时，她的心就在刀尖上了，她对他的话半信半疑，她害怕，惊惧，无所适从……短短的几个小时，她感觉快要撑不住了。

"能告诉我实话吗，发生了什么？"毕夏颤声地问。

陆怀箫迟疑一下，轻声地说："都过去了，沈阿姨会好起来的。"

"告诉我！"毕夏凄厉地喊一声，眼泪哗啦流了下来。

陆怀箫把车停到路边，转过身凝视她："毕夏，沈阿姨……割腕了，已经抢救过来了。"

毕夏盯着陆怀箫，好一会儿都没有吭声，她看上去像是在努力地接受这个信息，可是她的眼泪却不断地从眼眶里涌出来。那种无声无息的悲恸让陆怀箫心痛不已。

"所以，她不打算要我了？"毕夏难以置信地问。

"不是这样的……"

"我已经没有了父亲，没有了奶奶，她还要抛下我！"毕夏的声音尖锐起来，她的情绪崩溃了，所有的坚强已经没有了坚持的理由——连母亲都要放弃她。

"毕夏，你冷静点儿！"陆怀箫艰涩地说。

"她好残忍！好残忍！"毕夏痛哭出声，"她只想到她失去了丈夫，为什么不想想没有她，我就一无所有了！这个世界再也没有人疼我爱我！"

"不是的……"陆怀箫抬起手来，紧紧把毕夏拥入怀里。

毕夏捶打着他，痛苦不堪："为什么要这样对我？为什么就不能为了我好好活着……都要丢开我，都要抛弃我，你们都太残忍了！"

"毕夏，毕夏！"陆怀箫不知如何安慰，他只是拥住她，任由她发泄情绪。

痛哭一场后，毕夏的情绪得到缓解，她离开他的怀抱，瑟缩到座椅的一角，看向窗外。

陆怀箫抬起手来，想要理理她凌乱的发丝，而她转过面孔躲闪开去。

毕夏见到母亲的时候，她已经熟睡，手腕上的纱布触目惊心，毕夏俯下身，轻轻抚摸。

那该多疼呀，母亲心里一定充满绝望，才会连她也不要。

事情已经过去一年半，可是她们都没有从那场火灾里走出来。

"毕夏，你在沙发上躺一会儿，我去给你买点儿吃的。"陆怀箫体贴地说。

"你走吧，我妈这里有我。"毕夏淡淡回答。

陆怀箫沉默一下，转身走出了病房。

毕夏看着面容枯槁的母亲，悲从中来，潸然泪下。

"你是病人的女儿吧。"护士进来换药，看到毕夏，安慰道，"出血量不大，但是有过一次……你们亲人还是要多关心。"

毕夏点点头，心里已经决定要带母亲去北京。

"你哥真的很好。"护士笑着说，"总见他来探视，很细心……很温柔。"护士的面孔不由得红了。

毕夏知道她说的是谁，她没有解释。

"虽然这里有很好的设备和优质的服务，但来这里的人都还是希望得到家人的关心，而你哥是来得最勤的，而且他很关心康复进度。"护士说，"其实沈阿姨的身体已经恢复得差不多了，没想到她……这么想不开。"

护士还想要说什么，陆怀箫推门而入，她羞涩地收了声，偷偷看他一眼，转身离开。

"谢谢你。"毕夏轻声地说。

"毕夏……"

毕夏打断他："不管火灾是否跟你有关系，你能常常来探望我妈，我都感激你……我要带她去北京，以后我家的事，你不要再管了。"

陆怀箫的心黯然下去。

毕夏好不容易说服母亲和她一起去北京生活，她在学校附近租了一套房子，从宿舍搬出来。

那个新年她们没有回家，在北京过年，而楚君尧回了老家，并没有留在北京陪伴毕夏。

大年三十的晚上，毕夏和母亲坐在沙发上看春晚，电视里热闹喜庆，玻璃窗外沸腾喧嚣，而屋内却冷清得如冰窖。

毕夏依偎到母亲怀里，母亲抬起手来轻轻抱住她，这个细微的动作，让毕夏热泪盈眶。

"这段时间委屈你了。"母亲轻声地说。

毕夏拼命地摇摇头，艰涩地说："妈，我会很努力地照顾你，所以……不要丢下我，好不好？"

"对不起。"母亲歉疚地说，"以后不会了。"

毕夏动容，把母亲抱得更紧——她真的怕极了。每天去学校上课都匆匆忙忙，总是怕母亲在家里出了意外。下课后又匆忙往回赶，那么不善做家务的她开始学着洗衣做饭。慢慢地，这些家务也变得容易。

最难的是她不知如何能让母亲快乐起来。虽然母亲不再像以前那样有洁癖，也不再像后来那样长久地把自己关在房间里，她会坐在客厅等毕夏回家，她们会聊天，会关心彼此，却小心翼翼地避开了过去。

她始终担心母亲会再一次伤害自己。

"等到开春以后妈妈还是想回家。"

"不行！"毕夏坚决地打断她，"你的身体还没有康复……"

"其实已经好很多了，虽然手脚不太灵活，但自理没有问题。"沈梓瑜看着女儿，"妈妈在这里，毫无用处，反而给你增添负担。放心，妈妈不会再做傻事，我打算回公司上班。"

"妈——"毕夏惊喜不已。

"陆怀箫说得对，我不能太自私了。"母亲笑了，"这么大岁数的人竟然被一个孩子训斥，可是他的话我还是听进去了。"

"怎么是他……"毕夏怔了怔。

"妈妈相信不是陆怀箫做的。"

"可是……"

"毕夏，不要相信你的眼睛，要去相信你的心！"母亲认真地说，"他对你怎样，对我怎样，我感觉得到。如果不是他，公司也保不住……他不是坏人，你不能冤枉他。"

毕夏的心早已经在动摇了，她知道母亲说得对，她要相信自己的心。

她一直恨，只是因为她不能接受现实，她要有一个出口来宣泄自己的情绪。

而陆怀箫，成为最近的那个人。

"也许我错了。"毕夏垂了垂眼。

"妈妈是犯糊涂了,在真凶没有服法前,更不能就这样走了。"沈梓瑜语气凛然起来,"我一定要知道是谁害了我们家!绝对不会放过他!"

毕夏慢慢地相信,母亲是真的肯去面对现实了。

毕夏拿起手机想要给陆怀箫打个电话,她想要道歉,可是心里依然有一丝疑惑,迟疑之后最终还是放弃了。

除夕之夜,裴雨阳把自己关在房间里想要狠狠地睡一觉,可是外面那么吵,时不时的烟花炸裂声让他头痛欲裂。

回家已经有段时间了,他没有再贴纱布,但出门的时候必须戴个口罩。

听到敲门声,他有些不耐烦地说:"妈,我睡了!"

而门依然在固执地响,他只得起身把门拉开,看到来人,整个人被定住。

面前的人,竟然是沈冬晴。

他下意识地"砰"的一声关上门,慌里慌张地去找口罩——刚刚他的"鬼样子"竟然被沈冬晴看到,这真是让他难以忍受。

一定是父母找她来做说客,可是她来又有什么用?他已经不是以前那个自信满满的裴雨阳了,而是一个被毁了容的可怜虫。

"裴雨阳,我们谈谈。"沈冬晴隔着门与他喊话。

"决不!"

"你先开门。"

"想都别想!"

"你怎么这么幼稚?"

"反正你对我就没一句好话!"

沈冬晴哭笑不得,刚刚看到裴雨阳的脸,她不禁松了口气。其实没有想象中严重,只是一条淡淡的疤痕。接到周阿姨的电话,听到她说裴雨阳因为受伤不肯上学,她就觉得这家伙真是脆弱到爆。不就是脸上有一道伤疤吗?不过想想,对于那么臭屁爱美的他来说,自然不能接受自己的不完美。周阿姨说想要她开导一下裴雨阳,沈冬晴立刻就答应了。

她已经很久没有见过裴雨阳了,没有他冷不丁地出现,生活里便少了一份期待。她有时也会想起他来,想起他说:"沈冬晴,不要太想我,因为你想我,我也不会出现了。"

这句话让她的心，变得很难过。

"裴雨阳，你再不开门，我走了！"沈冬晴威胁说。

裴雨阳在心里进行着复杂的斗争，他想念她，恨不得马上就去见她，但他的样子……会让他在她面前变得自卑。

听到她说要走，他急了。

"哗啦"一下把门打开，门口的沈冬晴看着他瞠目结舌。

裴雨阳戴了帽子，戴了口罩，他把自己严严实实地包裹起来，只有眼睛露在外面。一直在客厅里观望的父母相视一笑，总算是松了口气。

"你来做什么？"裴雨阳还在强撑，语气很硬。

沈冬晴对周阿姨和裴叔叔说："我能和裴雨阳出去一会儿吗？"

"好好好！"他们一迭声地回答，欢喜不已，"去吧，外面挺热闹的。"

"谁要跟你出门！"裴雨阳话音还没有落下，身体却已经不由自主地跟着沈冬晴朝门口走去。

沈冬晴的唇边露出笑容。

裴雨阳从来就是一个嘴硬心软的人。

"你怎么不戴帽子？这么冷的天。"裴雨阳把帽子取下不由分说地给沈冬晴戴上。她能来看他，其实他很欣慰，很开心。

"其实我已经看到了……那个，能摘下来吗？"沈冬晴指着他的口罩。

"我感冒了，不想传染你。"他假意地咳嗽几声。

见他不肯配合，她干脆抬手去摘，裴雨阳一边躲闪一边喊："再动手动脚我对你不客气了！"

她的笑意更深了："反正我对你也一向不客气。"

裴雨阳干脆抓住她的手，两个人面对面，几乎紧贴，突然怔住，裴雨阳又不由得松开了手。

裴雨阳把口罩解开，破罐子破摔地瞪着她："看吧看吧，反正就这样了！"

沈冬晴抬起手来，轻轻地摸摸他的疤："缝针的时候是不是被吓死了？"她能想到那一刻他的表情，心也不由得疼起来。

"沈冬晴……"他顿了一下，柔声地说，"你再这样，我会……"他抬起手来，作势要抱她。

沈冬晴吓得手一哆嗦，赶紧退后一步，她的过激反应惹得裴雨阳不悦。

"吃亏的应该是我！"裴雨阳冷哼一声，"不知道多少人想亲亲我！"

沈冬晴恶心地做呕吐状："还会开玩笑，看来已经没事了。"

"怎么没事？"裴雨阳大叫起来，"我的前途我的梦想我的事业我的未来，还有我的爱情婚姻人生……统统被毁掉了。"

"就因为一个疤？"

"这仅仅是一个疤吗？"裴雨阳气恼，"是我的脸！我这张英俊帅气的脸被毁掉了。"

"如果脸上的一个疤就能毁掉一切，那有多少人活不了了？"沈冬晴认真地望着他，"能别这么脆弱吗？"

"你懂什么？"裴雨阳大叫起来，"一个演员最重要的就是脸！现在没有了这个资本，我还有什么资格谈梦想？"

"那些花瓶演员也只能演一时的角色……"

"你就是站着说话不腰疼！"裴雨阳说着狠话，"反正我已经毁了，我的未来一片漆黑，不打算去学校也不打算再见谁！这一辈子就废了！你也不用来同情我！"

突然，她给了他一个耳光，一声脆响。

两个人都怔住，裴雨阳捂着自己的脸气急败坏地喊出声："你这个臭女人，难道抱怨一下都不可以，我又不是说真的！"

沈冬晴心生愧疚，觑了他一眼，低下头："我，只是很担心你。"

"这么关心我？"裴雨阳的脸立刻阴转晴，凑到她面前，"是不是最近没见我，想得不得了？"

"才没有！"沈冬晴转身朝前走。

裴雨阳亦步亦趋地跟上："下手可真狠呢！已经被毁容还要被欺凌，我的命怎么就这么苦？"

突然之间，沈冬晴停下来一把抱住他，一辆疾驰的汽车呼啸而过，有好一会儿，他们都没有动，裴雨阳能感觉到沈冬晴在瑟瑟发抖，可是他不敢抬起手来……怕她突然就松开了他。

这么近的距离，他们能够感觉到彼此的心跳，呼吸……有烟花冲向墨黑色的天，"砰"的一声响，五彩缤纷的火花划出美丽的弧线，此消彼长，绚烂不已。

沈冬晴感觉到自己的过激，她松了松手，而她的身体却被更紧地揽入一个怀抱，她听到裴雨阳埋在她耳边，深深地说："就当是安慰，再多一会儿。"

沈冬晴垂了垂眼："裴雨阳，对不起。"

"因为不喜欢我？"

第十章 千山万水来看你

"那场车祸其实……其实是想要……碰瓷。"她终于说出来了，一直以来压在心里的秘密让她倍感沉重，她不知道应该如何面对裴家。他们会愤怒于这一场欺骗，觉得被诓了。

裴雨阳的声音却满满的都是心疼："我真希望没有那场车祸，阿姨健康，你也快乐，可没有那场车祸我又无法遇到你……也许这就是命运吧。"

"不怪我们家？"

"怎么会，是我们抱歉……"

沈冬晴推开他，认真地说："所以你知道为什么我要远离你吗？因为见到你，我就会想起母亲，那些痛苦的记忆我不想再去回忆。"

裴雨阳心头一酸，侧过脸苦笑一下："那就把那些不幸删掉吧……包括我。"

"能答应我回学校上学吗？"

"你知道我最听你的。"裴雨阳笑起来，垂着手吐舌头，学小狗的叫声，"汪汪汪！"

沈冬晴笑了："你的人生没有下限吗？"

"谁叫我被你吃得死死的！"裴雨阳两手抱住后脑，"其实我已经想好了，做演员还是不太适合我，我要做导演！"

"你要换专业？"

"反正我的未来有无限可能——"

看着重新燃起斗志和活力的裴雨阳，沈冬晴的心里也充满了感动，他们的相遇，是她灰暗青春里的一场奇迹。

第十一章

楚君尧，再见

邵伶伶指着《大众摄影》上露西卡国际摄影大赛中国赛区获奖名单惊喜不已："晴儿，这可是摄影界的'奥斯卡'，你太牛了！"

沈冬晴也觉意外，她并没有参加这种活动，一定又是裴雨阳替她填的申请表。

"我这个社长的位置让你给好了！"邵伶伶做苦恼状，"真是嫉妒你。"

沈冬晴的手机响了起来，是个北京地区的号，她怔了一下。

电话接通，是《大众摄影》打来的，她的心没来由地有些失望——已经好几个月了，她和楚君尧是真的断了联系。

《大众摄影》的编辑说，杂志社将邀请该社的作者到贵州进行一次采风。

"这次活动纯粹就是公益性质的，是为了深入最贫穷的山区，让大家了解当地居民恶劣的生活环境……"编辑停顿一下，诚恳地说，"这条线会很辛苦，我们去的地方公路不通，水电资源也稀缺，所以如果因身体不适或者其他原因不去，也没有关系。"

沈冬晴思忖一下。

"那你先考虑……"

"不用了，我去。"沈冬晴笃定地回答。

邵伶伶知道此事后查了查资料就开始竭力反对："干吗要自讨苦吃，那里自然环境恶劣，交通通信困难，指不定会发生什么意外。"

说完邵伶伶又立刻"呸呸呸"："童言无忌，童言无忌。"

"能够参加这种公益活动，对我来说挺荣幸的。"

邵伶伶撇撇嘴："你是鸿鹄，我是小燕雀，我只知道那里真的很危险，至于公益，做公益的方式有那么多种。"

"你也说那里的情况很糟糕，那如果我们不去，真实的情况就不能被大众得知。"沈冬晴认真地说，"我也是从贫困家庭里走出来的，现在我能够在北京念书，我的家庭付出了很多。也许我们拍了这些照片，会有人看到，会有人帮助他们，改变他们的命运。"

邵伶伶看着沈冬晴坚毅的眼睛，拍了拍她的肩膀："你一定要注意安全。"

乍寒还暖的三月，北京依然处处湿寒，银丝一样的细雨淅淅沥沥。

沈冬晴向学校请好假，开始为出发做准备，她买了一些铅笔本子之类的学习用品，邵伶伶看她这么用心，也张罗起捐款的事。

沈冬晴没有想到，当她在火车站与杂志社人员会合的时候，会碰到楚君尧。

他穿着一件深蓝色冲锋衣，牛仔裤和运动鞋，反戴着鸭舌帽，看上去很阳光。

"你们是高中同学，又都在北京，太有缘了。"杂志社编辑沉舟很早以前就知道他们的关系，也是他告诉楚君尧，沈冬晴将要参加这次的公益活动。楚君尧原本打算参加，可知道沈冬晴要去后反而迟疑起来，他不知要如何面对她，只是又担心她路上的安全，最后还是答应下来。

他一直想要和毕夏认真地谈一次，他们这样盲目地重新开始，其实是一场错误。可是毕夏的母亲到了北京，她身体抱恙，毕夏疲于照顾，他自然没有办法在这个时候提出分手。

寒假期间，毕夏和母亲留在北京，他的心里竟然觉得有些轻松，偶尔通电话，偶尔聊微信，他们之间浅浅淡淡的，倒比做朋友的时候还要生分。毕夏不是那种火热黏人的性格，她不会追问为什么不回电话，也不会莫名其妙地生气，让你猜她的心思。

她真的是很好的女友，可，他的心却越来越冷。

他的脑海中总是冷不丁地被另一个女孩闯入，那种鞭长莫及的思念，让他的心困顿纠结。

春节的时候他见到了何晨宇和敬嘉瑜，他们俩都问起毕夏来，他支支吾吾，不知所云，他们把他痛骂一顿，让他赶紧和毕夏说清楚。

上次他们都反对他分手，这一次他们都让他立刻分手——感情的事，旁人说起来简单，但当局者做起来永远是拖泥带水的。

面前的沈冬晴，穿着薄薄的棉服，楚君尧看着，恨不得拖过来给她戴上围巾和帽子。

"很久不见。"沈冬晴打破沉默，故作轻松地笑，"没想到你也会去。"

"我知道你要去。"楚君尧淡淡地回答。

沈冬晴抿了抿唇："很为难？"

"不，"楚君尧凝视她，心里柔情泛滥，情不自禁地说，"我想见你！"

"大家准备上火车——我们的行程开始了，出发！"沉舟打断了楚君尧和沈冬晴的谈话。

沈冬晴很怀疑自己是否听错了楚君尧的话，当她抬起眼时已经不由得被人流朝前推去。楚君尧站到她的面前，给她留出一个位置，看着他的背影，沈冬晴的心瑟缩一下。

一直等上了火车，坐到各自的位置上，他们都没有机会再交谈，周围认识不认识的都在聊天，她坐到自己的铺位上，翻看着一本书籍，却心不在焉。

而楚君尧也是心急如焚，他想要和她解释，可一直没有机会。

之前的隐忍已经到了极点，现在他一分钟也等不下去。

楚君尧干脆从自己的位置上站起来，在众目睽睽之下把沈冬晴拖了出来，他拽着她的手,一直朝车厢连接处走去,那里稍显安静。

"这俩孩子……在谈恋爱吧?"沉舟像是发现了新大陆,欢喜地笑起来,"不错。"

沈冬晴的脸已经窘得通红,她贴着车厢低头看脚尖,楚君尧一伸手,把她半圈在怀里,像是质问又像是撒娇:"为什么不联系?"

沈冬晴感觉他的鼻息温润地扫过自己的脸,心里乱哄哄的,不知如何回答。

"是因为毕夏吗?"

沈冬晴在心里默默地回答:明知故问。

"我会和她说清楚。"

楚君尧深情款款地望着她,感觉自己的心被思念折磨成了一条流浪狗,又瘦又可怜。

他低下头,想要吻上她的唇,但这一次沈冬晴别开了头。

楚君尧怔了一下,却再一次低头,而她干脆一把推开了他。

"我是喜欢你……"沈冬晴的眼里蓄上泪来,"但楚君尧,我不想让自己变成可耻的角色。"

"可耻的人是我!"楚君尧抬起手,一拳砸向铁门,"我不知道怎么了,走着走着就变成了现在这样。我不想伤害你们……可真的身不由己。"

沈冬晴沉默下来,面前的楚君尧让她感觉到陌生。记忆里的他阳光、活泼、自信、从容、淡定……她一直向着他的方向朝圣一样地前进,想要努力地靠近他。辛苦的时候,痛楚的时候,觉得自己快撑不下去的时候,她都会想到楚君尧,想起他的笑容,便觉得有了力量。

面前的楚君尧外貌依然那么帅气俊朗,可他的眼里却有着胆怯和优柔寡断,也许连他自己都没有看清他的心,他喜欢的人是谁。而她在这一刻发现自己对楚君尧的感情更多的是崇拜、是仰视、是求而不得的失望……她喜欢过他,青春里的他,而如今呢?她也有些迷茫……

他们一行人下了火车,乘大巴辗转抵达贵州赫章县的时候,已经是深夜了,刚下车,凛冽的寒风就给了他们一个下马威——三月的天气,山区里的气温还是极低的。

"今天晚上就在县城休息,明天我们出发去辅处乡,从那里到我们的目的地茶花村还要步行几个小时,所以大家一定要养精蓄锐,保存体力。"下车之前,沉舟就开始交代,"情况有点儿不好,听说山里这几天还在下雪,大家要多加小心。"

沈冬晴觉得冷风生生地穿透了自己,她哆嗦着拿行李的时候,却发现两双手握住了她的行李，她抬眼一看，楚君尧在她的左边，而另一边，竟然是裴雨阳。

即使习惯了他的突然出现，可在这样的环境她还是惊得目瞪口呆："你你你……"

裴雨阳看了楚君尧一眼，抢先一步夺过沈冬晴的行李："我是你的经纪人，怎么可能不随行？"

沈冬晴还在震惊里回不过神儿来，不由得追上他忙不迭地问："不上课吗？怎么来的？一直等在这里？你怎么知道……"

裴雨阳看到沈冬晴的反应，很满意，笑着拍拍她的头："看来你真的很关心我！"

"说清楚！"沈冬晴一巴掌拍掉他的手，"为什么会来？"

裴雨阳不满地说："能不能表现得惊喜一点儿？"

"呀！"沈冬晴惊喜地低呼出声，"你没有戴口罩！"看来他的情绪已经恢复了，她最近还一直担心，怕他又变卦不肯去学校。

裴雨阳转过身，嬉皮笑脸："因为你的安慰，我感觉好多了。"

"说实话，你怎么来了？"

"因为不放心你。"

沈冬晴心里一暖："不是说……"

"说了你想我的时候，我不出现，可没说我想你的时候，我不出现……"

这绕口的话让沈冬晴不由得笑了，连她自己都没有察觉，在看到裴雨阳的时候，她有多欢欣雀跃。一想到这样漆黑阴冷的夜，他守在这里等着她出现，她就感觉温暖极了。

裴雨阳因为总帮沈冬晴投稿，以前又掌握着她的"稿费"大权，跟她的编辑沉舟就混熟了，所以这次活动裴雨阳也听说了，他不放心瘦弱的她到这么环境恶劣的地方，干脆自己也向学校请假参加这次的公益活动。

在他们身后的楚君尧看着活泼的沈冬晴，心里有些不是滋味。

虽然她跟他解释过她和裴雨阳的关系，但他们的相处看上去那么自然妥帖，她的一颦一笑都舒展开来。

他们这次的行程原计划是十天，第一站茶花村，然后是岩下乡、栗山村、大坡组……途经二十几个村落小镇，大部分的时间是要徒步前行。那里条件极为恶劣，没有公路，通信也时断时续，甚至几十千米内连个小卖部都没有，全是荒僻原始的大山。

而那里的教育问题也很让人揪心，学校破烂不堪，黑板是墨汁刷的，全校几十个孩子，只能上一到三年级，他们甚至连一条红领巾都没有。

沈冬晴他们只是拿出一些糖果和学习用品，就会让这些孩子雀跃不已。沈冬晴的心被深深地触动了，生命如此坚韧，不管在怎样的环境下，都在努力地向上生长！他们的笑容纯粹简单，他们的愿望质朴单纯……沈冬晴专注地记录着，她希望更多的人能看到这些照片，能够帮助到这个地方的人们。

"快穿上！"裴雨阳拿出自己的一件外套给沈冬晴穿上，"再把衣服送人，你会冻病的！"说着裴雨阳已经大大地打了个喷嚏，他鼻翼红红，喉咙发痒。

裴雨阳觉得自己已经感冒了，他怀念家里的暖气，怀念舒适的床褥，甚至对被诟病的学校食堂都万分想念……来到这里才发现他平时那些习以为常的生活是有多幸福。

他们在这里几乎没吃到过肉，即使有肉大家都舍不得吃，互相谦让，最后给了在旁边巴巴看着的孩子。

"快吃点儿药吧。"沈冬晴给裴雨阳冲了一杯板蓝根，"要不你先回去？"

"不行！"裴雨阳斩钉截铁，"我就是找虐！"除了身体上的超负荷，那种心里的无可奈何才是最折磨他们的，他们走过一个又一个山村，听着那里悲伤的故事，他们想要帮助每一个人，可能力有限，备受煎熬。

"别逞强了！"沈冬晴严厉地说，"这里没有医院，没有专家……你妈也不在！要是病情加重了怎么办？"

裴雨阳冲她傻笑："那你就给个安慰呗……"

她明白了他在"索抱"，瞪他一眼："明天我们要去最远的明阳村，要徒步过悬崖，你回……"

"既然这么危险，我当然更不会走。"裴雨阳为避免她再啰唆，站起身就走了。

看着裴雨阳，看着楚君尧，沈冬晴心里感动不已——这一路多亏他们了。

她从小在渔村长大，面对这几日的奔波都觉得辛苦，何况是从小在温室里长大的他们？他们不让她负重，总是一前一后地护着她，遇到险峻和涉水的地方，非要背着她过去……点点滴滴，她看在眼里，记在心里。

去明阳村的路比想象中更加危险，海拔两千多米，队伍里已经有人出现高原反应，不得不放弃前行，再往上走，竟然下起雪来，路途变得泥泞不堪，走几步就会摔倒。

"退回到下面的村子，等到天气稍好一点儿再走吧。"领队和大家商量。

"已经走了这么远，走回去也要花时间。"有人反对，"还有两个小时就到了。"

"明阳村也叫悬崖村，位于峡谷断坎岩肩斜台阶，就好像三层台阶中间的那一层，与地面垂直距离是800米，要贴着悬崖才能过去……"领队说，"为了避免危险，大家最好不要负重，愿意返回的也可以提出来。"

"你别去了。"楚君尧对沈冬晴说，"天气不好，没有徒步经验的很危险。"

"那些孩子们也是要走过这一段悬崖路才能到达学校……"沈冬晴低声说,"其实让人心酸的不是这条路,而是他们的求学道路。"

楚君尧知道说服不了沈冬晴,只能俯下身,把她的鞋带重新系紧。一旁的裴雨阳看在眼里,感觉胸腔遭到重击——他这样温柔,是个女人都会沦陷了。

"你呀!"裴雨阳敲敲沈冬晴的头,没好气地说,"跟紧队伍!"

"你们也是。"沈冬晴关切地说。

他们在经历漫长的山路后终于到达了最险的一段,果然如领队说的那样,垂直的悬崖,一条只能落下单脚的路盘在悬崖上,所幸还有一些从悬崖上垂下来的藤条可以抓住。

队里一个叫小丁的女生一下就哭了,她不敢过去。

"别怕!"沈冬晴握住她的手,"只要不看下面,只要贴着峭壁,一点儿一点儿地就可以过去了。"

"不行!"小丁哭得更厉害了,"我做不到。"

"没关系。"领队宽慰地看着小丁,"能够坚持到现在已经很勇敢了,这个村子几乎没有外人来过,更何况你们都没有这种野外生存的能力,我会安排沉舟护送你们返回。"

危险发生的时候,他们其实已经走过最危险的悬崖,正在欢欣鼓舞,突然山上发出"轰轰"的声响,夹杂着树枝"咔咔"断开的脆响,领队大喊一声:"快走!雪崩了!"

脚下是深渊,头顶是雪崩,他们却没有办法加快步伐。

"抓住藤蔓!千万不要松手!"领队再一次下命令。

沈冬晴紧紧拽着藤蔓,竭力让自己镇定下来,可她心里怕极了,当她想要走快点儿时,脚下竟然踩空,尖叫着失去了平衡,千钧一发之际,前面的裴雨阳和她身后的楚君尧都稳稳抓住了她的手。

"别怕!"他们异口同声地说。

沈冬晴的大脑嗡嗡作响,原来人在危险的时候是做不出反应的,她根本不知如何是好,只是怕得要命。

楚君尧和裴雨阳合力把沈冬晴拉了上来,却不敢停下来喘气,颤颤巍巍地走过了最后的一段,当沈冬晴准备松口气的时候,被人猛然一推,她眼睁睁看着从天而降的雪把裴雨阳击落,然后消失在眼前。

她凄厉地喊了一声:"裴雨阳——"山间回响着她的声音,却无人应答。

楚君尧一把抓住沈冬晴的手，厉声说："站着别动！"

领队和有经验的山民迅速朝山下跑去，沈冬晴心急如焚，肝胆俱裂，楚君尧紧紧抱住颤抖不已的她，像在安慰她，也像是在安慰自己："不会有事的，不会有事的。"

这是沈冬晴生命里最黑暗的一段，她只是死死地盯着前方，眼泪无声无息地流淌。

裴雨阳这个傻瓜，为了她，竟然命都不要了！

她有什么好？值得他付出这么多吗？

她说了那么多狠话，她不断地推开他，可是他却说："沈冬晴，你可以选择爱我或者不爱我，但我只能选择爱你还是更爱你。"

现在的她，多想他能站到她的面前，用一贯臭屁、响亮又神气十足的语气和她说话，这一次他说什么她都不反驳了——她只要他活着！

当裴雨阳和领队出现在沈冬晴面前的时候，她踉跄地扑了上去，面前的裴雨阳脸色苍白，唇色绛紫，紧紧地闭着眼睛。

"裴雨阳！"沈冬晴颤抖着推了推他，"别开玩笑了，快起来！"

裴雨阳没有动。

"喂！听见没有，快起来！"沈冬晴感觉整个世界摇摇欲坠。

裴雨阳依然没有动。

沈冬晴扑到他身上号啕大哭："你不可以死！裴雨阳，你不能这样死掉！我怎么办？你爸妈怎么办？！"

"冬晴——"领队不忍地拍拍她，"刚刚做过检查了，他应该是发烧引起的昏迷，先找个地方让他休息一下。"

沈冬晴瞪大眼睛，终于明白了领队的话，像梦呓一样地问："他发烧了？"

领队点点头："摔下去的时候他抓住了一截藤条，才没有滑到更深处……他很坚强。"

"可是他现在病得这么重，没有医生……"沈冬晴抹着眼泪，焦急地说。

"现在没有办法下山，只能先在村里住一晚，等雪停了就走。"

"别担心。"楚君尧安慰道，"他不会有事。"

和裴雨阳相处了几天，他们虽然交流不多，但楚君尧对他也有了新的认识。他虽然表现得大大咧咧、玩世不恭，但也有细心沉稳的一面，他跟那些孩子们一起打球玩耍，连最内向的孩子都关照到了。

裴雨阳在村里住了一晚，因为用了当地特有的神奇草药，他竟然第二天就退烧了，只是身体稍显虚弱。他迷糊的时候，能感觉到一双温润的手时不时摸着他的额头，即使没有睁开眼，他也知道那个人是沈冬晴。

第十一章

"既然都醒了，就别再装了！"沈冬晴明明看到裴雨阳的眼睛眨巴了一下。

后者继续装睡。

沈冬晴俯下身，柔声地说："乖，先起来吃药。"她已经摸过他的额头，确定不再发烧了。听村里人说，在这个山崖发生意外的村民每年都有，非死即伤。他摔下山坡，一点儿外伤都没有，真是奇迹。

裴雨阳半睁着眼："这里有没有能够去疤的灵丹妙药？"

沈冬晴温柔地望着他："一会儿我帮你问问。"

裴雨阳像傻了一样看着沈冬晴，她什么时候变得这么柔顺温和了？他惊得半晌都没说话，好一会儿后闷闷地冒出一句："你吃错药了吧？"

毕夏以为只要她努力，她和楚君尧的感情会一点点地修补起来，他们会回到以前心无芥蒂的时候，可是她却在无意间撞破了他心里的秘密。

那天她去楚君尧的学校找他，他不在，室友说他很快就回来，所以她坐在他的桌前等他。开着的电脑上是一张沈冬晴的照片，她一张张地翻过去，只觉得心里汹涌澎湃。

她知道前段时间楚君尧参加了一个公益活动，去山区里拍照片。他说过山里信号不好，所以在联系不上他的时候，她并没有着急。她不是一个纠缠不休的女孩，如果他看到了想要回复，自然会与她联系。

她只是没有想到，那个活动沈冬晴也参加了。

她还记得上一次见到沈冬晴就是在楚君尧宿舍楼下，那个时候她发现沈冬晴已经没有了高中时的土气，眼角眉梢都是自信。她说她来这里看男朋友——她那时候就半信半疑，沈冬晴怎么会轻易地放弃楚君尧？

也许，那一天，她就是来见楚君尧的。

虽然她和楚君尧和好了，但她也能感觉到他游离的心，她不是不敏感，只是不想深究罢了。她宽慰自己，一段感情经过热恋总是要回归平淡的，可这种平淡原来是感情最大的伤。

她一张张地看过去，在楚君尧的镜头下，沈冬晴的美那么自然清新，她低头沉思，抬头看天，回头微笑……每一个细节都抓拍得精准。

即使隔着距离，毕夏也能想象得出，彼时彼刻，楚君尧望向那个女孩的灼热目光。

他不是一个会掩饰、会躲藏、会把谎话说得滴水不漏的人。

她早就知道他已经不爱了，可她就是不想去面对。

她在心里问自己：毕夏，你还要这样，继续骗自己吗？

他们怎么会走到今天这个地步，青春早已过去——这段感情已经变成了负担。

毕夏闭上眼睛，把泪逼了回去，她站起身朝外面走，楚君尧的室友在她身后问："不等他了吗？他只是去图书馆还书。"

毕夏环顾了一下楚君尧的宿舍，这里的绿色植物长得枝繁叶茂，她对他的室友说："谢谢你的女朋友。"

"什么？"那个男生不明所以。

现在的她终于明白，当一个人从心里接纳另一个人的时候，才会允许她干预他的生活，闯进他的私人领地。她在这里没有找到一样属于她的东西，就算她送他礼物，都只是被他收进抽屉，而那个女生，却可以任意地装饰这里。

毕夏很羡慕。

毕夏离开后，楚君尧才回来。

"你女朋友刚走。"

楚君尧一怔，他扑到电脑前，看到上面显示的还是他离开时看的那张照片，心里慌乱。他没有想到毕夏会来，出门前他在整理照片，没想到会被毕夏看见。

"你们两个怎么回事？"室友追问，"看着像是要分手的节奏……"

楚君尧苦涩地一笑，他最不想做的事就是伤害毕夏，可他再一次做了。

他要去解释要去申辩吗？他很茫然。

沈冬晴接到毕夏的电话时，有些意外，但她说想要和她见一面的时候，她同意了。

她们约的地方是北京郊外的天池峡谷。最好的四月，天空碧蓝，阳光璀璨，放眼望去，山花烂漫，是一处景色宜人的地方。只是毕夏和沈冬晴都无心看风景，她们面对面站在大峡谷上，眼里是审视，是探究……

在大峡谷的下面一条涓涓溪流在恒久不息地流淌。

"为什么约我到这里来？"沈冬晴打破沉默。

"要不要打个赌？"毕夏看着她，浅浅地笑。

上一次见就觉得现在的沈冬晴和高中时候的她大相径庭，现在仔细看来，她有一双特别深的瞳孔，流露出岁月静好的目光。而毕夏不一样，她会更犀利更尖锐些，她总是试图去掌控全局，总是有一股不服输的劲儿。

毕夏惆怅地想，也许是因为沈冬晴的柔软，才打动了楚君尧。而她的独立和自省，反而疏远了他们的关系。

"为什么要打赌？"沈冬晴不由得问。

"不想知道吗？"毕夏顿了顿，"在他心里，谁最重要。"

沈冬晴淡淡地笑了笑："坚持看到结局就是你想要的吗？"

毕夏没有想到沈冬晴如此剔透——是，她就是想要看到他最终的选择，这样她就能够放下了。

她想假装什么都没有发生，和楚君尧继续走下去，对她来说，喜欢一个人就应该是百分百，一分的欺骗，其余的九十九分都会被否决。真是奇怪，这么追求完美的她，竟然在分手后又和楚君尧和好了——只有深爱过的人才会明白，一段感情不是说断就能断，有时也会藕断丝连，反反复复，然后才能真正结束。

毕夏跟宿舍里的女孩说她打算和楚君尧彻底了断的时候，她们纷纷劝她。为什么要放弃，不是应该更加努力地去挽回他的心吗？他还没有提分手，她就可以再争取！她们甚至说，不如睁一只眼闭一只眼，慢慢地楚君尧对别人的心也就淡了。

一段感情有千万种选择，别人可以等，可以忍，可以争取和包容，但毕夏做不到。

"我从来没有把你当过对手，但沈冬晴，我现在觉得，你真的是一个很强劲的对手。"毕夏缓缓地说，"你就像一粒藏在蚌里的珍珠，要等待时日，才能放出光芒。"

"原来你这么会赞美别人。"沈冬晴笑了，"我一直以为你很挑剔。"

"你赢了！"

"奖励是什么？"

"楚君尧。"毕夏望着她。

"毕夏，其实我并没有……"

"我知道。"毕夏打断她，"说不恨你是假话，但你其实根本就没有做错什么，错的，只是我们没有在对的时间遇到对的人。"

在楚君尧的电脑上看到那些照片，她突然间醒悟过来，她无法割舍的只是过去的时光，过去的青春，她紧紧攥在手里，害怕面对失败和分离。

"知道吗？其实我一直很羡慕你。"沈冬晴缓缓地说，"看到你和他并肩走在校园里的时候，看到你们相视一笑的时候，看到他迎着你奔跑过去的时候……也许每一个看到的人，都会心生羡慕，那场面美得像一幅画。所以我努力地，努力地想要让自己也成为一个美好的人，这样我才能遇到美好的感情。"

"你的变化真的很大。"毕夏由衷地说。

"可是有一个人，却不是因为我变美或者变优秀而喜欢我，他喜欢的就是纯粹的我。"

毕夏错愕地张了张嘴，然后唇边露出戏谑的笑容："这么说，楚君尧已经出局了？"

沈冬晴笑了："我永远感激楚君尧。"

"你不是那么喜欢他吗？"

"我不否认我喜欢过他。"

毕夏抬头看天，那里仿若有一只青鸟在飞。它是想要回到过去吗？可再也回不去了，他们的感情早已经没有了当初的模样。

楚君尧在山坡下就看到了峡谷上的毕夏和沈冬晴，他心里一震：她们俩怎么会在一起？

自从毕夏看过电脑上的照片后就没有和他联系，今天他收到短信，毕夏约他在天池峡谷见面，他心里就开始不安——毕夏会做傻事吗？他心急如焚地往大峡谷赶，一路上都在安慰自己，毕夏不会的，她那么骄傲，那么坚强。

可也许她不能忍受的不是不爱，而是欺骗——他不寒而栗。

当楚君尧气喘吁吁地站到她们面前时，毕夏突然大喝一声："你别过来，过来我就跳下去！"

楚君尧又惊又怕，一颗心怦怦直跳："毕夏，你听我说……那些照片不代表什么！"

他上前一步，毕夏退后一步，楚君尧紧张地退回几步，慌忙说："毕夏，你先过来，我会跟你解释，好不好？"

毕夏看着面前的楚君尧，他们曾经有过那么多"美好时光"。她记得下雨天的时候，他会把衣服举过她的头顶，他们在细雨纷飞里奔跑，即使衣服全都湿了，却笑得那么肆意；他们一起做功课，他总是撑着下巴目不转睛地盯着她，看得她满脸娇羞，躲闪不已；他们第一次牵手，他不断地找着借口过马路，她明明知道他的用意，却由着他，他们十指相扣，满心欢喜；他们第一次亲吻，在教堂的钟楼，悠长的零点钟声响起，她紧张得忘记了呼吸……那时候，他们的爱多么明亮多么纯粹，一个眼神，一个手势，或者只是擦肩而过，都感觉世界在为你停留。

经年过去，那些画面依然带着蒙太奇一样的效果，在她的脑海里不停地闪，不停地闪……

她的抽屉里还放着一张"慢递"明信片，那是高二快结束时他在"良友书坊"写下的，到达的时间是一年后。那时候他们参加完高考，她收到这张卡片却没有勇气打开它——当时他们分手了。后来他们和好，她才打开来看，他写的话是：毕夏，我还在这里。当你回头的时候，我一直都在这里。

现在看来，那只是一个愿望，却不是一句承诺。

她依然在原点，而他却已经走得很远很远了。

隔着时光想起昔日，让她泪流满面，泣不成声。

那个少年，他挥一挥手，没有带走一片云彩。而毕夏记得的，那个少年，会突然跳出来大喝一声吓她；会拍她的左肩膀然后跳到右边；会骑着单车过去抬手拍拍她的头再冲她做个鬼脸；也会在擦肩而过的时候往她的手心里塞一张字条……后来的后来，他渐渐地不做这些事了，他变得成熟稳重起来，渐渐退去了青涩和稚气——可她，多怀念那个少年呀！

时光，你能把他还回来吗？

时光说，他已然走远。

毕夏的唇边浮起浅淡而心碎的笑容，她说："楚君尧，再见。"

"不要！"楚君尧喊出声，"毕夏，我什么都答应你！别做傻事，好不好？我们重新开始……"

"来不及了！"毕夏笑中带泪，一字一句地说，"楚君尧，我从不后悔，在青春里遇到你。"

楚君尧心碎不已："我错了，真的错了！"

她抬起手臂，轻轻闭上眼睛，朝身后倒去。楚君尧飞身扑过去，却只是触碰到她的指尖，他绝望地看着她消失在面前，跟跄跪下，大脑中一片空白。突然之间，意识恢复，错愕、悲伤、痛楚、绝望……

整个世界变得寂静无声，只有天空，被渲染得一片暗红——曾经的他，以为年少的爱情，务必要血肉模糊才能算得上快意，但现在他只想要风轻云淡。

沈冬晴蹲下去，她轻轻地拍着楚君尧的后背，逶迤的薄云贴着湛蓝的天空，长空寥廓……转瞬之间，风起云涌，光却更加明亮。

"楚君尧，毕夏她……"沈冬晴轻声地说，"在用这种方式和过去告别。"

楚君尧茫然地望着她。

"她没有事，她也不会做傻事。"沈冬晴扶住他的肩，"她只是需要一个了结的方式。"

楚君尧看向峡谷深处——这个大峡谷是一个蹦极的点，毕夏只是想要用这样的方式告诉楚君尧，他们之间结束了。

她和自己握手言和，和过去兵分两路。

第十二章

噩梦醒来

敬嘉瑜跟何晨宇在《穿越火线》里，一边对战，一边闲聊。

"怎么突然就退学了？"何晨宇看了一下手机微信，他昨天半夜给黎允儿发的信息，可已经十五个小时过去了，她连个标点符号都没有回，不禁有些恼怒。

"想洗牌重来。"敬嘉瑜是在寒假时决定要从现在的学校退学，回高中补习，参加六月的高考。这所学校他很不满意，勉强上了半学期，还是决定放弃。一直以来他都保守拘谨，不愿意做冒险的事，放弃这所学校并不代表他再战高考就会有好的成绩，但如果他不努力试试，也许一生都会后悔。

"万一结果更糟怎么办？"

"走开！"敬嘉瑜没好气地敲过去两个字，"你都准备考托福，我有什么不敢做的？"

何晨宇在电脑那边讪讪地笑了。他以为换了个环境，他就会把黎允儿抛到九霄云外，可是他发现他竟然越来越想念她，有时候在学校里看到相似度高的背影会脱口喊出她的名字。

想了很多重逢的方案，他决定还是考托福出去——她一定始料不及，吓一大跳。

"好吧，那祝你这一次马到成功！"何晨宇听到手机嘀嘀两声，心里一喜，噼里啪啦地抓起来，发现只是个广告短信。

"楚君尧最近在忙什么？"

"你自己问吧。"何晨宇觉得这两个人都很奇怪，明明关心着对方，却总要绕来绕去地问。

"算了。"敬嘉瑜最后敲下一行字，"看书去了。"

也没有等何晨宇回答，敬嘉瑜就关了电脑。

何晨宇呆呆地坐了一会儿，干脆拿起手机拨打越洋电话，可是直到音乐播放了三遍，黎允儿的手机都无法接通。

何晨宇不知道，黎允儿此刻正在图书馆里，面前放着一本厚厚的《西方哲学史》，却一个字都没有看进去。她把书本举起来，从眼角余光里看着斜对面那个男孩——他叫欧洋。

那天她从图书馆借了一大堆书准备带回家"啃"，到这里快一年了，她觉得自己进步最大的就是语言，已经完全可以和外籍同学交流。寒假回家后，她得意扬扬地拿着书本让父母考她，没想到父亲把《新闻联播》打开，让她背对着电视翻译。她当场就愣住了——原来她只是迈出了人生的一小步，要能达到父亲期许的样子，她还需要加快步子。

第十二章 噩梦醒来

父亲的这个行为刺激了她，开学回到美国她除了上学就是泡图书馆，她看英文书籍，学英文同声传译。某天她抱着一摞书从图书馆下楼的时候，欧洋站到了她的面前。

他黑发，褐色的眼睛，古铜色的皮肤。

他腼腆地笑了笑说："你刚刚借走的那本书能让我先看吗？我写论文需要。"

黎允儿想要把那本书抽出来给他，没想到书散落一地，他们俩手忙脚乱地收拾，头碰了头，手挨了手，如触电般各自缩了回来。

黎允儿看到，他的脸红到了耳根，看上去又傻气又可爱。

他和姚元浩有几分相似，黎允儿突然对他心生好感。

可是她没有问他要联系方式，连名字都没有问——她觉得他们还会遇到，冥冥中注定了这一切的发生。

如果她不来这里，她不会发现其实她挺喜欢外语的，如果不是她在父亲面前显摆，她不会决定她未来的职业就是同声传译，如果不是她想要为梦想努力，她不会在图书馆认识这个男孩。

她已经不是以前那个会积极主动，不断表白的女生，她学会了把感情收敛起来，学会了在迂回中慢慢试探——也许她学会的只是保护自己。

她和他果然在图书馆再一次碰面，他还书，她借书——这一次他们交换了彼此的名字。

毕夏的生活慢慢恢复平静——她已经不去想念她和楚君尧的过往了，因为那依然会让她感到难过。而在她心底深处，最无法释怀的还是父亲的案子，凶手依然没有找到。

真相终于来到。

那是风轻云淡的一天，毕夏像往常一样接到母亲的电话，只是挂掉母亲的电话时，她发了许久的呆。

窗外一轮摇摇晃晃的夕阳，在毕夏的胸口撞出一个洞来，让她悲伤得不能自已。

眼泪根本止不住，静默地、连续地滚落下来——真凶终于落网了。

时间已经过去快两年了，这两年她总在深夜里梦见那场大火，熊熊燃烧的火光把整个天都照亮了，她看着父亲和奶奶在火海里消失，然后一次次地从噩梦中惊醒过来。

她的枕头总是湿的，她心里充满了对凶手无尽的恨意——到底是谁？

原来这一切竟然是一次误伤。凶手其实是他们的邻居，这也就难怪为什么警察一直没有在监控里看到别的可疑的人出现——无冤无仇毫无交集的邻居，谁会去怀疑？

那一场火灾是因为夫妻吵架，妻子发现了丈夫有外遇，她想要制造一起意外而不被人怀疑，所以她在花台与花台之间搭了梯子，半夜过去把白磷撒到了毕夏家的玻璃房里。那几天他丈夫伤了脚在家休息，她以为大火烧到她家时，她丈夫也跑不掉，可是因为风向，火灾并没有波及到邻居家，只是把毕夏家烧尽，没有人怀疑她。时隔两年后，她再一次起了杀机，这一次她雇凶伤人，案件侦破，火灾的真相也曝光了。

母亲在电话里泣不成声地说着原委，一遍遍地质问："她为什么要伤及无辜？"

一切都没有办法挽回了。

她们失去了挚爱，失去了原本的圆满家庭……也许人生就是一个失去的过程，你只有接受它，面对它，才不会感觉到那么痛苦。

父亲的案子尘埃落定，母亲也已经回公司上班，她的身心还没有完全康复，这是一条很艰难的路，但毕夏相信，她和母亲都会熬过去的。

毕夏拿到了去美国做交换生的名额，一年的时间，不长不短，她想这样也好，她可以整理一下自己的心情，把最糟糕的情绪清理出去。

离开的时候她没有和陆怀箫见面，只是给他发了一条短信，简单的几个字：**谢谢你，再见。**

她知道她误会了陆怀箫，可是在她那么极端的时候，他都未曾怨过她。她相信他的感情，可她却没有办法面对，所以在走之前她和他连正式的道别都没有。

陆怀箫会明白的。

沈冬晴说要请裴雨阳吃饭，他大喜过望。这可是头一次她主动请客，听说还是吃西餐，裴雨阳更觉得意外。

"怎么突然想吃西餐？"裴雨阳跟在沈冬晴身后，絮絮叨叨，"你不是不喜欢这些吗？虽然说好是你请客，但这样破费简直就是浪费……"

沈冬晴停下来，胸有成竹地笑："今天吃这顿饭不花钱。"

"为什么？"

"一会儿你就知道了。"沈冬晴找到空位坐下，又对递上菜单的服务生说，"两年前你们餐厅周年庆我们在这里吃过饭，说一年后再来这里用餐也是免费，可是那个时候我没有来，你们餐厅给我打电话，说这个活动可以延续一年。"

"啊？"服务员一头雾水。

拿起杯子准备喝水的裴雨阳差点儿喷出来，忙不迭地问："你说的免费就是这个？"

"是呀！"

裴雨阳尴尬地笑起来："这家餐厅已经换了老板，所以活动不作数。"

"没有呀！"服务生认真地说，"我们的老板一直没有换过。"

裴雨阳白了他一眼，又对沈冬晴说："别人两年前的活动也就是个噱头，谁会当真？"

"我在这里很久了，真的没有听过这个活动！"服务生再一次插话道。

裴雨阳给了他一个冷厉的眼神，然后又对沈冬晴说："谁会记得几年前的事？"

"我记得呀！"服务生不知死活地继续说，"但我们餐厅确实没有这种活动，而且我们公司的开业时间也不是今天。"

沈冬晴还想要解释，裴雨阳忍无可忍地抓住她的手就朝外面走去："别跟他废话了！"

"他们商家怎么能这么不诚信？"沈冬晴不满地说，"亏我还一直记得日子。"

裴雨阳笑了，"看来你葛朗台本色不改。"他清清嗓子，有些不好意思，"其实，一年前那个电话是我让朋友打的。"

"什么？"

"我想和你有个约定，然后一直有理由见面。"他这句话说得荡气回肠。

"所以这个谎你撒了两年？"沈冬晴板起面孔。

"能看到重点吗？"裴雨阳不满地说，"重点是我想和你见面！"

一年前知道沈冬晴要失约，裴雨阳又跟她约了下一年的见面，他在想，一年一年地约定下去，也许有一天沈冬晴经过这家餐厅，就会想起他们的这个约定。

"真的，这么喜欢我？"沈冬晴偏头问他。

"其实也没有那么多啦……"裴雨阳顽劣地笑起来。

沈冬晴眼神变得犀利，后者立刻补充一句："就是心有多大，喜欢就有多大！"

"肚子饿了。"沈冬晴牵起裴雨阳的手，朝前走。

裴雨阳怔了一下，旋即欣喜若狂地跳起来，反手紧紧扣住她的手："既然牵住了，就不许放！"

沈冬晴无声地笑了。

"那你喜欢我吗？"

"嗯。"

"喜欢吗？"

"嗯。"

"什么呀，说一句喜欢很难吗？"裴雨阳语气变得不满，可是当沈冬晴想要抽出自己的手时，他立刻缴械投降，"不说算了，反正我知道！"

沈冬晴和裴雨阳相视一笑，当他们的手握在一起的时候，手腕上感应的手链亮了。其实这条手链沈冬晴一直带在身上，从贵州回来以后，她开始戴在手腕上。

她知道他们的路还很长，她和裴雨阳才刚刚开始，但他们会坚持走下去，她相信。

此时此刻，楚君尧坐在电脑前，轻轻地敲出一行字：火枪手，我们见个面吧。

他许久都没有等到回答，有些失望地起身走到窗前，看着天空的云卷云舒——原来时光从来不曾在荒芜中停顿，而他们的人生，又将会被命运引向何处？

——本季完——

意林品牌书系推荐

意林女生文学·《小小姐》品牌书系 为中国女生量身打造，纯正、阳光、向上，优质女孩喜爱的文学品牌

萌灵小说系列

《悠莉宠物店Ⅰ》	18.80
《悠莉宠物店Ⅱ》	18.80
《悠莉宠物店Ⅲ》	19.90
《悠莉宠物店Ⅳ》	19.90
《悠莉宠物店Ⅴ》	19.90
《悠莉宠物店Ⅵ（大结局）上》	19.90
《封印之书·九尾狐》	19.80
《封印之书·独角兽》	19.80
《玛丽晴异闻录》	19.90
《薇妮天使旅行》	19.90
《苍岛有风①·人鱼过境》	19.90
《萌物委托社①世外萌龙天然呆》	22.80

冒险励志系列

《迷藏·海之迷雾》	18.80
《迷藏Ⅱ·月影迷踪》	19.90
《迷藏Ⅲ·幻梦迷城》	19.90
《花与梦旅人Ⅰ》	19.80
《花与梦旅人Ⅱ》	19.90
《花与梦旅人Ⅲ》	19.90
《花与梦旅人Ⅵ（大结局）》	19.90
《花与守梦人①·大公的苏醒》	19.90
《花与守梦人②·占星师的眼泪》	19.90
《萌侦探纪事Ⅰ》	18.80
《萌侦探纪事Ⅱ》	19.90
《萌侦探纪事Ⅲ》	19.90
《萌侦探纪事Ⅳ（大结局）》	19.80
《迷宫街物语》	19.80
《艾蜜儿宇航日记》	19.90

幸福蔷薇系列

《蔷薇少女馆Ⅰ》	18.80
《蔷薇少女馆Ⅱ》	18.80
《蔷薇少女馆Ⅲ》	19.90
《蔷薇少女馆Ⅳ》	19.90
《蔷薇少女馆Ⅴ》	19.90
《蔷薇少女馆Ⅵ》	19.90

浪漫古风系列

《七寻记Ⅰ》	18.80
《七寻记Ⅱ》	19.90
《七寻记Ⅲ》	19.90

果绿年华系列

《蝴蝶飞过旧时光》	19.80
《第一女执政官》	19.90
《风之少女琪琪格》	19.90
《霓裳小千金》	19.90
《两生花开时》	22.00
《风云俏萝莉》	19.90

月舞流光系列

《前方江湖请绕行》	19.90
《三色堇骑士之歌》	19.90
《守望彼岸星海》	19.90

萌淑女驾到系列

《萌淑女驾到之美女训练营》	19.80
《萌淑女驾到之天使候补生》	19.80
《萌淑女驾到之人鱼的信奉》	19.80
《萌淑女驾到之天鹅公主成人礼》	19.80

星愿大陆系列

《星愿大陆①·天命巫女》	19.90
《星愿大陆②·白银蔷薇》	19.90
《星愿大陆③·幻月手杖》	19.90
《星愿大陆④·永恒星钻》	19.90
《星愿大陆⑤·夜之王子》	19.90
《星愿大陆⑥·晨光微曦》	19.90
《星愿大陆⑦·琉光暗影》	19.90

浪漫星语系列

《处女座：完美年华初相见》	20.90
《天蝎座：假面黑桃Q》	20.90
《双子座：闯进你的孤单星球》	20.90
《巨蟹座：追梦的水晶鞋》	20.90
《天秤座：优雅走过下雨天》	20.90
《白羊座：裙摆是花开的地方》	20.90
《摩羯座：寄给青春一座城》	20.90
《双鱼座：浪漫满分灰姑娘》	20.90
《金牛座：微笑天使倔强心》	20.90
《狮子座：再会，骄傲小时光》	20.90

淑女风尚馆·气质养成系列

《我要我的淑女范儿》	18.80
《优雅女孩的秘密》	18.80
《清新森女在路上》	18.80
《俏女孩的甜美主义》	18.80

小MM迷你爱藏本

《蝴蝶停在十六岁》	18.80
《焦糖玛奇朵天使咒》	18.80
《那一年，花开半夏》	18.80
《雨季微凉时》	18.80
《只穿一天公主裙》	18.80
《月色银蔷薇》	18.80
《傲娇公主的美丽回旋》	18.80

《花田明月照年少》	18.80	《少女果味杂志书⑨：蓝莓布朗号》	18.80
《亲爱的小气鬼》	18.80	《少女果味杂志书⑩：薄荷方糖号》	18.80
《青春如诗，静谧花开》	18.80	《少女果味杂志书⑪：樱花紫苏号》	18.80

重磅作家系列

		《少女果味杂志书⑫：柠檬红茶号》	18.80
《薄荷香女孩》	19.80	《少女果味杂志书⑬：红豆奶昔号》	18.80
《不说再见好吗（上）》	17.90	《少女果味杂志书⑭：芒果西多号》	18.80
《不说再见好吗（下）》	17.90		
《风走过树林》	17.90		
《忆棠的夏天》	17.90		

蝴蝶蓝系列

		《蝴蝶蓝（第一季）·千面桃花姬》	19.90
		《蝴蝶蓝（第二季）·紫莲山庄》	19.90
		《蝴蝶蓝（第三季）·落跑小郡主》	19.90

唯美新漫画系列

班花朵朵系列

《钢琴小淑女（第一季）》	17.90	《班花朵朵①·我是艺术生》	20.90
《钢琴小淑女（第二季）》	17.90	《班花朵朵②·电影初体验》	20.90
《钢琴小淑女（第三季）》	17.90	《班花朵朵③·偶像保卫战》	20.90
《钢琴小淑女（第四季）》	17.90		
《钢琴小淑女（第五季）》	17.90		

现在是女生时代系列

《最佳女主角（第一季）》	18.80	《现在是女生时代！》	28.80
《七寻记·鎏金龙纹镯（漫画版）》	15.00	《现在是女生时代！②·我们闺蜜吧》	28.80
《七寻记·夔龙黄玉佩（漫画版）》	15.00	《现在是女生时代！③·女生都是小怪物》	28.80
《天鹅座·鹅黄》	18.80	《现在是女生时代！④·嗨，女孩，你好漂亮》	28.80

小MM六周年主题书

《天鹅座·柳青》	18.80	《淑女王冠》	29.80
《天鹅座·冰蓝》	18.80		

欢乐联萌系列

《天鹅座·禧红》	18.80	《养只萌呆镇镇宅①》	19.90
《天鹅座·蜜粉》	18.80	《养只萌呆镇镇宅②》	19.90
《天鹅座·浅紫》	18.80	《养只萌呆镇镇宅③》	19.90

绘色缤纷系列

		《养只萌呆镇镇宅④》	19.90
《淑女绘·花的学校》	22.00	《养只萌呆镇镇宅⑤》	19.90
《淑女绘·童话诗人》	22.00	《萌师上线，顽徒请签收①》	19.90
《淑女绘·雪花的快乐》	22.00	《千金当道（一）》	19.90

日光倾城系列

天使在身边系列

《巧克力色微凉青春Ⅰ》	20.90	《路过心上的哈士奇》	20.90
《巧克力色微凉青春Ⅱ》	20.90	《当心！浣熊出没》	20.90
《巧克力色微凉青春Ⅲ》	20.90	《萌动之森①·雪地精灵伶鼬》	20.90
《浅蓝色时光舞步Ⅰ》	20.90		

公主天下系列

《女生宿舍Ⅰ·南栀向暖》	20.90	《清河公主·洙宛传》	22.80

纯美小说系列

小MM花漾青春版

《少女果味杂志书①：甜心草莓号》	14.80	《少女说①·花醒了》	22.80
《少女果味杂志书②：蜜桃慕斯号》	14.80	《少女说②·青春里的不速之客》	22.80
《少女果味杂志书③：焦糖布丁号》	16.80		

极致小清新系列

《少女果味杂志书④：香草海绵号》	16.80	《女孩子的清甜小说绘①·淡白栀子号》	20.90
《少女果味杂志书⑤：可可森林号》	18.80	《女孩子的清甜小说绘②·浅草茉莉号》	20.90
《少女果味杂志书⑥：果果米苏号》	18.80	《女孩子的清甜小说绘③·鸢尾蝴蝶号》	20.90
《少女果味杂志书⑦：香橙泡芙号》	18.80	《女孩子的清甜小说绘④·冰蓝花楹号》	20.90
《少女果味杂志书⑧：樱桃芝士号》	18.80		

意林·轻文库品牌书系　　倡导校园小说阅读新潮流

绘梦古风系列

		《倾世迷迭书》	23.80
《公主驾到》	23.80	《凤九卿（一）》	23.80
《花颜错》	23.80	《凤九卿（二）》	23.80
《山寨世家》	23.80	《凤九卿（三）》	23.80

书名	价格	书名	价格
《凤九卿（四）》	23.80	《我的青春，以你为名②蜜炼偶像》	23.80
《凤九卿（五）》	24.80	**奇幻仙境系列**	
《凤九卿（六）》	24.80	《彼渡少年与妖怪契约》	23.80
《美人千千泪西楼》	23.80	《神典·末夜公主》	23.80
《郡主驾到·壹》	24.00	《御灵骑士团·诺茵与彩狸》	23.80
《郡主驾到·贰》	24.00	《逆世界之瞳》	23.80
《木兰帝（上）》	23.80	《玫瑰帝国·荆棘鸟之冠》	25.80
《木兰帝（下）》	23.80	《玫瑰帝国·黑羽蝶之翼》	25.00
《俏娇小仙闹皇宫》	23.80	《玫瑰帝国·白蔷薇之祭》	26.80
《连城赋（上）》	23.80	**暗影迷踪系列**	
《连城赋（下）》	23.80	《终极推理事件簿》	22.80
《千凰令（一）凤鸣倾城》	20.80	《超级学园探案密码》	22.00
《千凰令（二）情牵一线》	20.80	**新炫武侠系列**	
《千凰令（三）君心不负》	20.80	《邻家武圣》	23.80
《千凰令（四）万兽听封》	20.80	**星光璀璨系列**	
恋之水晶系列		《轻星球·仙女星云号》	19.80
《致淡玫瑰色的你》	22.80	**灵气少女系列**	
《宁负流年不负君》	22.80	《星有灵犀遇见你》	20.80
《世界第一的假面殿下》	25.00	《萌熊改造计划》	20.80
《脱线萌星易容记》	25.00	《守护极速甜心》	20.80
《脱线萌星易容记Ⅱ》	25.00	《元气星女倾城记》	20.80
《指尖花凉忆成殇》	22.00	《公主病》	20.80
《欢歌犹在意微醺》	22.00	**轻舞飞扬系列**	
《欢歌犹在意微醺Ⅱ》	22.00	《毛毛熊的浪漫樱花雨》	19.80
《绯色樱花圆梦纪Ⅰ》	23.80	《发梢轻绾茉莉香》	19.80
《见习保镖呆呆兽》	25.00	《迷迭香在青春里绽放》	19.80
《可可少女梦想纪》	25.00	**私人定制少女馆**	
《后天男神Ⅰ》	25.00	《恋恋星煌十二宫》	25.00
《后天男神Ⅱ》	25.00	《守护十二生辰石》	25.00
《后天男神Ⅲ》	26.80	**暖爱青春馆系列**	
《世界第一的公主殿下Ⅰ》	23.80	《少年北顾，唯愿君安（上）》	25.00
《世界第一的公主殿下Ⅱ》	23.80	《少年北顾，唯愿君安（下）》	25.00
《世界第一的公主殿下Ⅲ》	26.80	《若你离去，后会无期》	22.80
《挥手告别小时光》	23.80	《想你的时候，抬头微笑》	22.80
《少年住在云之彼岸》	23.80	**美少年系列**	
《我的青春，以你为名①偶像来了！》	23.80	《辰荒学院的美少年①奇异校规》	22.80

《意林·小文学》品牌书系　　　阳光阅读·快乐写作

书名	价格	书名	价格
成长物语系列		《鬼马女神捕①：绝密卧底（下）》	14.80
《艾丽鲨半成年》	19.90	《鬼马女神捕②：绝命预言（上）》	14.80
《换双翅膀飞翔》	19.90	《鬼马女神捕②：绝命预言（下）》	14.80
《琥珀青春》	19.80	《天神学院·魔女见习生》	19.90
魅力悦读系列		**动物奇缘系列**	
《程家兄妹·永不毕业的少年》	19.90	《萌兽报到，请多关照》	19.90
《逃之"妖妖"》	20.90	**五周年主题书**	
幻之星球系列		《青春，是与七个自己相遇》	26.80
《地球假日①：寻找洛神》	19.90	**独家策划系列**	
爆笑学园系列		《长大，是不期而遇的温暖》	26.80
《鬼马女神捕①：绝密卧底（上）》	14.80	《谢谢你，出现在我的青春里》	26.80

落樱少女，青草少年

意林·轻文库
牵手水晶般的青春年华

恋之水晶大系列图书
——校园内的清流，校园外的指引

绘梦古风大系列图书
——纸上连续剧的悬念，脑中电影院的感受